KB123603

상위 0.001% 랭커의귀환 9

2023년 10월 13일 초판 1쇄 인쇄
2023년 10월 18일 초판 1쇄 발행

지은이 유우리
발행인 강준규

기획 이기헌 왕소현 임동관 박경무 강민구 조익현
책임편집 김홍식
마케팅지원 이원선

발행처 (주)로크미디어
출판등록 2003년 3월 24일
주소 서울시 마포구 마포대로 45 일진빌딩 6층
Tel (02)3273-5135 Fax (02)3273-5134
홈페이지 rokmedia.com E-mail rokmedia@empas.com

© 유우리, 2023

값 9,000원

ISBN 979-11-408-0882-3 (9권)
ISBN 979-11-408-0799-4 04810 (세트)

유우리 퓨전 판타지 장편소설

9

상위 0.0001%
랭커의 귀환

CONTENTS

전생인 (2)

세계에서 가장 높은 산.

에베레스트의 정상에서 패러글라이딩을 하면 어떤 기분일까.

켈은 상처 부위로 스며든 시린 냉기를 억지로 참아 가며 바람을 조종했다. 평소라면 추위 정도야 별거 아니었지만 지금은 그조차 쉬운 일이 아니었다.

"커헉······!"

입가로 터져 나온 피는 검붉은 빛깔이었다. 내부 장기가 잔뜩 뒤틀린 건지 수시로 정신도 혼미해졌다.

결국 그의 몸을 지탱하던 바람 마법이 해제되고, 그는 그대로 수직으로 낙하하기 시작했다.

일순 정신을 잃은 탓이다.

후우우웅!

바닥에 불시착하기 직전.

겨우 눈을 뜬 켈이 바람으로 쿠션을 만들어 충격을 최소화했다.

켈은 눈위로 힘없이 널브러졌다.

얼음장 같은 냉기가 온몸을 얼리듯 다가왔지만 손 하나 까딱할 힘도 없었다.

"……정말 꼴이 말이 아니군."

어쩌다 이렇게 됐을까.

사실 그가 이렇게 무력하게 도망칠 수밖에 없는 데에는 '강서준'의 역할이 지대했다.

설마 한층 강화된 퀘스트조차 이리 쉽게 파훼해 낼 줄이야.

켈은 미간을 구기며 로그 기록을 살펴봤다.

[특수 아이템, '퀘스트 업그레이드'의 효력이 완전히 사라졌습니다.]

[특수 아이템, '퀘스트 업그레이드'가 소멸합니다.]

'조금만 늦었으면 케이를 맞닥뜨릴 뻔했어.'

정말 간발의 차였다.

시스템 메시지를 조금이라도 더 늦게 봤다면 어떻게 되었을까. 상상도 하기 싫었다.

'케이를 너무 물로 본 거야. 젠장…… 이럴 줄 알았으면 바로 도망칠걸.'

시간이 더 있을 줄 알았다.

적어도 최하나와 김훈을 처치하고, 진백호를 빼돌릴 정도의 여유는 있는 줄 알았다.

하지만 전부 착각이었다.

'최하나가 생각보다 너무 강했어.'

켈은 최하나에 의해 꿰뚫린 어깨를 내려다봤다.

단순한 관통상이 아니었다.

무려 10cm는 될 법한 구멍이 어깨에 생겨나 있었고, 심장의 일부는 도려진 상태였다.

죽지 않은 게 다행이었다.

켈은 입술을 잘근 깨물며 득달같이 달려들던 최하나를 상기했다.

'설마 제 몸을 깎아 가며 달려들 줄이야.'

고작 게임이었을 때도 제 몸을 그렇게까지 던지질 않던 그녀였는데.

어찌 목숨이 하나밖에 없는 현실에서 게임보다 더 무모한 선택을 한단 말인가.

정말 인간이란 알다가도 모르겠다.

"젠장……."

입술을 잘근 깨문 켈은 차원 서고에 느닷없이 지진이 발생해 사방이 흔들렸던 그때를 떠올렸다.

그때 허공에 영상이 나타났었다.

사실 이 상황이 벌어진 원인은 전부 그곳에 있었다.

'왜 하필 케이가 과거 시점에 있는 건데?'

터무니없지만 강서준은 지금 드림 사이드 1의 A급 던전 '알페온의 지하 수로'를 공략하고 있었다.

그리고 그곳에서 강서준은 호크 알론과 함께 있었다.

모르긴 몰라도 그가 과거 시점을 보고 있는 게 아니라면 불가능한 일이었다.

상황은 최악이었다.

'그 세계를 플레이어의 시점이 아닌, NPC와 같은 시점으로 봤을 테니…… 내 정체는 벌써 탄로 났겠지.'

게임의 특성이 유난히 도드라졌던 지난 세계를 떠올린다면 충분히 추측할 수 있는 문제였다.

"후…… 골치 아파지겠는데."

그것 말고도 '차원 서고'라는 장소 자체가 상당히 위험한 곳이었다.

진백호의 곁을 떠날 수 없는 상황이라 그 안을 자세하게 확인해 보진 못했지만…… 강서준이 말하길 그곳엔 분명 세계의 비밀들이 적혀 있었다.

'컴퍼니 사내의 데이터베이스처럼.'

상위0.001%
랭커의귀환

만약 조건을 성립시킬 때마다 필요한 정보를 얻을 수 있는 기능이 같다면, 강서준은 생각보다 훨씬 더 무서운 존재가 될 가능성이 있었다.

"데이터베이스를 가진 존재라······."

켈은 한숨을 푹 내쉬었다.

"기록자를 만나 봐야겠군. 차원 서고에 대한 자세한 정보부터 열람해야겠어."

켈은 가만히 눈밭 위에 누워서 체력을 더 회복시켰다. 체온은 앗아 갔지만 다행히 포션이 제 기능을 했는지 체력은 정상 궤도로 올라가고 있었다.

"자, 그럼······."

켈은 스마트폰을 꺼내어 빠르게 통신을 연결했다. 그 스마트폰은 용케 에베레스트라는 극악의 지역 속에서도 통신을 선명하게 연결해 냈다.

당연한 얘기다. 컴퍼니의 콜 센터는 연중무휴 상시 연결되니까.

-말하세요.

켈은 다짜고짜 본론을 꺼냈다.

"VIP를 찾았어."

-······확실한 정보입니까?

"옆에서 확인해 본 결과 '호크 알론'과 같은 종류야."

-무한동력(無限動力)······.

수화기 너머로 잠시 조용해졌던 목소리는 다시 들려왔다.

－한데 켈 님의 생체 정보가 몹시 불안정하군요. 무슨 일이라도 있습니까?

"……블랙리스트 0이 VIP를 비롯하여 내 정체를 알아냈어."

이는 더 이상 그가 이전처럼 플레이어 사이에서 스파이 노릇을 할 수 없다는 걸 말한다.

만약에라도 다음은 없다.

케이는 뒤통수를 치는 자를 몹시 혐오했고, 다음에 그를 만난다면 켈은 목숨부터 위태로울 것이다.

'케이는 더 강해질 거야.'

예측 불허의 공간인 '차원 서고'를 빼놓고 보더라도 케이는 늘 상상을 뛰어넘는 플레이를 보여 줬다.

드림 사이드 1을 괜히 잡아먹었을까.

당장 켈이 케이를 상대로 승부를 점칠 수 없는 것도 문제지만, 가장 무서운 건 그 성장엔 한계가 없다는 것이다.

직접 마주해서 확신한다.

'특히 그 눈빛…… 레벨을 떠나서 과거의 케이를 연상케해. 아니, 오히려 더해.'

무미건조한 랭킹 1위 케이보다 감정을 가진 강서준은 훨씬 더 위험한 냄새를 풍겼다.

켈은 몸을 부르르 떨며 말했다.

"일단 난 잠시 활동을 중단해야겠어. 이번에 심장이 조금 찢어지기도 했으니 조금 쉬면서 몸을 숨겨야 해."

-……알겠습니다.

켈은 호흡을 가다듬더니 말했다.

"그래도 VIP의 몸에 이전처럼 독을 심는 데엔 성공했어. 여차하면 회사의 방침대로 작전을 수행할 수 있을 거야."

하지만 그때였다.

"그럼 상부에 내 휴직계는 잘 전달…… *끄아아아아악!*"

말을 잇던 중 한창 복구 중이던 심장으로부터 끔찍한 통증이 일어나고 있었다.

단순한 고통이 아니었다.

'설마…… 이것까지?'

머리가 새하얗게 번지고 켈의 동공이 점차 투명해졌다. 울컥 피를 쏟아 낸 그는 힘없이 스마트폰을 떨어트렸다.

하얀 눈발 위로 쏟아진 피가 점차 번져 나갔다.

핏빛으로 물든 눈 사이로 떨어진 스마트폰에서 당황한 목소리가 들려왔다.

-켈 님? 당신 생체 신호가……!

대답은 없었다.

강서준은 가볍게 혀를 차며 손을 털었다. 류안으로 꼼꼼히 진백호의 몸을 살펴본 결과로 녀석의 꼼수를 바로 발견했던 것이다.

"똑같은 짓을 하면 쓰나."

강서준은 쓰게 웃으며 진백호의 몸에서 완전히 파괴되어 소멸한 아이템의 흔적을 바라봤다.

S급 아이템 〈카리브〉.

본래 마력을 느끼는 감각을 형성하는 데에 도움을 주는 '카리브'는 드림 사이드 1에서도 마법사로 꽤 위세가 높은 귀족가의 약초 중 하나였다.

'문제는 부작용이 심각해서 독초로도 분류된다는 거지.'

누구든 카리브에 적중당한 자는 마력을 쉽게 사용할 수 있게 되지만, 사용할 때마다 그에 상응하는 통증을 느끼게 된다.

카리브는 마력을 느끼는 감각을 올리는 동시에, 다른 신체 감각도 모조리 높여 버리는 특징이 있었으니까.

'그러니 호크 알론처럼 무한대로 마력을 느끼고 사용하는 자에겐 누구보다 치명적인 독이 되는 거야.'

즉 이것이 바로 과거에 켈이 호크 알론에게 했던 개수작이다.

강서준은 짧게 혀를 차며 지금쯤 켈이 어떤 상태에 놓였을지 상상해 봤다.

카리브는 효과만큼 부작용이 큰 아이템.

사용법도 대단히 까다로워서 고위 마법사가 아니고서야 쉽게 만질 수도 없는 물건이다.

게다가 일정 시기에 격발하도록 아이템에 어떠한 금제를 가해 놨을 것이다.

그래야만 가장 필요한 타이밍에 독효를 퍼뜨릴 수 있을 테니까.

즉 이번에 아이템이 파괴되면서 금제를 걸었던 이에겐 그에 상응하는 대미지가 돌아갔을 것이다.

강서준은 미간을 구기며 생각했다.

'최하나의 팔을 자른 대가. 그리고 진백호를 네놈들의 장난감으로 전락시키려 한 벌이야.'

물론 이걸로 켈이 죽을 거라 생각하진 않는다.

전생까지 하면서 이 자리에 온 녀석이다.

목숨줄은 끈질기겠지.

'대신 꽤 아플 거다.'

강서준은 한결 숨이 편안해진 진백호를 내려다보다, 그 옆에서 함께 긴 한숨을 토해 내는 정령도 발견할 수 있었다.

사실 카리브를 발견한 데에 지대한 영향을 준 건 정령들의 도움도 꽤 있었다.

─한결 숨이 편안해졌군요.

─꾸꾸!

류안으로 진백호의 몸을 수색해 보기도 전에 '심장 부위'에

심어진 '카리브'을 발견해 낸 건 그들이었으니까.

'하기야 마력으로 움직이는 존재들이지. 더더욱 고통스러웠을 거야.'

한편 최하나는 자리를 털고 일어나 강서준을 향해 말했다.

"저흰 이제 다시 정보를 찾아볼게요. 더 찾아보면 개발일지 같은 게 또 있을지도 모르니까."

하지만 강서준이 그녀를 붙잡았다.

"아뇨. 최하나 씨는 이제 따로 움직이는 게 좋겠어요."

"네?"

강서준은 대답 대신 관리자 모드를 활성화시켰다. 그의 의지대로 나타난 메시지는 그에게 질문을 건네 왔다.

－도서관 시스템입니다. 무엇을 도와드릴까요?

"이제 수련장을 쓸 수 있지?"

－물론입니다.

수련장은 첫 번째 전직 퀘스트를 수행하면 열리는 차원 서고의 새로운 공간이다.

그리고 두 번째 전직 퀘스트.

말하자면, 모든 스킬북을 하나씩 독파하는 과정은 전부 '수련장'을 통해야만 해낼 수 있다.

강서준의 스킬북 책장도 그곳으로 이동됐으니까.

강서준이 물었다.

"나 이외에도 가능하지?"

―적합한 절차만 통과한다면 가능합니다.

강서준은 고개를 주억거리며 최하나에게 시선을 돌렸다.

"최하나 씨는 저와 함께 수련장에서 스킬의 등급을 올리도록 하죠."

"……그게 가능해요?"

"네."

근데 최하나는 잠시 머뭇거렸다.

"그런 특혜를 저만 받아도 될까요."

그녀 나름 김훈이나 진백호를 의식해서 하는 말이었지만, 강서준은 어깨를 으쓱이며 답했다.

"당신만이 할 수 있는 겁니다."

빈말이 아니었다.

수련장을 통해서 스킬의 등급을 올리는 일이 쉽진 않을 테니까.

적어도 그에 적합한 수준의 퀘스트를 홀로 공략하는 리스크를 감당해야만 한다.

강서준이 '알페온의 지하 수로'를 공략해야 했던 것처럼.

'데스 리스크 데스 리턴.'

이놈의 게임은 쉽게 얻을 수 있는 건 하나도 없다. 모두 목숨을 담보로 해야 그만한 보상을 얻는 거다.

"김훈 씨를 무시하는 건 아닙니다. 이걸 풀이하려면 그만한 게임 이해도가 필요하기 때문입니다."

그게 최하나가 가능한 이유다.

그녀는 강서준과 마찬가지로 이 게임의 후반부까지 함께 했던 천외천의 플레이어.

어떤 상황에 놓이더라도, 어떤 재료가 주어지더라도, 또한 어떤 던전을 공략해야 할지라도.

그 정보량은 김훈은 비교할 바가 못 된다.

바로 그 차이다.

김훈도 강서준의 말을 충분히 이해하고 있었다.

"맞는 말이에요. 전 아마 금방 죽어 버릴걸요?"

그는 진백호의 어깨를 두드리며 말을 이었다.

"어차피 백호를 지킬 사람도 필요하지 않겠습니까. 전 괜찮아요."

"……미안한 얘기지만 정보 찾기도 부탁드립니다."

"뭘요. 당연히 할 일입니다."

그럼에도 미안한 표정을 짓는 최하나였지만, 그녀도 별수 없이 강서준의 뒤를 따라 수련장으로 이동할 수밖에 없었다.

수련장은 새로 열린 지하 공간.

계단을 따라 내려오니 빈 책장과 그 옆으로 문이 있었다.

게임에서는 고작 하나의 책장이었지만, 두 명이 내려와서 인지 책장도 두 개였다.

최하나가 물었다.

"이제 어떻게 하면 되죠?"

"……시스템이 말하는 걸 따르면 돼요."

최하나는 고개를 주억거리며 빈 책장 앞에 섰다. 곧 그녀의 앞으로 책장은 빼곡이 채워지기 시작했다.

그녀의 스킬들이 나열되고 있었다.

종종 S급이 심상치 않게 보인다.

"……곧 다시 봅시다."

"네."

결연한 얼굴로 본인의 스킬북을 고르는 최하나. 강서준은 그 뒷모습을 일별하고 본인의 책장으로 향했다.

-초상비(F)

-파이어볼(F)

-초재생(F)

-……

무엇부터 해야 할까.

잠시 고민해 봤지만, 강서준은 주저하지 않고 가장 상단에 있는 스킬을 골랐다.

이제 뭘 선택하든 중요하지 않다.

'어차피 전부 다 돌파할 거니까.'

[전직 퀘스트가 발동했습니다.]

마족의 침공

세상엔 여러 직업이 있다.

누군가에게 위로가 되는 노래를 부르는 '가수'가 있고, 누군가의 건강을 책임지는 '헬스 트레이너'도 있다.

물건을 팔아 돈을 버는 '상인', 이를 유통하기 위한 '운송업체'가 있다.

세상은 하나의 직업으로 돌아가지 않고 갖가지 직업이 맞물려 움직여야 정상적인 흐름을 가진다.

해서 경찰이었던 오대수는 본인의 직업에 큰 자부심을 갖고 있었다.

'내 일은 사람들의 일상을 지키는 일이야. 비록 세계가 이 꼴이 났다 하더라도.'

그래도 드림 사이드 2의 오픈 이후로 요즘처럼 평화로운 일상은 또 없을 것이다.

상부에선 누누이 정규 업데이트에 대한 경고를 해 왔지만, 아직 예정된 날은 아니지 않은가.

오대수는 주변을 둘러봤다.

이전과 옷차림은 대단히 변했지만 전처럼 몬스터 걱정 없이 거리를 오가는 사람들이 있었다.

새로 그의 파트너가 된 '공지원'이 옆으로 다가오더니 말했다.

"대수 형. 무슨 생각을 그리 골똘히 해?"

"아…….."

오대수는 공지원이 건넨 커피를 받으며 그 얼굴을 올려다 봤다.

공지원.

본래 경찰도 아니었고, 평범한 영업사원에 불과하던 그는 오늘날 오대수의 파트너가 되어 있었다.

그것도 오늘날 아크의 치안을 담당하는 PP에 말이다.

PP(Player Police).

말하자면 자경단이다.

"그냥…… 간만에 한적하잖아?"

하늘은 파랗고 날씨는 적당히 서늘했다. 새로 정비한 길가의 나무는 색동옷을 입고 가을을 표현하고 있었다.

코스모스도 보고 싶은데…… 안타깝지만 아직 씨앗을 찾지 못한 모양이었다.

공지원은 커피를 홀짝이며 답했다.

"하긴 요즘 부쩍 치안이 좋긴 하죠."

"응. 모르핀 님이 오신 이후로 세상이 뒤바뀐 것 같다니까."

솔직히 놀라울 정도였다.

고작 '모르핀'이 아크로 내한했다는 것만으로도 아크 내외부에 벌어지던 범죄율은 절반으로 줄어들었으니까.

웃기는 일이었다.

링링의 말대로라면 전부 마족들에 의해 조종당하던 사람들이 사라져서 그렇다던데.

마족의 여파가 그토록 심했었다는 사실이 첫 번째로 놀라웠고, 모르핀의 등장만으로 그들이 전부 자취를 감췄다는 게 두 번째로 감탄할 일이었다.

"그래도 긴장은 놓지 말자. 오히려 이런 평화가 더 위험한 법이니까."

"알아요. 그 정도야 누구보다 잘……."

오대수와 공지원은 시선을 맞추며 고개를 끄덕였다. 경찰이 된 지 얼마 안 된 공지원이지만 그 시선은 꽤 베테랑 같았다.

그도 그렇다.

일반적인 경찰은 경험할 수 없는 것들을 그는 고작 1년도 안 되는 시간 동안 겪었다.

초능력으로 인질극을 벌이던 플레이어와 싸우는 일은 다반사. 술집에서 난동을 부리던 이들은 각종 마법을 부리는 시대다.

PP의 일은 목숨을 걸어야 한다.

'애초에 세계의 멸망을 겪었는데 뭐…….'

오대수는 쓰게 웃으며 다시 주변으로 시선을 돌렸다.

그가 선 곳은 광화문.

이 근방은 리자드맨의 우물에 정착하는 사람이나, 서울로 진출하려는 NPC, 혹은 던전을 공략하려는 플레이어로 꽤 독특한 생태계가 구성되어 있었다.

세종대왕 동상 근처에서 좌판을 열고 각종 기이한 마도구를 판매하는 플레이어를 볼 수 있었다.

새삼스럽지만 기이한 기분이 들었다.

"……이젠 이게 일상이란 거겠지."

그날.

하룻밤 나절 사이에 무너져 버린 세계는 이렇듯 새로운 형태로 다시 태어났다.

아마 영원히 과거의 모습으로 돌아가지 못할 것이다. 변해 버린 광화문의 풍경이 그 증거였다.

'하지만 우린 살아 있다.'

다르지만 새롭게.

부지불식간에 멸망한 세계를 딛고, 과거를 딛고…… 다시 각자의 목적을 향해 달려가고 있었다.

그게 현시대의 주소였다.

오대수는 입술을 잘근 깨물었다.

'이번엔 반드시 일상을 지켜 내겠어. 또다시 무너지게 놔두지 않아.'

정해진 정규 업데이트의 일정.

알려진 바로는 다가올 그날 우후죽순 나타날 던전엔 '안전지대'처럼 되어 버린 서울도 포함될 것이다.

공략된 던전은 그렇다 쳐도 새로 나타날 던전은 쉽게 막을 도리가 없다.

제2차 던전화.

머지않아 서울엔 B급 던전이 판을 치는 새로운 단계의 아포칼립스로 넘어갈 것이다.

오대수는 다시금 시민들을 둘러보며 주먹을 불끈 쥐었다.

'이미 모든 대책은 마련됐어.'

과거와는 다를 것이다.

느닷없이 갑자기 벌어진 '1차 던전화'처럼 대책 없이 당하진 않을 것이다.

대처할 능력도 갈고닦았다.

영업사원 공지원이 PP가 되었듯, 과거의 시민들은 플레이어가 되었다.

오대수는 확신할 수 있었다.

예기치 못한 재난은 재앙이지만, 대비만 제대로 해낸다면 충분히 이겨 낼 수 있는 시련이니까.

'우린 이번에도 살아남을 거야.'

무엇보다 새삼스러울 게 있나.

갑자기 세상이 멸망해도 살아남았고, 하늘에서 달이 떨어지려 할 때에도 그들은 서울을 지켜 냈다.

그때보다 훨씬 나아진 상황에서 무얼 더 두려워할 필요는 없는 것이다.

오대수는 한숨으로 걱정을 밀어냈다.

"근데 오늘 광화문에 집회 있었나?"

"집회요?"

"응. 저기 봐. 장기용이잖아."

주변을 둘러보던 오대수가 돌연 광화문의 인근에 나타난 의문의 집단을 발견한 것이다.

그중 선두에는 장기용이 있었다.

"혼백이네요."

광신도들의 집단 '혼백(魂魄)'.

죽어서도 이매망량인 케이의 힘이 되겠다며, 오직 케이만을 열렬히 호소하는 단체.

장기용은 그 단체의 간부였다.

그리고 공지원과 오대수의 스마트폰이 알림이 도착한 건 그즈음이다.

"……지원 요청이네요."

바로 '혼백'의 집회를 대비해서 인근을 보호하라는 것이다. 마침 인근을 순찰 중이던 오대수와 공지원은 그 지원 요청에 수락할 수밖에 없었다.

공지원은 연신 사람들을 이끌고 움직이는 장기용을 보면서 말했다.

"흐음…… 전 장기용 씨의 입장이 조금은 이해돼요. 케이 님의 복귀는 명명백백 알려진 사실인데…… 그 어떤 공식적인 자리에 나서지도 않고 있으니까요. 정보도 막혔잖아요?"

케이가 포탈 던전에서 일약 활약하고 잠적한 지 얼추 한 달이 되어 가는 시점이다.

그간 어떤 정보도 인터넷이나 뉴스에 보도되질 않았으니, 더더욱 혼백은 조바심이 날 수밖에 없는 것이다.

오대수는 쓰게 웃으며 말했다.

"……어쩌겠어. 케이 님의 부재를 공론화시킬 수는 없잖아."

사실 서울의 범죄율이 급격히 줄어든 데에는 모르핀의 내한 이외에도 '케이'의 이름값이 컸다.

그는 그 존재 자체만으로도 영향력이 있으니까.

아무렴 케이는 과거의 행적만으로 '광신도 집단'이 만들어질 정도이지 않은가.

"부재가 들통나면 다시 서울이 복잡해질 거야. 그건 막아
야지."

안 그래도 다가올 정규 업데이트 건으로 정신없는 상황이
었다.

결국 아크는 각 기관에 '엠바고'를 걸어 입을 막을 수밖에
없었다.

"그래도 곧 돌아오실 거야. 정규 업데이트가 머지않았으
니까."

오대수는 케이와 최하나의 지인이란 이유로 그들의 현 위
치에 대해서 얼추 들어 안다.

현재 전직 퀘스트 중이랬나?

다가올 거센 시련을 앞두고 더욱 강해지기 위해 절차탁마
(切磋琢磨)한다고 들었다.

'도대체 얼마나 더 강해지려는지 모르지만……'

오대수는 쓰게 웃으며 차차 소란스러워지는 광화문 일대
를 둘러봤다. 벌써 여러 사람들이 모여 피켓 따위를 들고 있
었다.

대개 혼백의 집회는 평화로운 분위기에서 펼쳐지는 '예배'
같다는 말을 듣긴 했는데.

막상 모여든 사람들을 둘러보니 오대수는 긴장감을 갖지
않을 수 없었다.

'전부 플레이어로군.'

하나같이 던전에서 던전밥 좀 먹어 본 이들이다. 그러니 상부에서도 지원 요청을 넣어 인근의 PP를 불러 모은 것이다.

만에 하나라도 대비하는 게 좋으니까.

오대수는 아무래도 혼백의 집회 때문이라도 파견된 다른 PP들도 살펴보며 슬슬 자리를 털고 일어났다.

"우리도 슬슬 일하러 가자. 설마 별일이야 있겠냐마는…… 뭐든 대비해서 나쁠 건 없으니까."

하지만 세상일이란 정말 모르는 걸까. 오대수는 불현듯 느껴지는 한 기운에 몸을 떨었다.

그는 저도 모르게 무기를 꺼내 쥐고 혼백의 집회 현장을 겨눴다.

근처의 PP들이 비슷한 반응을 보이는 걸 보면 단순한 착각은 아니었다.

'……뭐지?'

묘한 감각이었다.

말로 형용하기 어려운 불쾌한 느낌. 본능적으로 혼백 쪽을 둘러보던 오대수는 그 위로 넘실넘실 피어오르는 마력을 볼 수 있었다.

검붉은 빛깔…… 마기.

"설마……."

콰아아아아앙!

돌연 집회 현장의 한곳에서 폭발이 일어나면서 근처에 있던 상인들이 뒤집어졌다.

동시에 사방에서 웃음소리가 들려왔다.

"키킷킷!"

"키킷?"

"키키킷킷킷!"

이걸 무어라 설명해야 할까.

오대수는 폭발한 현장 인근에서 웃음만 터뜨리는 수많은 사람들, 그리고 그 웃음이 전염이라도 되듯 광화문 일대로 퍼지는 걸 볼 수 있었다.

광화문엔 폭발에 비명을 지르고 당황하는 사람과, 느닷없이 폭소를 터뜨리는 사람이 공존했다.

오대수는 창을 꽉 쥐었다.

상황이 어찌 됐든 가장 먼저 할 일은 하나였다.

'알려야 해.'

생각은 빨랐고 행동은 더 빨랐다.

오대수가 바로 스마트폰을 조작해서 비상연락망으로 무전을 넣으려고 했다.

하지만.

"여긴 광화문 P……."

파직!

돌연 그의 손아귀로 솟구친 날카로운 무언가가 그의 스마트폰을 관통하고 지나갔다.

빠르게 손을 빼내어 다치진 않았지만 오대수는 공격이 날아온 방향을 확인하고 침음을 삼킬 수밖에 없었다.

"······공지원."

어쩐지 아까부터 말이 없더라니.

그는 인근의 폭소를 터뜨리는 무명의 사람들처럼 입가에 미소를 잔뜩 장착하고 있었다.

그의 손톱이 길게 늘어나 있다.

"으, 으아아아앗!"

사방에서 난리가 났다.

웃음을 터뜨리던 사람들이 일제히 근처의 사람들을 향해 습격을 가하기 시작한 것이다.

이에 대응하기 위해 멀쩡한 플레이어들도 무기를 꺼내 쥐었다.

광화문은 순식간에 전장이 되었다.

"······일단 전원 리자드맨의 우물로 대피시켜!"

오대수는 빠르게 뒤로 물러나며 멀쩡한 사람들을 위주로 새로 조를 편성해 냈다.

그리드 사태를 겪어 봤던 덕일까. 그는 이 거지 같은 상황에서도 침착함을 유지할 수 있었다.

"움직여! 빨리 움직일수록 피해는 최소화된다!"

"네!"

오대수의 명령에 따라 '변이한 사람'을 대처하는 팀과, 일반인을 대피시키는 팀이 나뉘었다.

곧 전방위로 사이렌이 울리면서 사태의 심각성을 알리는 방송도 들려왔다.

설마 그러지 않길 바랐는데.

결국 이 사태는 '광화문'에 국한된 문제는 아니었던 모양이다.

-서울 전 지역에 이상 사태가 발생했습니다. 2급 위기 경보를 발령합니다. 각 구의 시민들은 정해진 대피소로 바로 이동하시기 바랍니다. 플레이어는 각자의 위치에서 작전을 수행합니다.

동시에 하늘에서 빛이 수를 놓듯 퍼지더니 일련의 마법진이 생성됐다.

과거 아크의 3구역을 봉쇄했던 마법진. 바로 1차 대피소의 봉인이 시작됐다는 걸 말했다.

-카드를 보유하지 않을 시 1차 대피소로의 진입은 불가합니다. 지급된 카드를 분실했을 때엔 2차 대피소를 이용하십시오.

오대수는 일단 그를 향해 달려드는 공지원의 공격을 튕겨냈다. 의식을 빼앗으면 잠잠해질까 싶어 목을 세게 후려쳐 봤지만 소용없는 짓이었다.

'이미 의식이 없어.'

짧게 혀를 차며 공지원과 공방을 잇던 오대수는 한 가지 사실을 더 알아낼 수 있었다.

'그리드가 아니다.'

욕망에 의해 움직이는 그리드는 각자 가진 욕망에 따라 다르게 성장한다. 한데 광화문 일대에 나타난 변이 인간들은 하나같이 웃음을 터뜨리며 긴 손톱을 보유하고 있었다.

갑작스러운 신체 변화를 일으켰으면서 모두 같은 특징을 가졌다라…….

오대수는 미간을 찌푸렸다.

사실 이 모든 일의 원흉이 뭔지 알고 있었다. 오대수는 공지원의 주변을 뒤덮은 검붉은 연기를 살펴봤다.

"결국 올 게 온 거로군."

정규 업데이트까지 일주일을 남긴 시점. 아크를 비롯하여 서울 전역으로 '마족의 침공'이 시작됐다.

❖

예기치 못한 천재지변.

사람들은 이를 '재난'이라 한다.

'지진이나 홍수, 태풍 같은 것들…….'

하지만 눈앞에서 벌어지는 광경은 과연 '재난'이라 할 수 있을까.

아리수 길드의 김영훈은 다소 난감한 얼굴로 불길이 치솟는 서울의 풍경을 둘러봤다.

솔직히 그는 현 상황을 다른 단어로 표현하고 싶었다.

'테러.'

분명 그는 다가올 정규 업데이트를 대비해서 단합 차원으로 회식 자리를 가지고 있었다.

적잖이 술이 오갔고 다들 기분 좋은 취기에 알코올을 즐기던 중이었다.

근데 이게 다 무슨 일이란 말인가.

김영훈은 입술을 꽉 깨물며 흐트러지는 정신을 깨우며 말했다.

"정신이 있는 자는 모두 내 주변으로 모이시오!"

검을 뽑아 '변이한 사람'의 손톱을 튕겨 냈다. 그를 중심으로 애써 마력으로 취기를 밀어낸 길드원들이 하나둘 뭉칠 수 있었다.

김영훈은 차분하게 말했다.

"모두 괜찮소?"

"……네!"

"일단 길을 열어야 하오. 이곳에 뭉쳐 있으면 죽는 건 금방이오!"

상황은 최악으로 치달았다.

변이는 사방에서 우후죽순 벌어지는 것이다. 벌써 그의 동료들도 감염되어 이지를 잃고, 괴물처럼 변하여 웃음만 터뜨리고 있었다.

"정신 바짝 차리시오!"

"흐아아앗!"

김영훈의 일갈과 함께 아리수 길드는 빠르게 길을 열어 나 갔다.

그래도 그들은 잘 버티고 있었다.

생각보다 변이한 인간들의 수준이 높진 않았기 때문이다.

아리수 길드원들은 특이점도 알아낼 수 있었다.

"변이는 대개 200레벨 이하의 플레이어들에게 벌어지고 있습니다!"

그리고 이 특징은 아크에서도 최상위 길드로 분류되는 아 리수 길드에겐 유리하게 적용됐다. 아무래도 저렙의 플레이 어가 현저히 적었던 것이다.

김영훈은 칼을 앞으로 겨누며 말했다.

"1열 앞으로!"

하물며 이 정도 위기쯤이야.

근 1년간 몬스터를 베면서 전투만을 일삼는 프로들이 바 로 그들이었다.

새삼스럽지만 동료가 적이 된들 당황할 일도 아니고, 회식 자리가 전장이 된들 어색하지도 않다.

아포칼립스는 이미 일상이었다.

"안전가옥으로 이동하겠습니다!"

"……아니오! 대피소로 이동하시오!"

김영훈의 시선엔 힘없이 바닥에 널브러진 누군가의 사체가 보였다.

　'1년을 살아남았거늘…….'

　이름 모를 누군가는 그 고생스러운 1년의 생존기를 이토록 허무하게 끝을 내고 있었다.

　김영훈은 입술을 잘근 깨물었다.

　"여기서부터는 팀을 나누겠소. 2군에 해당하는 플레이어는 안전가옥을 지키고, 나머지 1군은 나를 따라 전장으로 나서겠소."

　불타오르는 김영훈의 의지만큼이나 아리수 길드원들도 각오를 다지고 있었다.

　그들의 생각은 같았다.

　"다시는 서울을 빼앗기지 않겠소."

　1년 전의 같은 일을 반복하지 않기 위해서. 그들은 목숨을 내놓을 준비가 되어 있었다.

　한편 비슷한 시기에 다른 공간에서는 '수호 길드'의 마스터인 '박동수'가 제 몸보다 커다란 방패로 무너진 콘크리트를 받치고 있었다.

　"얼른 나가! 나도 오래 못 버텨!"

　우연히 장비를 수리하기 위해 대장간에 들르다 폭발 사고에 휘말렸더랬다.

단번에 폭삭 무너지는 건물이었지만 여태 쌓아 온 수련이 헛되지 않았는지 겨우 살아남은 참이었다.

박동수는 이를 악물고 거의 기어가듯 건물 잔해를 지나가는 시민들을 확인했다.

불행 중 다행인 건 그가 선 곳이 입구에서 멀지 않다는 점이다.

그렇게 사람들이 다 빠져나갔을 때쯤.

"다 나갔군. 이제 나만 나가면 되겠어."

그는 방패를 조금씩 비스듬히 기울여 무게의 하중을 덜어 냈다.

이대로 천천히 움직인다면 별문제 없이 건물을 빠져나가는 건 일도 아닐 것이다.

하지만.

"꺄아아아아악!"

문제는 종전에 무사히 기어서 건물을 빠져나간 사람들한테서 비명이 들렸다는 것이다.

박동수는 이를 악물었다.

"흐아아아아압!"

그의 전신에서 핏줄이 올곧게 섰다. 조금씩 부푼 팔뚝은 기적같이 건물더미를 점차 들어 올리고 있었다.

'젠장…… 몸이 찢어질 것만 같군.'

세포마다 비명을 지르는 기분이었지만, 박동수는 기어코

붕괴되는 건물을 밀어내고 밖으로 빠져나갔다.

수호 길드는 지키기 위해 태동했다.

그곳의 마스터인 박동수는 다시는 눈앞에서 허무하게 사람을 잃지 않겠다고 다짐했더랬다.

그는 바로 가까이에서 사람들을 위협하는 '괴물'을 발견했다.

"……뭐야?"

거두절미하고 기다란 손톱을 늘어뜨린 채로 달려들던 누군가의 뒷덜미를 잡아 그대로 패대기쳤다.

"크헉……!"

그리고 박동수는 울컥 피를 토해 냈다. 종전에 건물을 빠져나오느라 무리한 탓이었다.

"……젠장."

나지막이 욕지거리를 내뱉으려니 날아갔던 괴물이 이쪽을 향해 달려드는 게 보였다.

하지만 그보다 먼저 박동수의 옆에 도달한 사람이 있었다.

"……야, 이 미친 새끼야! 난 왜 빼놓고 나가고 지랄이냐!"

"알아서 잘 빠져나왔네."

"너 이 씨…… 두고 보자!"

짜증을 내면서도 고민준은 박동수의 옆에 서며 지팡이를 앞으로 겨눴다.

바닥에서 족쇄가 하나 생성되더니 괴물의 다리를 붙들어

넘어뜨리는 데 성공했다.

박동수는 쓰러진 괴물의 머리를 방패로 내리찍으며 물었다.

"네가 보기엔 어떠냐? 그리드일까?"

"……아니. 그리드가 이렇게 천편일률적으로 똑같이 변하진 않아."

그리드의 변이 조건은 '포자 바이러스'에 감염되는 것과 그보다 강한 '욕망'을 품어야 한다.

발단은 포자 바이러스겠지만, 녀석들의 변이는 그 욕망에 따라 천차만별 달라지는 것이다.

하지만 눈앞의 괴물들은 하나같이 손톱을 길게 늘어뜨리고, 기괴하게 웃으며 공격을 퍼부을 뿐이다.

정답은 간단했다.

막말로 저들의 머리맡에 뿌옇게 나타난 검붉은 연기가 있었으니까.

"마기에 중독된 거로군."

"내 생각도 그래."

극비에 알려진 사실이지만 아크는 이미 마족들의 침식이 이뤄지는 도시였다.

결국 녀석들이 이빨을 드러낸 거겠지. 고민준은 미간을 찌푸리며 짜증 섞인 목소리로 말했다.

"하…… 근데 왜 하필 지금이냐고."

그의 지팡이가 움직이자 눈앞의 변이 인간이 다시 족쇄에 묶여 바닥에 널브러졌다.

긴 시간을 속박할 수는 없겠지만 효능은 확실했다.

박동수가 답했다.

"정규 업데이트가 조금 더 빨리 진행되려나 보지. 드림 사이드 1처럼 될 거라는 건 어차피 추측이었잖아."

"알아. 알지만……."

"됐어. 정규 업데이트고 뭐고 중요한 건 그게 아니잖아."

박동수는 더욱 힘을 주어 아예 변이 인간을 밀어 버렸다. 건물조차 들어 올리던 그 힘에 의해 변이 인간은 멀리 튕겨 나갈 수밖에 없었다.

박동수는 호흡을 가다듬으며 말했다.

"중요한 건 전쟁은 이미 시작됐다는 거야."

쿠우우우웅!

그 말에 화답이라도 하듯 가까운 건물이 크게 폭발했다.

4층짜리 건물이 폭삭 주저앉고 있었다.

그리고 그곳엔 변이 인간의 두 배쯤은 커다란 크기의 괴물이 우렁차게 포효하고 있었다.

"저 새끼들 진화도 하네."

"……아니야. 저건 그냥 악마잖아."

고민준이 미간을 찌푸리며 말했다.

"중급 악마. 아마 레벨은 250쯤 될걸."

"……B급 던전 몬스터라고?"

"그래."

"설마 B급 던전이 던전 브레이크를 일으켰다고 말하는 건 아니지?"

박동수는 침음을 삼키며 뒤편에서 오들오들 떨고 있는 일반인들을 살폈다.

앳된 얼굴의 아이 둘과 중년으로 보이는 여자 한 명.

무너지는 건물에서 겨우 구해 낸 사람들이었다.

고민준이 한숨을 뱉으며 말했다.

"던전 브레이크로 나온 건 아닐 거야. 이 게임이 그따구로 밸런스를 말아먹진 않았으니까."

"……충분히 말아먹은 것 같은데."

박동수는 포효하는 중급 악마를 보며 몸을 떨었다. 솔직히 감당하기 힘든 괴물이었다.

'아까 무리만 하지 않았어도 해볼 만하겠지만…….'

과거를 되새겨 본들 바뀌는 건 없었다. 결국 저놈을 고민준과 단둘이서 쓰러트리는 수밖에 없었다.

'설령 무리라 할지라도.'

박동수는 떨리는 자신의 손을 내려다봤다. 오늘따라 그의 굳건한 방패가 천근만근 무겁게만 느껴지고 있었다.

그때 고민준이 중얼거렸다.

"……소환수야."

“뭐?”

“저거 소환수라고! 아무리 생각해도 던전 브레이크는 말이 안 되니까!”

그제야 박동수도 상황을 깨닫고 주변으로 탐지 스킬을 발동해 봤다. 하지만 스킬에 걸리는 건 아무것도 없었다.

만약 고민준의 추측이 사실이라면 상황은 더욱 최악이 되는 것이다.

‘내 수준으로 간파할 수 없다는 거니까.’

박동수는 한숨을 길게 내뱉고 말했다.

“너 공간 이동 할 수 있냐?”

“그런 고위 마법을 내가 어떻게 해?”

“김훈은 되게 잘하던데.”

“그건 마법이 아니잖아.”

김훈처럼 ‘공간 이동’이란 스킬을 갖고 있지 않는 한, 마법사가 공간 이동을 하려면 그만한 술식을 익히고 있어야 한다.

그것도 대단위 마력을 필요로 하며 어지간한 마법사는 단거리 공간 이동조차 어려워했다.

고민준은 변명하듯 말했다.

“자칫 잘못하면 공간 틈에 낀단 말야.”

“……결국 안 된다는 거군.”

어느덧 그들은 완전히 구석으로 몰린 상태였다. 더는 뒤로 물러날 공간도 보이질 않았다.

뒤편에서 숨을 죽인 채 입을 막고 있는 사람들이 보였다.

소리를 안 낸다면 공격하질 않는다고 생각하는 걸까.

고민준은 입술을 꽉 깨물었다.

"세 명까지는 가능해."

"……할 수 있다고?"

"장거리는 아니야. 근거리. 내 시야에 들어오는 정도라면 무리해서 한 번은 사용할 수 있어."

박동수는 흔쾌히 고개를 끄덕였다.

"충분하네. 이제 가."

"뭐?"

"나머진 내가 맡을 테니…… 가라고!"

박동수는 그 말을 끝으로 근접한 변이 인간을 힘껏 날려 버렸다.

동시에 그로부터 엄청난 마력의 흡입이 생겨났다.

우어어어어어!

마치 곰이 포효하듯 울리는 소리는 용케 인근의 변이 인간과 중급 악마의 시선을 잡아끌고 있었다.

박동수의 장기인 광역 어그로였다.

"……가!"

그즈음 박동수의 앞에 도착한 중급 악마가 주먹을 휘둘러 댔다. 날카로운 꼬리가 박동수를 찔러 왔지만 육중한 몸에 안 맞게 곧잘 피해 냈다.

이를 바라보던 고민준은 입술을 꽉 깨물며 뒤편의 사람들에게 손을 내밀었다.

"모두 내 손을 잡아요!"

겁에 질린 사람들을 붙들고 그는 가까운 건물의 옥상을 올려다봤다.

그래도 옥상엔 사람은 적을 터.

당장 중급 악마와 변이 인간을 피할 수만 있다면 다음을 기약할 수도 있을 것이다.

종전처럼 건물이 무너지지만 않으면 어지간한 지상보다는 낫다.

"갑니다!"

터질 것 같은 두통과 함께 마력이 쭉 빠져나갔다. 그가 눈을 감았다 떴을 때에 이미 주변의 풍경은 바뀌어 있었다.

"헉…… 허억."

호흡을 거칠게 내뱉자 코에서 피가 주룩 흘러내렸다. 정신이 아찔해졌고 금방이라도 죽을 것만 같은 기분이 들었다.

하지만 그는 자리에서 일어났다.

"다들 여기서…… 잠시만 기다려요."

그는 사람들의 주변으로 마법으로 빚어낸 울타리도 만들어 두어, 최소한의 방비를 해 두고 옥상 난간에 섰다.

아래쪽에서 여전히 중급 악마를 상대로 힘겹게 전투를 벌이는 박동수가 보였다.

가히 리트리하에 버금간다는 아크의 방패. 수호 길드의 박동수다운 방어력이었다.

"기다려라. 내가 곧……."

거기까지 말했을 때였다.

"됐어. 빠져."

나지막이 들려온 낭랑한 목소리가 귓가에 닿았다. 동시에 거대한 마력이 움직이는 게 고스란히 느껴졌다.

고민준은 바로 알 수 있었다.

한쪽 허공에서 서서히 모습을 드러내는 천진난만한 얼굴의 소녀의 정체를.

그녀를 발견한 고민준은 저도 모르게 긴장이 풀려 난간에 주저앉고 말았다.

"링링 님……."

공간을 가르고 나타난 링링은 인벤토리에서 기다란 고목 나무 스태프를 꺼내어 아래를 겨눴다.

마치 저격이라도 하는 모양새.

그녀의 스태프 앞으로 마법진이 수십 개가 중첩되고 있었다. 수많은 매직 미사일이 그녀의 주변으로 넘실거렸다.

터무니없지만 그녀는 현재 '공간 이동'으로 나타나서, 허공을 부유하는 '플라이'에 이어 '다중 매직 미사일'을 펼치고 있었다.

고민준은 눈이 멀어 버릴 것처럼 빛나는 그녀의 모습을 보며 침음을 삼켰다.

'매직 미사일만 해도 마력 응집, 회전, 유도, 격발…… 수많은 과정이 있는데.'

링링은 그 모든 마법을 단번에 다루는 것이다.

그녀는 아래를 내려다보며 말했다.

"가라."

쿠콰카카카카카캉!

비처럼 쏟아진 매직 미사일은 인근의 모든 변이 인간과 중급 악마에게만 유효한 타격을 주었다.

고민준은 그 현장을 보며 탄식했다.

'전격 속성까지?'

대체 한 번에 몇 개의 마법을 다룰 수 있단 말인가.

고민준이 재차 감탄하는 사이 매직 미사일에 적중당한 중급 악마가 이쪽을 올려다봤다.

불쾌하다는 듯 포효하는 녀석.

링링은 싸늘하게 말했다.

"시끄럽게."

순식간에 조형된 번쩍이는 전격의 창이 중급 악마의 머리를 관통하고 있었다.

－1층 클리어.

－2층…… 진입합니다!

－생존자를 발견했습니다!

수시로 들려오는 무전을 확인하며 김강렬은 2층으로 올라섰다.

곳곳이 부서진 흔적이 역력한 사무실.

한쪽 굳게 닫힌 어느 방문 앞으로 날카로운 손톱을 휘둘러 대는 변이 인간이 보였다.

김강렬은 빠르게 명을 하달했다.

"작전을 개시한다. 움직여!"

김강렬은 기둥 하나를 두고 호흡을 가다듬었다. 수신호에 따라 앞서 자리를 잡은 조현호가 시선을 마주했다.

킷킷킷! 키이잇! 킷!

변이 인간은 괴상한 웃음을 흘려 대며 찌그러진 철문을 향해 무던히도 공격하고 있었다.

머리를 부딪치고, 손톱이 부러지도록 문을 긁었으며, 주먹으로 쾅쾅 찍기까지.

어지간히도 저 안에 있는 생존자들을 해치고 싶은 모양이었다.

'이곳이 드림내일이라 천만다행이로군. 다른 곳이었으면

진즉에…….'

드림내일.

아크에서도 가장 유명한 신문사 중 하나였고, 그 재력으로 '임시 벙커'를 완공한 기업이었다.

당장 기자들이 몸을 숨기고 들어간 장소가 바로 각종 마법진으로 무장한 '임시 벙커'였다.

레벨 200으로 추정되는 변이 인간의 힘으로는 쉽게 부술 수 없을 것이다.

"표적은 둘이다. 일격에 제압한다."

"……네."

낮은 목소리로 대답한 건 김강렬의 뒤에 선 김시후였다. 그는 조현호와 반대편 기둥으로 가더니 살금살금 변이 인간에게 접근했다.

그들은 서로 타이밍을 재더니 일시에 방아쇠를 당겼다.

피슈우우우웅!

소음기가 장착되어 고요하게 날아간 총알은 허공에서 빛과 함께 터졌다.

만들어진 건 일종의 그물.

문을 부수려고 안간힘을 쓰던 변이 인간의 신체를 구속하기엔 충분했다.

"성공입니다!"

기뻐 소리친 김시후는 금세 얼굴에 사색을 띠어야 했다.

가까운 책상 아래에 작은 크기의 변이 인간이 숨어 있었기 때문이다.

여태 가려져서 안 보인 듯했다.

타앙!

한 발의 총성이 울리며 발사된 그물은 김시후의 정면으로 짓쳐 들던 변이 인간의 몸을 옭아맸다.

힘없이 바닥에 널브러진 변이 인간은 대략 여섯 살쯤은 되어 보이는 '아이'였다.

"……긴장해."

"네, 죄송합니다!"

김강렬은 빠르게 병사들을 향해 한 번 더 사무실을 수색하도록 명했다.

다행히 2층에선 더는 변이 인간을 찾을 수 없었다. 아무래도 다른 곳으로 뛰쳐나갔거나 다른 층에 있는 모양이었다.

곧 완전히 깨끗하다는 보고를 받고 나서야 그는 긴장을 늦추고 임시 벙커로 다가갔다.

굳게 닫힌 문은 거의 반파 직전이었다.

"조금만 더 늦었으면 큰일 날 뻔했군."

김강렬은 임시 벙커 내부의 사람들에게 따로 무전을 넣어 바깥으로 나오도록 유도했다. 곧 안에서 긴장한 한숨을 토해내며 나온 사람은 도합 다섯 명이었다.

"이게…… 이게 어떻게 된 일이죠?"

무슨 상황인지도 모르는 채 무작정 벙커로 피한 사람들인
듯했다. 기자들은 식은땀을 닦으며 김강렬을 비롯한 군인을
바라봤다.

그러다 그물에 얽혀 더는 움직이질 못하는 변이 인간을 보
고 기함을 토했다.

"저, 정훈이……?"

"이럴 수가!"

"허어……."

하지만 당황은 짧았다.

그들은 안타까운 눈으로 변이 인간을 바라봤지만, 그뿐이
다.

금세 침착을 되찾았고 그저 이유를 알고 싶어 하는 눈으로
김강렬을 바라볼 뿐이다.

김강렬은 기자들을 모아 놓고 나지막이 입을 열었다.

"방송을 들어서 아시겠지만 현재 서울은 2급 위기 경보가
발령된 상태입니다. 플레이어는 소집되고 시민들은 대피소
로 이동하고 있죠."

"네, 네……."

"현시점에서 유력한 침략자는 '마족'입니다. 각 길드의 협
조를 통해 구제 작전은 이미 시작되었습니다."

김강렬은 그가 한 말을 빠르게 수첩에 옮겨 적는 기자들
을 응시했다. 그리고 호흡을 가다듬더니 다시 말을 이어 나

갔다.

"침략은 전 세계에서 벌어지고 있습니다. 주요 도시를 위주로 타격이 시작됐고, 곧 위기 경보도 1급으로 격상될 겁니다."

기자 중 한 명이 손을 들어 물었다.

"혹시 변이 인간에 대한 정보는 더 없습니까?"

"……변이 인간은 '퍼펫(Puppet)'으로 명명됐고 그리드와 다른 감염체로 분류됩니다."

"다르다면 어떻게 다른 거죠?"

김강렬은 여전히 웃음을 토해 내며 그물 속에서 아등바등 난동을 부리는 퍼펫을 내려다보며 말했다.

"저들은 아직 인간입니다."

"……인간이라고요?"

"특정한 마기에 침식되어 저런 모습이 되었지만, 시간이 흘러 마기가 빠져나가면 자연스레 원래의 모습으로 돌아올 겁니다."

이는 성녀 모르핀이 직접 언급한 퍼펫에 대한 정보였다.

해서 현재 퍼펫은 사살 명령이 떨어지지 않았다.

위급한 경우에는 어쩔 수 없겠지만, 가능한 저들도 시민으로 분류해 보호하는 게 원칙이었다.

김강렬은 다시 기자들에게 말했다.

"다들 적었습니까?"

"네."

"그럼 바로 대피소로 이동하죠. 나머진 잘 부탁드립니다."

"뭘요. 저희도 저희가 해야 할 일을 했을 뿐인걸요."

김강렬은 쓰게 웃으며 고개를 끄덕였다. 그리고 정비를 마치자마자 부대를 이끌고 가까운 본대에 합류했다.

그곳엔 인근을 돌아다니며 '기자', '의사', '기술자' 등의 인물들이 시시각각 구조되어 모여들고 있었다.

그는 호송팀에 인계되는 기자들을 보며 한숨을 삼켰다.

'해야 할 일이라…….'

사실 저들에게 미주알고주알 현 상황을 브리핑해 준 데엔 그만한 이유가 있다.

저들은 '기자'니까.

전쟁 중에 모든 시민들에게 그때마다 상황에 대해서 브리핑해 줄 여유는 없다.

이럴 때야말로 기자가 필요한 법.

곧, 저들의 손으로 만들어진 방송과 신문이 대피소 곳곳으로 배포될 예정이었다.

김강렬은 쓰게 웃으며 생각했다.

'……확실히 세상이 변하긴 변했군.'

이번 침략은 갑작스럽게 벌어졌다.

느닷없이 옆 사람이 퍼펫이 되거나, 곳곳에서 악마들이 튀어나오는 예기치 못한 재난.

한데 동료가 괴물이 되고, 벙커에 갇히더라도……..

사람들에게 패닉이란 없었다.

오히려 '해야 할 일'을 찾아서 움직일 뿐이다. 목숨이 왔다 갔다 하는 위기는 이제 익숙하단 거겠지.

그리고 이건 비단 그들에게만 국한된 얘기가 아니었다.

김강렬은 군인의 지시에 따라 빠르게 움직이는 시민들을 볼 수 있었다.

다들 당장 어떻게 해야 하는지를 알고 있었다.

'1년 전이라면 어땠을까.'

그때에도 그는 군인이었지만, 현실은 무력했다.

고작 눈앞에서 포효하는 오크 한 마리를 저지하지 못해서 죽어 버린 사람이 몇이던가.

총알이 박혀도 죽질 않는 괴물들.

순식간에 사람들은 몬스터의 먹이가 됐고, 살아남는 게 용한 나날이었다.

'한데 지금은…….'

군인은 시민을 지키기 위해서 할 수 있는 일을 한다. 기자들도 그들만의 일을 찾아서 움직인다.

세상은 이미 이렇게나 변해 버렸다.

"……됐어. 정신 차리자."

머리를 흔들어 상념을 털어 낸 김강렬은 그를 기다리던 부대원들을 돌아봤다.

특히 드림 사이드 1의 세계를 살다 왔다는 김시후는 위기에 대한 대처가 상당히 능숙했다.

가끔 실수를 하긴 해도, 종종 보여 주는 능력치는 어지간한 군인보다 나았다.

그중 정령을 활용한 정찰은 가히 발군이었다.

"대위님. 가까운 곳에 생존자가 더 있어요."

"……그래."

김강렬은 정렬한 부대원에게 말했다.

"우린 명동으로 이동한다."

가는 길엔 마침 김시후가 언급한 장소도 있었다. 들르면서 생존자도 구출하면 될 것이다.

"이동!"

병사들은 일사불란하게 움직이기 시작했다.

❈

한편 상암동 월드컵 경기장에는 수많은 인파가 들끓고 있었다.

"차례로 입장해 주십시오! 이곳은 안전합니다!"

"카드를 분실하신 분들은 스캔 부서를 방문하시기 바랍니다!"

"비상식량은 지하 3층에서 분배합니다!"

2차 대피소.

식별 코드가 장착된 카드를 잃어버리거나, 거리가 멀어 대피하기 힘든 이들이 모이는 장소.

상암 월드컵 경기장이 딱 그랬다.

"침착하게! 빠르게! 질서를 지켜 주십시오!"

"이곳은 2차 대피소입니다! 카드를 소유하거나 여유가 있으신 분들은 가능한 한 1차 대피소로 이동해 주시기 바랍니다!"

이미 여러 상황을 상정한 훈련을 수차례 거듭했기 때문일까.

플레이어나 시민들은 큰 동요 없이 피난을 이어 나갔다.

하지만 상황이 반전된 건, 피난민만큼이나 여러 몬스터들이 몰려들기 시작한 즈음일 것이다.

"전방에 하급 악마입니다!"

"3팀이 맡아!"

"우측으로 퍼펫이 접근합니다!"

2차 대피소의 가장 큰 문제는 아무래도 1차 대피소처럼 링링의 마법으로 완전한 보호를 받을 수 없다는 점이었다.

언제든 몬스터의 침공을 받을 수 있고, 그만큼 위협도 뒤따랐다.

"시민의 구조를 우선하고 하급 악마는 바로 사냥한다! 모두 움직여!"

"퍼펫은…… 여전히 보호 대상입니까?"

"상황에 따라 판단해! 다수가 위험하면 사살도 허용한다!"

한 명을 구하기 위해 여러 명을 위기에 빠뜨릴 수는 없었다.

특히 수십 명의 목숨이 오가는 와중에, 플레이어들이 할 수 있는 선택은 한정된 법.

언젠가 인간이 될 가능성이 있는 퍼펫을 구하는가. 그도 아니면 당장 구할 수 있는 수십 명의 안전을 도모하는가.

답은 빨리 나왔다.

당장 월드컵 경기장의 총 책임자로 배정된 나한석은 퍼펫의 관절 부위를 저격하면서 말했다.

"우선 가능하면 행동 불능으로 만들어라! 1원칙은 그걸로 삼고 나머지는 현장에 따라 처치해!"

그래도 다행인 건 아직까지 퍼펫을 사살해야 할 만큼 위기를 겪진 못했다는 것이다.

이곳을 담당하는 나한석 대위의 특수대응팀은 아무래도 디펜스의 베테랑들이었으니까.

낙원에서 밀려오는 수백의 백신을 상대로 전투를 벌인 경험은 어디 가질 않는다.

그들은 능숙하게 피난민을 유도하고, 몬스터를 대처하며 상황을 그들에게 유리하게 이끌어 나갔다.

"문제는 시간문제란 건데……."

이는 낙원에서부터 느껴 온 고질적인 문제였다. 무릇 전쟁이란 물량에서 밀리면 불리할 수밖에 없는 싸움.

서울 전역에서 밀려오는 수많은 피난민을 유도하고, 이에 이끌려 딸려 오는 몬스터까지 감당하기란 현실적으로 한계가 있었다.

"나 대위님! 전방에 중급 악마입니다!"

"중급 악마들이 몰려옵니다!"

이윽고 불길한 미래는 현실이 되었다. 나한석은 멀리 포효하는 중급 악마를 보며 입술을 잘근 깨물었다.

"나 대위님! 문을 닫아야 합니다! 이대로면 몬스터가 진입하고 말 겁니다!"

"시간이 없습니다. 나 대위님!"

나한석은 여전히 수많은 인파가 2차 대피소로 달려오는 걸 바라봤다. 이대로 문을 닫는다면 저들은 포기해야만 하는 일.

하지만 그는 결단을 내려야 한다.

시간은 그들의 편이 아니니까.

"……문을 닫는다."

나한석은 참담한 심정을 삼키며 명을 내렸다. 이대로 저들을 모두 받고자 한다면 대학살이 일어날 건 자명한 사실.

이건 어쩔 수 없는 선택이다.

'전쟁은 선택과 집중이 중요하니까.'

결국 문이 서서히 닫히고 있었다.

"안 돼! 조금만 더 기다려 줘……!"

"기다려! 기다리라고! 이 시발 새끼들아!!"

"으아아아악!"

누군가의 비명과.

"얼른 닫혀라. 제발, 제발……."

"닫혀, 닫혀, 닫히라고!"

누군가의 기도가 함께 맞물렸다.

아이러니하게도 그들은 같은 문을 바라보고 있었고, 서로 다른 생각을 떠올리고 있었다.

나한석은 거의 닫힌 문을 보면서 말했다.

"나머지는 백승수 씨에게 맡깁니다."

"네? 잠깐 지금 무슨……?"

백승수의 말이 끝나기도 전에 나한석은 빠르게 문 밖으로 나섰다.

그가 바깥에 나오자 완전히 닫혀 버린 문.

이곳까지 달려온 사람들의 절망한 시선이 그에게 꽂히고 있었다.

나한석은 호흡을 가다듬으며 말했다.

"플레이어들은 나를 따르고 시민들은 엄폐물을 찾아 숨으세요."

그리고 악마들이 월드컵 경기장까지 밀고 들어온 순간.

나한석은 옆에서 들려온 목소리에 헛웃음을 지어야 했다.

"……나 대위님. 여기서 죽으면 끝인 건 알죠?"

"백승수 씨."

"왜 혼자 죽으려 합니까."

한때는 죽네 사네 하는 문제로 낙원에서 여러 번 말다툼도 했던 사이였다.

하지만 죽음을 목전에 둔 상황에서 기어코 백승수는 살기를 선택하질 않았다.

나한석이 물었다.

"생존이 최우선 아니었습니까."

"……뭐, 그렇죠."

"근데 왜 나왔습니까?"

백승수는 어깨를 으쓱했다.

"막상 돌아와 보니 이곳도 썩 살 만한 세상은 아니더군요. 저 혼자 살아남아 봤자 의미도 없고……."

그는 자조적으로 웃었다.

"……뭐 됐습니다. 기왕 나온 거 후회하기엔 늦었습니다."

"정말 제멋대로군요."

나한석과 백승수의 시선이 쓸쓸하게 교차했다. 목숨이 여러 개일 때는 그토록 살기를 원하던 그는, 대체 왜 한 개의 목숨일 때 이토록 무모하게 구는 걸까.

나한석은 쓰게 웃으며 말했다.

"그럼 한 놈이라도 더 데려갑시다. 죽어서도 억울하지 않게."

수차례 총성이 빗발치기 시작했다.

<hr />

손끝은 바느질을 하듯 섬세하게 조율하고, 마력은 해일처럼 노도와 같은 기세로 운용한다.

"체인 라이트닝."

링링은 나지막이 마법명을 읊으며 집중력을 높였다.

본래 이 정도 마법은 입 밖으로 꺼내질 않아도 사용할 수 있겠지만, 지금처럼 특수한 경우엔 어쩔 수 없었다.

'표적 분류, 범위 설정, 강도 조절…… 속도 고정.'

링링의 머릿속엔 수많은 수학기호와 함께 다양한 술식들이 동시에 발현되고 있었다.

실제로 그녀의 주변으로는 수십 개의 마법진이 마치 톱니바퀴처럼 돌아가며 완성되어 있었다.

더블 캐스팅, 트리플 캐스팅…… 그런 규격은 가뿐히 뛰어넘은 지 오래였다.

링링은 마지막까지 마법을 조율한 뒤 나지막이 한마디를 읊었다.

"시동."

마치 수 개의 부품이 맞물려 움직이는 기계처럼, 거대한 마법은 단 한 사람의 손에서 발현됐다.

효과는 대단했다.

콰직! 콰지지직!

그녀의 손에서 시작된 번개가 도심 위를 질주했다. 순식간에 표적으로 설정된 퍼펫을 향해 짐승처럼 달려든 것이다.

감전된 퍼펫은 온몸이 마비돼서 더는 움직일 수 없었다.

그때였다.

쿠아아아악!

무너진 건물 틈에서 슬쩍 고개를 내민 중급 악마가 보였다.

무너진 건물 틈으로 슬쩍 고개를 내민 중급 악마.

놈의 꼬리엔 시체가 마치 꼬치처럼 꿰여 있었다.

악마들의 전리품.

링링은 관자놀이를 꾹꾹 누르며 스태프를 휘둘렀다. 곧 그 자리로 늑대처럼 체인 라이트닝이 달려들었다.

콰지지지직!

대단히 신경질적인 소음을 내며 중급 악마를 관통한 체인 라이트닝!

고작 감전시킬 뿐인 퍼펫과는 다르게 녀석의 신체는 완전히 새카맣게 타 버렸다.

하지만 중급 악마의 수준이 여타 다른 놈들보다 조금은 더 높았던 걸까.

체인 라이트닝을 맞고도 살아남아 고개를 바짝 들고 포효하기 시작했다.

물론 그렇다고 녀석이 살아날 수 있는 건 아니었다.

"아이스 스피어."

이미 술식은 완성됐고, 중급 악마의 다리로 적중된 아이스 스피어는 그 일대를 통으로 얼려 버렸으니까.

중급 악마는 하반신이 얼어 당황한 얼굴을 했고, 그 위로 금세 순간 이동한 링링이 스태프를 겨누었다.

"라이트닝 스피어."

놈의 머리부터 심장, 복부…… 곳곳에 번개로 이루어진 창이 꽂혀 들어갔다. 살이 지져지는 냄새와 함께 놈의 몸에서 불길이 치솟았다.

하반신은 얼은 주제에 상반신은 불에 타는 기괴한 형상.

링링은 빠르게 스태프를 휘둘러 '윈드 커터'를 발동해 냈다.

"후우……."

그렇게 녀석의 머리를 잘라 낸 링링은 한숨을 내뱉으며 잠시 허공에 주저앉았다.

중급 악마는 고작 250 전후에 불과하는 몬스터였지만, 갈수록 버겁다는 느낌이 들었다.

아무럼 한 지역 범위로 마법을 흩뿌리면서 놈을 상대로 한 전투를 잇는 것 자체가 힘든 일이었다.

제아무리 천재라 해도 말이다.

"……으으, 죽겠네."

또한 그녀는 점점 약해지고 있었다. 그녀라고 마력이 무한대로 샘솟는 건 아니니까.

무전이 들려온 건 그때였다.

–링링, 좀 어때요?

본부에서 일단 대기 중인 '성녀 모르핀'의 무전이었다. 그녀의 우려 섞인 목소리에 링링은 짧게 답했다.

"그럭저럭."

–언제든 힘들면 돌아와요. 바로 회복시켜 줄 테니까.

"난 됐어. 쓸데없이 힘 낭비 마."

–하지만…….

"성녀. 너의 역할을 잊지 마."

잠시 조용해졌던 모르핀은 한숨을 내쉬더니 말했다.

–……알겠어요. 대신 무리하지 마요. 당신이 쓰러지면 여긴 정말 끝이니까.

링링이 쓰러지면 아크, 그러니까 서울이 무너진다는 말은 거짓 하나 더하지 않은 사실이었다.

서울의 1급 대피소를 지키는 마법진. 그리고 곳곳에 배치된 방어 마법은 모두 링링의 손에서 탄생한 마법들이었으니까.

마력이야 여태껏 모아 온 마력석으로 대체한다 해도, 시시
각각 변화하는 내용들은 그녀의 원격 조정이 아니고서야 불
가능했다.

링링은 슬쩍 코에 흐르는 피를 닦으며 잠시 포션으로 목을
축였다.

"그나저나 상황은 어때?"

모르핀은 잠시 말이 없다가 곧 무전에 응답했다.

ㅡ남산타워에 마련된 1차 대피소는 아리수 길드원의 협조로 순조롭게
대응 중입니다. 로테타워는 수호 길드와 진리의 추구자들이 뭉쳤어요.

오랜 준비를 해 온 덕인지 서울의 대피 상황은 꽤 순조로
웠다.

당연하다면 당연한 결과였다.

1년 전의 참상을 반복하지 않기 위해서 링링을 비롯한 아
크의 수뇌부는 오늘을 대비해 왔으니까.

전처럼 무기력하게 당할 생각은 추호도 없었다.

ㅡ다만 2차 대피소는 꽤 위험해요. 상암동 월드컵 경기장은 거의 무너
지기 직전이고요.

물론 뜻대로 이뤄지지만은 않는다.

그들이 대비했듯, 상대도 그만큼 준비해서 덤벼 왔다.

링링은 한숨을 밀어냈다.

"예상했던 문제야. 대처할 수 있어."

ㅡ네. 그렇겠죠. 하지만……

"알아. 점점 숫자가 많아지고 있지?"

링링은 종전에 쓰러트린 중급 악마를 내려다봤다.

고작 250레벨에 불과한 놈.

아크의 플레이어들이 뭉쳐서 싸운다면 어떻게든 감당해 내고 쓰러트릴 수도 있는 수준이었다.

문제는 소환되는 악마의 숫자가 점차 늘어난다는 것과, 그 수준도 더욱 올라간다는 점이다.

링링은 이 흐름을 알고 있었다.

"머지않아 상급 악마도 소환될 거야."

악마와의 싸움은 처음이 가장 중요하다. 놈들은 언데드와 마찬가지로 전장에서 더욱 크게 빛을 발하는 특징이 있다.

－네. 이미 소환됐을지도 몰라요. 그만한 조건은 충분히 갖춰졌으니까요.

링링은 슬슬 자리를 털고 일어났다. 정신적인 피로나 육체적인 피로도 상당히 쌓였지만 잠시라도 쉬어 갈 여유는 없었다.

그녀가 쉬는 동안에도 누군가는 생사를 오가고 있었으니까.

"그래도 하루만 버티면 돼."

－네. 알고 있어요. 이미 모든 준비도 끝내 놨다고요.

링링은 다시 허공을 주파하며 곳곳에 흩어져 있는 퍼펫과 악마를 살펴봤다. 몸이 열 개라도 모자란 실정이었다.

문득 그녀가 말했다.

"아, 그리고 상암동 월드컵 경기장은 더는 신경 쓰지 않아도 돼."

─네?

"거긴 이제 괜찮을 테니까."

쿵! 쿠우우웅!

여기저기 반파된 자동차 사이에서 나한석은 겨우 숨을 돌리고 있었다.

마찬가지로 한쪽에 몸을 숨긴 시민과, 그 옆에서 숨을 몰아쉬는 백승수와 플레이어들이 있었다.

그리고 이곳으로 점차 포위망을 좁혀 오는 악마들이 보였다.

"끄으…… 징그러운 놈들."

나한석은 허리춤에 느껴지는 통증에 미간을 구기며 놈들을 살폈다. 하급 악마는 둘째로 치더라도 중급 악마는 정말 괴물같이 강했다.

탕! 타타탕!

견제하듯 사격을 가했지만 악마들은 교활하게도 전면으로 퍼펫을 내세웠다.

이런 상황에서도 퍼펫까지 구할 생각은 없었지만, 결국 악마들에게 대미지를 주지 못한다는 게 문제였다.

"대위님. 이제 어쩌죠?"

"……어떻게든 여길 벗어나야죠."

"그다음은요?"

이미 2차 대피소의 문은 닫혔다. 이제 특별한 일이 없는 한 그곳이 열릴 일은 없다.

그럼 다른 대피소를 찾아야 할까.

나한석은 몇 차례 견제 사격을 가하고 다시 가까운 자동차를 엄폐물 삼아 몸을 숨기며 말했다.

"대피소에 가기도 전에 우린 죽을 거예요. 우린 다른 곳으로 갑니다."

"네?"

"……한강. 그곳에 C급 던전이 있어요."

C급 던전.

이미 공략된 던전이라서 던전 브레이크는 벌어지지 않겠지만, 그 안은 여전히 몬스터가 득실거리는 위험한 곳이었다.

하지만 반대로 악마를 비롯한 퍼펫들이 진입하지 않는 곳이기도 했다.

백승수는 불안함에 떨고 있는 시민들을 둘러보며 말했다.

"민간인도 있어요. 위험할 겁니다."

"……어딜 가더라도 이곳보다는 안전하겠죠."

그래도 다행인 건 해당 던전의 몬스터의 종류를 안다는 것
이다.

리자드맨…….

물론 녀석들도 물량 공세로 밀고 들어오면 답도 없겠지만,
현재의 나한석과 백승수라면 어떻게든 해낼 수 있을지도 모
른다.

나한석은 호흡을 가다듬으며 말했다.

"무엇보다 아까 그놈에게 걸리면 우린 모두 죽은 목숨입니
다."

백승수의 눈에 절로 공포가 깃들었다.

그만큼 종전에 마주쳤던 몬스터의 수준은 가히 괴물 같았
다.

레벨 차로 느껴지는 순수한 공포.

드림 사이드 1에서 황제 멜빈 알론이나 호크 알론을 마주
했을 때만큼은 아니더라도…….

본질적인 공포는 쉽게 이겨 낼 수 있는 게 아니다.

"그놈 분명 상급 악마입니다."

그리고 상급 악마는 당장 그들이 감당할 수 없는 수준이었
다.

백승수도 결국 백기를 들어야 했다.

"……결정됐으면 빨리 움직이죠."

"네. 다들 나를 따라와요!"

나한석을 필두로 길을 나선 사람들은 하급 악마와 퍼펫을 처치하며 조금씩 나아갈 수 있었다.

그나마 월드컵 경기장에서 벗어나니 몬스터들의 숫자는 조금은 줄어든 상태였다.

"빨리! 빨리!"

발길을 재촉하는 가운데 사람들은 주차장을 벗어나 공원의 입구까지 다다랐다.

이곳은 평화의 공원.

옆으로 큰 연못이 보였고 정면으로 조금만 더 달려간다면 한강에 다다를 수 있을 것이다.

하지만.

쿠우우우웅!

큰 소음과 함께 바닥이 크게 흔들리고 말았다. 균형을 잃은 시민들은 바닥에 이리저리 널브러졌다.

나한석은 미간을 한껏 구기며 지진의 원흉을 확인했다.

먼지 구덩이 속에서 불길한 붉은 빛이 일렁이고 있었다.

"젠장…… 벌써."

놈이 쫓아온 것이다.

"모두 엎드려!"

나한석이 크게 외치며 바로 바닥에 엎드렸고, 그 위로 빠르게 무언가가 스치듯 지나갔다.

콰지이익!

그리고 머리 위로 뭔가 뜨거운 것이 흩뿌려졌다. 확인해 보니 비처럼 쏟아지는 건 누군가의 피였다.

미처 피하지 못한 사람들이 '상급 악마'의 꼬리에 몸이 터져 버린 것이다.

잠시 귀가 멍해서 소리가 멀게 들려왔다.

"……위님!"

"나…… 대위님!"

"나한서어어어억!"

숱하게 불러 대는 목소리에 겨우 정신이 들었다. 나한석은 피로 인해 핏빛으로 변한 시야를 둘러보며 큰 목소리로 외쳤다.

"산개애애애애!"

이미 상급 악마를 마주한 그들에겐 대응할 방법이란 없다. 뭉쳐 있으면 더 빨리 죽을 뿐.

산개해서 그나마 생존 확률을 높이는 게 최선이었다.

"달려! 달리라……!"

말하던 와중에 눈앞으로 중급 악마가 나타났다. 녀석들의 꼬리가 누군가의 복부를 꿰뚫었다.

주변을 둘러보니 어느덧 그들의 주변엔 수많은 퍼펫과 하급 악마들이 킷킷거리며 웃고 있었다.

나지막이 절규가 들려온 건 순간이었다.

"끝이야. 다 끝이라고……."

그리고 그 울먹이는 소리가 상급 악마의 심기를 건드렸을까. 놈이 킥킥거리며 그 인간의 앞에 섰다.

"킷킷키이잇킷킷!"

인간은 무력하다.

드림 사이드 2가 오픈한 지 1년이 지나고, 플레이어의 숫자가 늘어나더라도 그 사실은 변하지 않나 보다.

그 노력을 한들 무슨 소용일까.

현실을 보라.

'레벨이 낮으면 죽는다. 스텟이 부족해도 죽는다. 우린 그래서 죽는 거야.'

제아무리 열심히 살아왔다 해도 당장 눈앞에 불가항력의 괴물이 나타난다면 죽는 것이다.

그게 아포칼립스 세계였고…….

그게 RPG 게임의 당연한 룰이었다.

"……알게 뭐야."

하지만 나한석은 공포에 짓눌리던 어깨를 활짝 폈다. 총구를 앞으로 당기며 상급 악마를 겨누었다.

레벨도, 스텟도, 모든 게 부족해서 전혀 씨알도 안 박힐 공격일 것이다.

그럼에도 포기할 생각은 들지 않았다.

'죽는 건 무섭지 않아.'

아포칼립스 세계에서 죽음은 친숙한 단어였다. 오늘 당장 몬스터에 찢겨 죽어도 이상하지 않으니까.

심지어 그는 한 번 죽어 봤다.

'진짜 무서운 건 죽는 그때까지 아무것도 하지 못하는 거
야.'

문득 드림 사이드 1에서 마주했던 호크 알론이 떠올랐다.

항거할 수 없는 격의 차이…….

그때에 비하면 지금은 새 발의 피가 아닌가.

적어도 움직인다.

싸울 수 있다.

'그거면 충분해.'

나한석은 호흡을 가다듬었다. 상급 악마가 그의 의지를 읽
고 이쪽으로 꼬리를 휘두르는 게 눈에 훤히 보였다.

죽는 그 순간엔 살아온 나날이 파노라마처럼 펼쳐진다더
니만…….

하필 떠오르는 게 그의 동생이었다.

'이럴 줄 알았으면 얼굴이라도 봐 둘 걸 그랬나.'

자조적으로 웃으며 죽더라도 방아쇠를 당기려던 나한석
은, 바로 옆에서 들려오는 목소리를 들을 수 있었다.

그건 앞으로 영원히 들을 수 없을 거라 생각했던 목소리였
다.

"그러게. 운동 좀 하라 그랬잖아."

"……나도석?"

"운동 부족은 만원의 극악이라고."

쿠우우우웅!

묵직한 충격을 뒤로하고 나한석은 그의 곁에 선 큼직한 몸집의 '동생'을 볼 수 있었다.

나한석은 쓰게 웃으며 중얼거렸다.

"……만악의 근원이겠지."

나도석은 짧게 혀를 차며 말했다.

"그나저나 꼴이 말이 아니네. 일어설 수는 있겠어?"

현재 나한석은 상급 악마에 의해 터져 나간 누군가의 육편을 뒤집어쓴 몰골이었다.

연달은 전투로 인해 크고 작은 부상도 가득했다.

몸 상태도 최악일 터.

하지만.

"일어나야지. 죽고 싶지 않으면."

"근성은 있네."

"됐고. 저놈을 쓰러트릴 생각이나 해. 내가 널 무시하는 건 아니지만…… 저놈 진짜 강해."

나한석의 말에 나도석은 의외로 순순히 고개를 끄덕였다.

나도석의 등장에도 그다지 표정의 변화조차 보이질 않는 놈.

상급 악마는 되레 비웃음을 터뜨리며 나도석을 향해 손가락을 까딱였다.

무척 건방진 태도였지만, 뭐라 할 수는 없었다. 녀석은 그만한 힘을 갖고 있었으니까.

사실 놈이 마음만 먹었으면 나한석을 비롯한 인간들은 한순간에 죽었을 것이다.

나한석은 입술을 잘근 깨물며 말했다.

"아마 포탈 던전에 나타났다는 쉐도우 드래곤과 맞먹지 않을까 싶다."

물론 던전 버프까지 받아 가며 더욱 강화됐던 '보스 몬스터'에 비교할 바는 아니다.

레벨이 같아도 수준이 다르다.

하물며 당장 눈앞에 있는 상급 악마는 진짜 몬스터라고 하기에 애매했다.

'누군가의 소환수일 테니까.'

진짜로 B급 몬스터가 이 시점에 필드를 돌아다닐 리 만무했다.

게임의 밸런스도 문제였고, 현시점에서 A급 던전이 생겨났다는 건 과하게 비현실적인 얘기였으니까.

놈은 그저 '모종의 대가'를 바치고 소환해 낸 악마일 것이다.

'플레이어는 제한이 없으니까. 하지만 방법이 있어도 쉽진 않았을 텐데. 과연…….'

제아무리 플레이어의 수작이라고 해도 저만한 괴물을 소

환해 내는 데에 아무런 대가가 없었을까.

모르긴 몰라도 고작 소환술 한 번에 목숨을 내놨을지도 모르는 일이다. 상급 악마는 그만한 강자였으니까.

나한석은 은근슬쩍 나도석의 눈치를 살폈다.

'이길 수 있을까?'

동생 녀석의 레벨이 몇인지는 모른다. 하지만 그 혼자 상급 악마를 감당해 낼 수 있을 거란 생각은 들지 않았다.

그때 나도석은 주먹을 불끈 쥐며 말했다.

"그러니 의미가 있는 거야."

"뭐?"

"이놈을 쓰러트린다는 건, 강서준에게 한 발짝 가까워진다는 거니까."

콰아아악!

그 말을 끝으로 나도석은 휘둘러지는 꼬리를 이번엔 아예 한 손으로 휘어잡았다.

손아귀가 터져 나가고 적지 않은 대미지가 적중됐지만, 녀석은 기어코 버텨 냈다.

쿠오오오오!

그 뒤편으로 생성된 '곰의 심상'이 상급 악마를 향해 포효했다.

이어지는 전투.

근접한 녀석을 두고 단순히 막고 때리는 정도의 무식한 공격이었지만 대미지는 상당했다.

키아아앗!

여태 시종일관 웃기만 하던 상급 악마의 얼굴에 웃음기도 조금 사라졌다.

반면 나도석의 얼굴에 미소가 그려졌다.

"누가 이기나 해보자고!"

[플레이어 '나도석'이 스킬, '심신합일(S)'을 발동합니다!]

나도석의 뒤편으로 치타의 심상이 떠오른 건 그때였다.

그리고 잔상을 남길 정도로 빠르게 이동한 나도석의 주먹은 종전과는 비교조차 안 될 속도로 공격을 이어 나가기 시작했다.

상급 악마가 주먹을 한 번 휘두를 때에, 이미 세 대의 타격을 입힌 뒤였다.

우세는 나도석에게 흘러갔다.

역시 신생 천외천이자, '최상위 랭커'라 불리는 나도석이었을까.

그 이름에 걸맞게 상급 악마를 홀로 상대해 내고 있었다.

'어쩌면 동생을 과소평가했는지도 모르겠는데…….'

정말 이대로 나도석 혼자서도 녀석을 처치할 수 있지 않을까?

바닥에 힘없이 널브러져 겨우 눈만 뜬 다른 사람들은 대개 그런 희망을 품은 듯했다.

나한석도 잠시지만 같은 생각을 품었다. 하지만 그는 곧 입술을 잘근 깨물며 상황을 냉철하게 판단했다.

'……부족해.'

문득 나한석은 주변이 유난히 어두워졌다는 걸 깨달았다.

단순히 시간이 밤이 되었기 때문이 아니었다.

'달빛마저 가려졌다.'

하늘을 올려다보니 쏟아질 것처럼 촘촘히 박혀 있던 별과 달은 어둠에 가려져 보이질 않았다.

장막이라도 펼친 걸까.

어느덧 상급 악마의 덩치가 전보다 커져 있었다.

'마력을…… 흡수하고 있어.'

근처에서 사람들을 위협하던 하급 악마나 중급 악마가 어둠에 휘말려 하나씩 소멸했다.

소환을 해제했다기보다는 상급 악마에게 흡수된 듯했다.

실제로 상급 악마의 속도가 점차 나도석을 따라잡고 있었다.

"나도석! 시간이 없어!"

"……알아!"

나도석도 상급 악마의 변화를 눈치챘는지 더욱 속도를 올렸다. 놀랍게도 심상은 하나 더 생성되어 '치타'의 옆엔 '킹

콩'이 함께했다.

나도석의 주먹은 더욱 빠르고 강력하게 휘둘러졌다.

하지만 너무 늦은 걸까.

상급 악마의 얼굴엔 미소가 돌아왔고, 녀석의 꼬리가 기민하게 움직이더니 달려들던 나도석의 몸통을 세게 후려쳤다.

콰아아앙!

미처 피하질 못하고 정통으로 직격당한 나도석은 멀리 연못에 처박히고 말았다.

커다란 물웅덩이가 만들어지며 충격으로 퍼진 물줄기가 허공으로 떠올라 후두둑 비처럼 떨어졌다.

"나도석……!"

콰아아아아앙!

다행히 나도석은 수면을 박차고 다시 위로 올라왔다. 나한석은 이를 보며 다급하게 외쳤다.

"소환사를 공략해야 해!"

하지만 나도석은 다시 상급 악마를 향해 달려들었다.

이성을 잃은 걸까?

노심초사한 얼굴로 나도석의 행보를 지켜보던 나한석은 저도 모르게 침음을 삼켜야 했다.

나도석의 몸에서 여태 느껴 본 적이 없는 거대한 기운이 감돌고 있었기 때문이다.

'저건…….'

나도석의 뒤편으로 단 하나의 심상이 천천히 모습을 드러냈다.

도깨비 갑주를 두르고 날렵한 단검을 쥔 채 초월적인 눈빛으로 세상을 압도하는 심상.

케이.

나도석은 '케이'의 심상을 떠올리며 크게 포효했다. 달려드는 그의 주먹은 아직 휘두르기 전인데도 공기가 터져 나갈 정도였다.

나도석은 거칠게 숨을 내뱉으며 나지막이 중얼거렸다.

"……자존심 상해서 원래 잘 안 쓰는데. 어디 이것도 한번 막아 봐라."

크게 뛰어오른 나도석은 그대로 상급 악마의 머리통을 그대로 내리찍었다.

마치 밟힌 캔처럼 찌그러진 상급 악마의 머리는 비현실적으로 보일 뿐이었다.

분명 레벨 300에 근접하는 괴물.

수많은 대가를 바치고 소환해 냈을 계약자들의 '최강의 소환수'.

하지만 그 최강의 몬스터는 당장 나도석의 심상에 짓눌리고 있었다.

쿠웅! 쿠우웅! 쿠우우우웅!

이어지는 나도석의 연환격.

때릴 때마다 사방으로 충격파가 터져 나무가 꺾이고, 바닥은 움푹 파였다. 상급 악마는 어느덧 비명만 지르다 온몸에 구멍이 났다는 걸 깨달았다.

그만큼 공격은 파격적이었다.

나도석은 호흡을 길게 내뱉으며 두 눈을 부릅뜨고 상급 악마를 내려다봤다.

"이제 그만 뒈져라."

콰아아아아아아아앙!

나도석이 휘두른 주먹은 기어코 상급 악마를 완전히 소멸시키고 말았다.

정말이지 터무니없는 장면이었다.

'그냥…… 힘으로 밀어붙였어.'

가히 나도석다운 결말이었다.

한편 허공에서 피를 토하며 여러 사람들이 모습을 드러냈다.

나한석은 그들의 정체를 바로 알아차렸다.

"……전원 사겨어어어어억!"

투타타타타탕!

별안간 모습이 드러난 놈들은 단연 이 사태를 꾸민 '마족의 계약자'일 게 빤했다.

상급 악마가 강제로 소멸당한 여파가 컸을까.

놈들은 반항 한 번 제대로 못 하고 싸늘한 주검이 되어야만 했다.

나한석은 지친 얼굴로 나무에 등을 기댄 나도석에게 다가
갔다.

"……괜찮냐?"

"쪽팔리지만 근성으로 어떻게든."

'초재생'을 갖고 있다던가.

외상은 당연히 남질 않았다. 눈에 띄는 점은 나도석이 유
난히 피곤해 보인다는 것.

그럴 만했다. 아무렴 녀석의 스킬은 정신을 혹사시키는 듯
했으니까.

숱한 수련으로 인해 단련된 정신력이기에 버티는 것이다.
웬만한 사람은 진즉에 쓰러져도 이상하지 않았다.

나도석은 잠시 숨을 고르더니 말했다.

"근성장을 위해선 가끔 쉴 필요도 있거든. 지금이 딱 그래
야 할 때야."

쓰게 웃으며 그 말에 동조해 주려던 나한석이었지만, 돌연
한쪽에서 들려온 폭음에 미간을 구겨야만 했다.

현실은 그들에게 여유를 주진 않을 모양이었다.

잠시 휴식을 취하려던 나도석도 억지로 몸을 일으키며 한
쪽을 바라봤다. 다른 사람들의 시선도 폭음이 난 방향으로
향했다.

그곳은 상암 월드컵 경기장.

"아직 끝난 게 아니라고……?"

저도 모르게 중얼거린 백승수의 한탄을 뒤로하고, 월드컵 경기장의 상공에 드리운 몬스터를 확인했다.

상급 악마.

그것도 다섯이나 되는 놈들이 월드컵 경기장으로 강하하고 있었다.

그 시각.

서울병원에는 겨우 목숨을 부지한 사람들이 있었다. 대피령이 있어도 쉽게 그곳을 벗어나질 못했던 이들.

그중 의사 '양민지'는 침대들을 복도에 눕히고 몸을 숨긴 채 겨우 숨을 고르고 있었다.

"……갔어요?"

"쉿! 아직 복도에 있어요."

양민지는 스마트폰의 카메라 어플로 살짝 복도의 상태를 살펴봤다. 겉보기엔 아무런 움직임도 없는 곳이었지만 피가 낭자한 게 절로 경각심이 들었다.

"어떡하죠? 대피소로 도망치려면 지하 통로를 이용해야 하는데……."

문제는 괴물이 지하로 가는 유일한 복도를 가로막고 있다는 거다.

돌아가는 길은 없었다.

현시점에서 거동이 불편한 환자를 데리고 바깥으로 간다는 건 죽으러 가는 것과 마찬가지였으니까.

돌파한다면 이쪽이 나았다.

플레이어 '박호영'은 떨리는 심장을 겨우 진정시키며 말했다.

"고작 한 놈이에요. 녀석만 뚫으면 지하로 피신할 수 있어요."

"하지만 중급 악마잖아요?"

"그건……."

"호영 씨는 아직 C급 던전도 공략해 본 적 없다면서요."

박호영은 병원에 고용된 경호 길드에서도 말단에 속해 있었다.

그에 비해 중급 악마는 그보다 레벨도 높은 상위 몬스터. 그가 아무리 전투에 특화된 스킬을 갖고 있다 해도 무리였다.

"그런 걱정은 말아요. 내 어떻게든 민지 씨는 대피시킬 테니."

"무슨……."

"이런 말하긴 뭣하지만 전 오래전부터 민지 씨를 좋아했어요."

양민지는 옆의 환자를 살피더니 한숨을 내뱉었다.

"지금 농담이 나와요?"

"매번 장난으로 고백한 거지만, 이번엔 진심입니다. 반드시 민지 씨를…… 여러분을 살릴 겁니다."

꽤 진중한 표정이었을까. 양민지는 박호영의 진심을 확인할 수 있었다.

그리고 무어라 말을 꺼내기도 전에 박호영은 돌연 자리에서 일어났다.

아직 복도는 조용했고 중급 악마의 모습은 보이질 않았다.

박호영이 말했다.

"제가 막고 있겠습니다. 바로…… 뛰어요!"

"박호영 씨!"

말릴 새도 없이 달려 나간 박호영은 검을 뽑아 들어 복도를 가로질렀다.

아무런 인기척조차 느껴지지 않는 복도. 하지만 그는 이곳에 괴물이 있다는 걸 알고 있었다.

수준 차이가 극명하게 나서 눈에 보이질 않을 뿐이다.

어둠 그 사이……

아마 '놈'이 지켜보고 있을 것이다.

"키킷?"

츠카카칵!

박호영은 깜짝 놀라 검을 휘둘렀다. 허공에서 기괴하게 웃음을 터뜨리는 몬스터가 광기에 젖은 눈으로 그를 내려다보고 있었다.

그리고 깨달았다.

'중급 따위가 아니야…… 상급!'

박호영은 순간적으로 많은 생각이 교차했다. 무기력함, 죽음, 고통, 수많은 생각의 격동 속에서 마지막으로 떠오른 건 단 한 사람이었다.

'양민지 씨…….'

상급 악마를 상대로 이길 수는 없을 것이다. 그러니.

"내 목숨을 바쳐서라도……!"

스거어억!

끔찍한 절삭음이 울리며 박호영의 생각은 정지된 것 같았다.

이게 죽음이란 걸까.

잠시 멍한 그의 눈앞으로 피가 분수처럼 터지더니, 그의 얼굴을 뜨겁게 적셨다.

터무니없지만 상급 악마의 머리가 단번에 양단되어 옆으로 굴러 떨어지고 있었다.

대체 어떻게 된 일일까.

상급 악마…… 절대 쓰러트릴 수 없을 거라 확신하던 괴물이 단 일격에 소멸하는 장면이었다.

그렇게 상황을 이해하기도 전에, 박호영은 어느덧 자신의 옆으로 누군가가 나타났다는 걸 알 수 있었다.

그가 손수건을 건네며 물었다.

"상황을 알려 주시겠습니까."

박호영은 피로 물들어 붉게 변한 시야로 상대를 확인했다.

바로 알아볼 수 있었다.

어찌 모르겠는가.

그는 오랫동안 두문불출했던 영웅.

"……케이 님?"

강서준의 귀환이었는데.

이번엔 늦지 않았으니까

[스킬 '파이어볼(B)'을 습득했습니다.]

[전직 퀘스트를 완료했습니다.]

강서준은 한층 위력이 더해진 '파이어볼'을 확인하며, 서서히 몸이 두둥실 떠오른다는 걸 깨달았다.

스킬을 독파하기 위해 떠났던 스킬북 여행.

그 끝이 다가오고 있었다.

'초상비는 A, 이기어검술은 C, 인 투 더 드림은 E…… 그리고 초재생 S.'

생각보다 훨씬 성과가 좋았다.

솔직히 막상 스킬북 속으로 들어갔을 때는 예상했던 것들과 달라 뭘 어떻게 해야 하나 싶었는데.

'설마 스킬북 내용이 소설 속 세계를 반영할 줄은 몰랐으니까.'

하기야 강서준이 얻은 스킬은 대개 현실의 소설책을 읽어 얻은 스킬이었다. 단연 스킬북을 독파한다면 그쪽 세계를 탐험하는 게 맞다.

'……그래도 할 만했어.'

재밌게도 소설 속 세계는 일종의 전개가 있었다. 그 흐름 속에서 주인공을 찾아, 스킬 상승에 도움이 될 여러 정보를 얻어야만 했다.

다행히 모두 읽어 본 내용이었다.

'무엇보다 비록 F급이라 하더라도 오랫동안 사용해 온 경험이 있으니…….'

뭘 보든 이해도는 상당히 높았다.

'의외로 어려웠던 건 인 투 더 드림이었지.'

'이기어검술'이나 여타 다른 스킬들은 소설을 읽든, 과거에 이미 공략해 봤든, 어떻게든 정보가 있었다.

한데 '인 투 더 드림'은 최하나의 몸에 기생하던 몽마를 끌어내기 위해 급조한 스킬.

아무런 정보도 없는 스킬이라 그런지 F급에서 E급으로 올리는 것조차 상당히 버거운 일이었다.

그나마 '유체이탈' 경험과 영혼을 다루는 능력 덕에 어떻게든 그 스킬을 이해했을 따름이다.

"좋아. 이 정도면 되겠지."

강서준은 쓰게 웃으며 더욱 힘이 충만해진 주먹을 꽉 쥐었다.

사실 시간이 허락하는 한 등급을 더 올리는 게 좋겠지만, 아무래도 이곳에 더 남아 있을 여유가 없었다.

부지불식간에 그에게 전달된 메시지가 있었으니까.

'도깨비 통신이 올 줄이야.'

도깨비 통신.

대단할 것도 없이 그저 '달리는 특급열차'에 소속된 도깨비를 통하여, 강서준에게 연락을 전하는 방식이었다.

이는 어떤 곳이든 연결이 통한다는 이점이 있었다. 아예 라이칸과 영혼으로 연결되어 있기에 가능한 일.

'드림 사이드 1으로 넘어간 것처럼 차원 자체를 넘질 않고서야…….'

어떤 던전에 들어가더라도 도깨비 통신은 닿을 수 있다. 해서 링링에게 급한 일이 있으면 그쪽 편으로 연락을 넣으라고 전달해 둔 뒤였다.

"강서준 씨?"

소리가 들려온 쪽으로 고개를 돌리니 한층 기도가 정갈해진 최하나가 서 있었다.

그녀도 꽤 많은 성과가 있었는지 자신감이 넘치는 얼굴로 강서준을 반겼다.

"다시 들어가실 건가요?"

"아뇨. 이제 돌아가야죠. 자세한 얘기는 모두 모였을 때 해 드릴게요."

최하나를 데리고 다시 1층으로 돌아온 강서준은 열심히 책을 독파하는 김훈을 마주할 수 있었다.

옆에서 진백호는 열심히 하급 정령들을 나열해 놓고 한창 수련 중에 있었다.

"……흐으으으."

수 개의 책에 파묻혀 괴로운 신음을 내는 김훈을 보고 있 노라면, 괜히 미안한 마음이 든다.

강서준은 쓰게 웃으며 인기척을 냈다.

"뭐 좀 찾은 게 있습니까?"

"……흐으으음. 없어요. 뭐 전부 아는 것들만…… 으음? 강서준 님?"

김훈은 머리를 몇 번 털더니 말했다.

"언제 돌아오신 겁니까? 생각보다 빨리 오셨네요."

"네, 뭐…… 일이 생겨서요."

강서준은 거두절미하고 테이블을 중심으로 일행들을 한데 불러 모았다.

"아무래도 아크에 문제가 생긴 모양이에요."

"업데이트가 시작된 건가요?"

"모르겠어요. 알아보려고 노력은 하지만 돌아오는 답이 대개 단편적이라…….."

도깨비 통신은 어디든 연결이 닿는다는 장점은 있지만, 그 통신이 늘 완벽하지 않다는 단점도 있었다.

이는 반대편에 있는 도깨비의 수준에 달려 있는 문제였다.

녀석의 레벨이 낮은 만큼 단편적인 정보만을 이쪽으로 전달해 왔던 것이다.

"돌아가서 확인하는 수밖에 없어요."

마침 전직 퀘스트도 간신히 마친 뒤였다. 이곳을 벗어날 최소한의 기준은 완성한 상태.

마지막으로 강서준은 김훈에게 시선을 던졌다.

차원 서고에서 남은 마지막 할 일.

이에 김훈은 대뜸 사과부터 건넸다.

"……미안해요. 꽤 많이 읽었다고 생각하는데 전부 평면적인 정보더라고요."

강서준은 김훈이 열심히 독파한 책들을 살펴볼 수 있었다. 그럴 듯한 제목으로 만들어진 책들은 정말 많은 정보가 담겨 있을 것처럼 보였다.

〈컴퍼니 동향 보고서〉
〈던전은 무엇으로 만들어졌나〉
〈A급 던전 가이드북〉

김훈은 한숨을 내쉬며 말했다.

"중요한 부분은 전부 백지였어요. ……정확한 필터링이 씌인 것 같았어요. 어떤 책이든 마찬가지였습니다."

강서준은 김훈이 보여 주는 책을 살펴봤다. 확실히 백지로만 나타난 곳이 있었다.

물론 강서준은 그곳에서 다른 문장을 찾을 수 있었다.

['차원 서고의 주인'을 확인했습니다.]

[조건이 부족합니다.]

아무래도 이 책을 온전히 읽으려면 우선 '차원 서고의 주인'이어야 하는 조건과, 아직 밝혀지지 않은 한 가지 조건을 더 돌파해야 하는 듯했다.

강서준의 시선이 계단을 확인했다.

'2층은 차원 서고의 주인으로 각성해야만 갈 수 있는 장소.'

아마 저곳에 이 책의 봉인을 해제할 방법이 있는지도 모른다.

그런 확신이 들었다.

하지만 강서준은 한숨으로 미련을 밀어냈다.

'앞으로 차원 서고로 돌아올 일은 많아. 우선순위를 바꿔야 해. 게다가…….'

방금 2층을 확인해 보고 갈까 하는 짧은 생각에 짜릿하게 '위기 감지'가 발동했다.

강서준은 미간을 구기며 말했다.

"……얼른 돌아가죠."

이후 그들은 에베레스트를 오를 때보다 더 빠르게 포탈 던전으로 돌아갈 수 있었다.

⚜

그리고 현재.

[스킬, '태산 가르기(S)'를 발동합니다.]

강서준은 일격에 양단된 상급 악마의 사체를 내려다보며 한숨을 삼켰다.

이놈만 봐도 상황을 이해할 수 있었다.

상급 악마…… 그리고 사방에서 용솟음치는 마기들.

마족의 침공이다.

'예상보다 너무 빠른데.'

강서준은 마족의 침공을 정규 업데이트 이후로 예상하고 있었다. 그래야 녀석들도 편하게 움직일 수 있을 테니까.

업데이트 이후로 벌어지는 수많은 던전화, 그리고 그로 인해 허락된 그들의 힘은 지금보다 더 치명적일 것이다.

강서준은 미간을 좁혔다.

'대체 왜 빨리 움직인 걸까.'

그것도 정규 업데이트 일주일 전에 벌어진 일이다. 놈들이 바보도 아닌 이상 어떤 목적이 있는 게 분명했다.

"케이 님? 정말 케이 님이 맞습니까?"

"당신은……."

"살았다. 살았어…… 민지 씨! 우리 살았다고요!"

긴장을 놓았을까.

다리에 힘이 풀려 바닥에 풀썩 주저앉은 남자는 복도 너머 침대가 가로로 널브러진 곳을 바라봤다.

그곳엔 두 명의 의사와 한 명의 간호사, 그리고 대략 여섯 명의 환자가 있었다.

그때였다.

키키키킷!

여의사 뒤편으로 기분 나쁜 웃음을 터뜨리는 몬스터가 나타났다. 종전의 남자가 아연실색하며 비명을 질렀다.

강서준은 나지막이 입을 열었다.

"라이칸."

그 한마디에 순식간에 달려 나간 라이칸은 어느덧 여의사의 뒤편에 나타났다.

바로 휘두른 검.

히드라의 마검은 부지불식간에 나타난 하급 악마의 목을
잘라 냈다.

"일단 안전한 곳으로 이동하죠."

"네, 네…… 지하에 대피를 위한 통로가 있어요."

하지만 강서준은 고개를 가로저으며 사람들을 건물의 옥
상으로 데려갔다.

본인을 박호영이라 소개한 플레이어는 영문도 모른 채 일
단 강서준의 뒤를 쫓았다.

어쨌든 현재로서는 강서준의 곁 말고 안전한 곳은 없었으
니까.

"서울이……."

서울병원의 옥상에서 둘러본 서울의 풍경은 가히 끔찍했
다.

과거의 재현이라고 할까.

1년 전, 던전화로 인해 무너졌던 세계가 다시 붕괴되는 모
습이 눈에 선했다.

"흐읍……."

어디선가 사람들의 신음이 들려왔다.

마치 전시라도 하듯 꼬리에 사람의 몸을 꿴 중급 악마가
걸어 다니고 있었다.

그 곁엔 사람인 듯 사람이 아닌 괴물들도 기괴하게 웃으며
따라다녔다.

최하나가 가까이 다가온 건 그때였다.

"링링이랑 연결됐어요. 마족들을 대비하기 위해 만든 방마진(防魔陳)은 내일 오전에야 가동한대요."

"……내일요?"

"네. 서울 전역으로 마력을 증폭시켜 사람들을 구하려면 그 정도의 시간은 필요하대요."

강서준은 미간을 구기며 말했다.

"못 버틸 겁니다."

아마 링링이 구하고자 결심한 사람은 서울 사람들 모두를 말하는 게 아닐 것이다.

아마 이전부터 만든다고 했던 '1차 대피소' 쪽 사람들을 말하는 거겠지. 계획대로 만들어졌다면 1차 대피소는 완벽한 보호가 보장된 장소니까.

강서준도 이해할 수 있었다.

작전의 성공 확률을 높이기 위해서 무리한 행동을 금하는 건 합리적인 행동이다.

소수를 희생해서 다수를 살린다면 전략적인 선택일지도 모르지.

하지만.

"못 피한 사람이 아직 많아요."

그의 눈은 어느덧 푸른 불꽃을 품고 있었다. 영안은 '영혼'을 볼 수 있고, 옥상에서 가만히 내려다보아도 수많은 영혼들이 바들바들 떨고 있었다.

아크, 아니 서울은…….

'지금'이 아니면 구할 수 없다.

"뭐든 지금 당장 시작하라고 해요."

"그러면 링링의 말마따나 일망타진할 수 없을 거예요. 구멍이 뚫릴 거고…… 결국 놈들은 목적을 달성하겠죠."

강서준은 호흡을 가다듬으며 어느덧 서울의 상공을 차지한 '거대한 알'을 확인했다.

마족들이 계약자를 데려와 침공한 이유. 아무래도 모든 답은 저곳에 있다.

강서준은 그곳에서 느껴지는 불길한 기운을 직시하며 입을 열었다.

"괜찮아요. 나머진 제가 담당하죠."

"네?"

"링링에게 걱정 말고 바로 시작하라고 전해 주세요."

최하나는 머뭇거리다 다시 링링에게 연락을 취했다.

아마 강서준의 마력폰이 최신식이었으면 그녀를 통할 일도 없었을 것이다.

약간 미안한 마음으로 최하나를 살펴보는 사이, 멀리 서울 전역으로 빛의 기둥이 솟아오르기 시작했다.

링링이 설계했고, 마일리가 참여해서 완성한 일종의 '방마진'이었다.

츠츠츠츳!

방마진이 발현되면서 사방에서 악마들이 괴로운 비명을 질러 댔다. 퍼펫 중 일부는 힘없이 울부짖다 금세 사람으로 돌아가기도 했다.

마기를 억누르는 '성녀'의 힘이 '마법'에 의해 증폭되고 있었다.

"……힘이 약해지고 있어요."

하지만 기둥들이 조금씩 얇아지고 있었다. 완전히 충전되지 못한 마력이나 신성력이 당장 늘어나는 마기를 감당해 내질 못한 것이다.

강서준이 재앙의 유성검을 허공에 던진 건 그때였다.

[스킬, '이기어검술(C)'을 발동합니다.]

"가라."

단순히 직선으로 날아가는 게 아니라 포물선으로 그리며 떨어진 단검.

재앙의 유성검은 사방을 돌아다니며 게걸스럽게 악마의 피를 삼켰다. 순식간에 일대를 쓸어버린 재앙의 유성검이 유유자적 그의 곁으로 돌아왔다.

한쪽 기둥이 살짝 밝아졌다.

강서준은 그곳을 살피며 나지막이 입을 열었다.

"오가닉."

감투에서 빠져나온 오가닉은 두말할 것도 없이 바로 종전에 악마들이 쓰러진 장소에 섰다.

강서준은 앞으로 손을 내밀어 스킬을 발동시켰다.

[장비 '도깨비 왕의 반지'의 전용 스킬, '도깨비의 부름'을 발동합니다.]

어둠이 일렁이더니 푸른 불꽃을 휘감은 악마들이 우후죽순 몸을 일으키고 있었다.

하급부터 중급 악마.

종전까지만 해도 사람들을 어떻게 죽일지 한껏 주변을 수색하던 놈들은 일렬종대로 오가닉의 앞에 부복했다.

동시에 가까운 건물 너머로 도깨비들이 빠르게 달려와 인근 옥상에 올라섰다.

"라이칸, 로켓."

백귀가 모두 서울병원의 주차장에 도열했고, 수많은 영혼 부대가 그를 올려다보고 있었다.

강서준은 나지막이 말했다.

"서울을 탈환한다."

-명을 받듭니다.

영혼들이 포효했고, 라이칸을 비롯한 백귀는 사방으로 흩어졌다. 강서준은 그들을 둘러보며 다시금 서울의 정경을 살펴봤다.

1년 전처럼 무너진 세계였다.

하지만 이번엔 다를 것이다.

"이번엔 늦지 않았으니까."

인간은 재난 앞에선 무력하다.

나한석은 금방이라도 쓰러질 것처럼 허리를 굽은 채 거칠게 숨을 토해 내는 동생을 바라봤다.

"허억…… 허억!"

하늘 위의 하늘이라 불러서 천외천.

하지만 눈앞의 장면은 그 이름이 썩 어울리질 않았다.

"괜……찮아. 3세트든, 5세트든, 온종일 할 수 있어!"

애써 허리를 세우며 다가오는 상급 악마를 향해 주먹을 내질렀다.

쿠우우웅!

전심전력을 뽑아낸 공격이었을까.

상급 악마의 얼굴이 뭉개지면서 수차례 대미지를 입혀야 쓰러지던 놈도 결국 한 방에 소멸됐다.

우연히 약점을 공략한 걸지도 모르겠다.

키이잇! 키잇!

킷킷킷!

문제는 그게 끝이 아니라는 거다.

한 놈을 쓰러트려도, 두 녀석이 눈앞을 아른거렸다. 여태 도합 네 마리를 쓰러트렸지만 아직 세 마리는 건실했다.

싸우는 도중에도 새로운 상급 악마가 나타나고 말았으니까.

"……젠장."

추정 레벨만 300에 근접한다는 괴물들. 역시 제아무리 강한 나도석이라 하더라도 혼자서 상대하기란 버거운 일이었다.

절로 미래가 그려졌다.

'절대 포기하지 않기로 마음먹었는데…….'

하지만 현실은 이렇듯 녹록지 않다.

당장 나도석과 상급 악마의 전투에 참여할 능력은 그에게 없었고, 도움이 될 무언가를 해 줄 여력도 없었다.

전략도 수준이 맞아야 짜는 법.

"이럴 때 케이 님이 있었으면……."

부질없는 상상이 뒤따랐고, 끝내 아무것도 할 수 없다는 무력감에 절망했다.

많은 게 변할 줄 알았는데.

1년 전, 던전화 사태 당시에 겪었던 기분이나, 호크 알론을 눈앞에 뒀을 때의 기분이.

또다시 재생되고 있었다.

쿠웅!

결국 홀로 버티던 나도석에게도 이변이 생기고 말았다.

상급 악마를 마주한 그가, 선 채로 더는 움직이질 않는 것이다.

나한석은 바로 알 수 있었다.

'선 채로 기절했어…….'

심신합일은 그가 쓰러지는 걸 원치 않았다. 적을 눈앞에 두고 계속해서 싸우길 강요했다.

하지만 뭐든 한계가 있고, 정신력도 영원히 유지할 수는 없는 법이다.

의지 하나로 세상이 뒤바뀔 만큼 이 세계는 단순하지 못했다.

나한석은 입술을 잘근 깨물며 총구를 상급 악마에게 겨눴다.

"나도석을 지켜!"

투타타타탕!

대미지가 있진 않겠지만 아무것도 하질 못하는 것보단 낫겠지.

나한석은 본인이 죽을 거라는 생각을 떠올리면서도 나도석을 향해 달렸다.

어떻게든 그는 살려야 했다.

'내 비루한 목숨보다는 나도석의 생명이 훨씬 가치 있다.'

나도석이 상급 악마를 감당해 내질 못한 이유는 수적 열세란 점도 있겠지만, 아무래도 지쳤다는 이유가 더 클 것이다.

한데 만약, 당장 이 위기만 벗어난다면?

여태 쌓아 온 경험치가 그에게 힘이 되어 줄 것이다. 다시 싸울 때의 그는 지지 않을 것이다.

즉 살아만 있다면…….

나도석은 아크를 구원해 낼 가장 강력한 무기가 된다.

나한석은 나도석을 살릴 수만 있다면 제 목숨을 바치는 걸 기꺼이 고맙게 여기기로 했다.

'너라도 살아야 해.'

한편으로는 이런 생각도 들었다.

차라리 모두 건장할 때…… 2차 대피소는 포기하고 던전으로 도망치는 게 낫지 않았을까.

그들이 한 행동은 괜한 객기였고 오지랖은 아니었을까.

나한석은 한숨을 내뱉으며 미련을 털어 냈다. 과거의 선택을 이제 와서 후회한들 소용없는 일이다.

"부디 신이 있다면 도와주시길."

그저 하늘을 향해 소원을 빌 뿐이다.

그리고 그때.

"크아아아아앗!"

돌연 근처에서 괴상하게 웃어 대던 상급 악마들이 하나같이 비명을 지르기 시작했다.

잠시 상황을 이해하지 못했다.

하지만 해야 할 일은 알았다.

'이건 기회다.'

모르긴 몰라도 상급 악마가 잠시라도 정신을 차리지 못하고 있다. 나한석은 백승수와 함께 나도석을 들쳐 메고 빠르게 뒤로 물러났다.

아직 상급 악마들이 제정신을 차리질 못한 채 괴로워하고 있었다.

"이쪽입니다!"

소리가 들려온 방향을 보니, 2차 대피소의 출입구였다. 제복을 입은 경찰 한 명이 이쪽으로 크게 외치며 손짓하고 있었다.

"방마진이 발동됐어요! 이 틈에 이쪽으로 얼른……!"

그제야 서울 전역에 솟은 빛의 기둥을 깨달았다.

방마진.

마기를 일시에 소멸시키기 위해서 링링과 성녀가 고안해 낸 특수한 덫.

나한석은 드디어 링링이 본격적으로 나섰다는 걸 알 수 있었다.

'한데 너무 이른데……?'

정보부에 소속된 그는 방마진에 대해 세세하게 알고 있었다. 해서 그는 방마진이 꽤 이른 시점에 발동했다는 걸 알고 있었다.

'상황이 어찌 됐든…….'

나한석은 구석에 겨우 몸을 숨긴 채 숨을 고르던 플레이어나, 낙오되어 겨우 살아만 있던 피난민들에게 외쳤다.

"지금입니다! 얼른 대피소로!"

2차 대피소 쪽에서도 플레이어들이 우후죽순 달려 나와 나도석을 부축했다. 사람들을 대피시키기 위해 빠르게 행동을 개시했다.

하지만 가까운 빛의 기둥은 빠르게 힘을 잃어 갔다.

상급 악마들이 포효한 건 그때였다.

키아아아아앗!

생각하지 못했던 통증에 화가 난 걸까. 놈들은 빠르게 이쪽으로 접근하기 시작했다.

미처 피하지 못한 이들이 일격에 핏덩이가 되어 사방으로 흩날렸다.

그나마 다행인 건 바깥에 숨었던 피난민의 대다수가 이미 2차 대피소로 진입했다는 점이다.

"문을 닫습니다!"

쿠구구구……!

서서히 닫혀 가는 문이 슬로모션으로 펼치듯 느리게 보였다. 반면 멀리 다가오는 상급 악마는 그 혼자 빨리 감기라도 해 놓은 듯했다.

금세 코앞까지 다가온 상급 악마!

"이러다 놈이 먼저 도착하겠어!"

"사격! 전원 사격!"

"절대로 놈이 진입하지 못하게 해!"

각종 스킬이 난무하고 수많은 폭약이 상급 악마에게 도달했다. 하지만 레벨의 절대적인 차이는 무시할 수 없었다.

놈은 모든 공격을 가뿐히 튕겨 내며 바로 입구까지 다다랐다.

얼굴에서 살기가 흘러나왔고, 마기가 2차 대피소 내부로 침식하려 했다.

"……마지막 한 세트."

쿠우우웅!

돌연 사람들 사이에서 한 심상이 밖으로 빠져나오더니, 이내 다가오던 상급 악마의 얼굴을 뒤로 튕겨 내 버렸다.

나한석은 저도 모르게 나도석을 살폈다.

'기절한 채로…… 공격했다고?'

이 얼마나 대단한 의지란 말인가.

터무니없는 감상에 헛웃음을 삼키며 완전히 닫혀 버린 문을 응시할 수 있었다.

결국 2차 대피소로 대피하는 데에 성공한 것이다.

"후우우……."

한숨이 절로 빠져나왔고 쌓였던 긴장이 일시에 흩어졌다.

하지만 안심도 잠시였다.

쿠우웅!

간헐적으로 들리는 폭음.

껌뻑이는 전등.

쿠우우우우웅!

금방이라도 무너질 듯 흔들리는 땅.

괴물 같은 상급 악마들은 2차 대피소를 완전히 무너뜨릴 심산으로 공격을 잇고 있었다.

그 충격은 점차 강해졌다.

'……방마진이 너무 빨리 가동된 거야. 결국 놈들을 묶어 놨던 힘은 다시 해제될 거고…… 이거 위험해.'

2차 대피소는 말하자면 임시 대피소나 다름없다. 잠시 몬스터로부터 피하기 위한 지하 벙커.

아마 몇 개의 미사일 정도는 막을 수 있는 내진 설계가 되었겠지만, 상급 악마들이 차례로 휘두르는 주먹은 그 미사일에 버금간다.

건축 계열 플레이어의 설계도, 링링의 방어 마법도, 무엇이든 막아 줄 것만 같은 두꺼운 콘크리트 벽도.

어쩌면 300레벨에 달하는 괴물을 완벽히 막을 수 없는 걸지도 모른다.

'1차 대피소가 아니고서야…….'

모든 기술력은 1차 대피소에 집약되어 있고, 주요 플레이어도 전부 그쪽에 있다.

결국 2차 대피소를 지키는 문이나 벽은 무너질 것이다.

나한석은 사람들을 향해 외쳤다.

"모두 자세를 낮추고 벽에 붙어요!"

"엄마아!"

"으으으…… 미치겠네!"

그나마 이곳이 무너진다면 몬스터에게 죽는 건 아니라는 점이 희망이 될 수 있을까.

아마 붕괴되는 돌에 깔려 그 기괴한 웃음도 듣지 못한 채 명을 달리할 것이다.

나한석은 절망적인 상상을 그려 내는 스스로가 혐오스러워 입술을 잘근 깨물었다.

그때였다.

"케이 님이…… 케이 님이 오실 겁니다."

종전에 지하의 문을 열고 나도석을 구하기 위해 가장 먼저 달려 나왔던 경찰이었다.

그의 말에 누군가가 성난 얼굴을 했다.

"……당신 탓이야! 당신이 문을 열자고 해서!"

"맞아. 열지만 않았어도 저들이 우리가 여기에 있는 줄 알았겠어?"

"우리가 죽는 건 당신 탓이야!"

괜히 입을 열었다가 수많은 사람들에게 봉변을 당하고 있었다. 나한석은 경찰의 얼굴을 눈여겨봤다.

아는 사람이었다.

'오대수 형사.'

강서준의 측근 중 한 명이 아닌가.

그는 사람들의 노골적인 적대감 속에서도 표정 하나 바꾸지 않고 말했다.

"글쎄요. 정말 문을 열지 않았어도 우리가 안전했을까요?"

"그건 뭔 개소리야!"

"상급 악마만 이곳으로 일곱이 모여들었어요. 문을 여나 안 여나, 저들은 이미 우리의 존재를 알고 있었을 겁니다."

그 말에 사람들은 울 것 같은 얼굴로 고개를 푹 숙였다. 그들이라고 그 사실을 모를까.

그저 화풀이 상대가 필요했던 것이다.

누구도 이런 곳에서 허무하게 죽을 거라고 생각하지 않았으니까.

"걱정 마세요. 진짜 케이 님이 구하러 오실 테니까."

"……형사님도 적당히 하세요. 그렇게 희망고문하면 좋습니까?"

재난 앞에서 사람은 무력하다.

그리고 그 재난을 겪는 사람은 그 무력감에 절망을 느끼기 마련이다.

"케이가 온들 뭔가 변할 것 같아요?"

사람들의 시선이 바닥에 널브러진 나도석에게 향했다.

지금은 부서져서 안 보이지만, 이곳엔 바깥을 확인할 수 있는 스크린이 있었다.

지하에서도 지상에서 벌어지는 일쯤은 모두 볼 수 있고, 이들 모두 나도석이 상급 악마를 상대로 싸우는 걸 지켜봤다.

응원도 했었다.

하지만 결과가 고작 이것이다.

"나도석도 결국 쓰러졌어요."

그들은 올림픽에서 나도석과 강서준이 꽤 치열하게 싸우던 장면을 기억하고 있을 것이다.

아마 케이의 수준은 딱 그 정도겠지.

그렇다면 케이가 온들 세상은 변하지 않는다. 상급 악마의 숫자는 그보다 많으니까.

"이젠 정말 끝이라고요. 끝⋯⋯."

쿠우우우웅!

한차례 큰 진동이 일어나면서 사람들은 주체하지 못하고 이리저리 바닥에 주저앉았다.

누구는 기도를 했고, 누구는 눈을 꾹 감은 채 현실을 외면했다.

간절하게 부모의 손을 잡은 아이는 울음을 삼키고 있었다.

"……모두 괜찮아요?"

오대수의 말에 사람들은 머리에 떨어진 돌가루를 털어 내며 겨우 몸을 일으켰다.

하지만 곧 머리 위로 빛이 새어 들어온다는 걸 깨달았다.

기어코 문이 부서진 것이다.

"……괴, 괴물이다아!"

그리고 새어 들어온 달빛 아래로 모습을 보인 건 '상급 악마'가 아니었다. 오대수는 저도 모르게 중얼거렸다.

"……사람?"

"너는 왕의…….."

여기까지 말한 남자는 쏜살같이 눈앞에서 사라지더니, 이내 누군가를 데려왔다.

곧 막고 있던 문이 완전히 개방되더니 그 누군가가 모습을 드러냈다.

"왕이시여. 이곳입니다."

나한석은 대번에 알아봤다.

"강서준 님?"

도깨비 갑주를 걸치고 유유자적 지하로 걸어 들어오니, 사람들이 저도 모르게 양쪽으로 길을 열어 줬다.

강서준은 말없이 쓰러져 있는 나도석을 내려다보며 말했다.

"치료를 부탁할게요."

"맡겨만 주세요."

허공에서 김훈이 나타나더니 나도석을 향해 포션 치료를 개시했다.

또한 의사들도 달라붙어 나도석의 상태를 체크했다.

강서준은 사람들을 둘러보며 말했다.

"1차 대피소까지 안내할게요. 다들 나와요."

"네?"

"라이칸. 사람들을 안전하게 대피시켜야 해."

그리고 강서준은 훌쩍 어딘가로 떠나 버렸다.

잠시 당황하던 사람들은 어느덧 바깥이 고요하다는 사실을 깨달았다. 라이칸이 그들을 향해 채근했다.

"얼른 나와요. 시간은 금이니."

빠르게 상황을 파악한 나한석은 사람들을 이끌고 바깥으로 향하기로 했다.

당황스럽긴 했지만 사람들도 못 이기는 척 바깥으로 나올 수 있었다.

그리고 하나같이 탄식했다.

"허억…… 이게 무슨."

"뭐야. 다 죽은 거야?"

종전까지 대피소를 무너뜨릴 기세였던 '상급 악마'들.

그토록 무서웠던 괴물들이 하나같이 바닥에 목을 잃고 힘없이 널브러져 있었다.

살아 있는 놈은 없었다.

놈들은 서서히 역소환되어 한줄기 빛으로 소멸하고 있었다.

"정말……."

사람들은 그제야 깨달았다.

"케이 님이 돌아오신 거야."

강서준은 호흡을 가다듬으며 검에 실린 예기를 더욱 날카롭게 뽑아냈다.

"끝도 없이 나오는구나."

서울병원을 나선 이후로 벌써 몇 번째 전투인지 모르겠다.

백방으로 백귀들이 활약하고 영혼 부대가 서울 전역으로 퍼졌다고 해도 강서준은 쉴 틈이 없었다.

"다음은 명동…… 흐음."

2차 대피소로 마련된 명동 인근으로 수많은 악마들이 집결했다는 정보였다.

상급 악마가 세 마리는 있다나.

강서준은 짧게 혀를 차며 악마들이 득실거리는 명동을 내려다봤다.

"많기는 더럽게 많네."

나지막이 중얼거리던 강서준은 거침없이 놈들 사이로 뛰어내렸다.

그나마 가까이에 있던 상급 악마의 머리를 받침 삼아 아래로 떨어지자, 수많은 악마들이 그를 향해 기이한 웃음으로 화답해 왔다.

강서준은 짧게 명했다.

"쓸어버려."

우오오오!

기다렸다는 듯 영혼들이 포효하며 뭉쳐 있던 하급 악마들의 머리를 깨부쉈다. 이미 강서준의 수하로 돌아선 악마들의 영혼은 동료였던 이들을 죽이길 서슴지 않았다.

특히 오가닉의 활약은 대단했다.

한층 종족값이 상승한 라이칸을 의식한 걸까. 다소 무리를 하면서까지 전투를 벌이고 있었다.

오가닉의 창은 악마들의 꼬리를 베고, 팔을 베었으며, 이윽고 머리까지 빠르게 도륙해 냈다.

기회가 되면 리자드맨의 우물이라도 한 번 다녀와야겠다.

그러면 오가닉도 더 강해지겠지.

스거어어억!

강서준은 쓰게 웃으며 겁도 없이 달려들던 상급 악마를 가뿐히 양단해 냈다.

본래라면 쓰러트리기 버거울지도 모르지만, 놈들의 본질을 생각해 보면 어려운 일도 아니다.

'소환수는 소환사의 연결만 끊으면 약해지니까.'

어찌 보면 '류안'으로 마력의 흐름을 읽어 내는 강서준은 소환사들에게 있어 그야말로 천적이나 다름없었다.

"왕이시여…… 임무를 완수했나이다."

상암 월드컵 경기장 인원들을 1차 대피소로 완전히 대피시켰다는 소식이었다.

그즈음 명동의 2차 대피소의 주변을 장악하던 악마를 모조리 소탕하던 강서준도 마무리하듯 대피소의 문을 열고 있었다.

수많은 사람들이 안쪽에서 옹기종기 모여 두려움에 떨고 있었다. 그중 '김강렬' 대위처럼 오랜 인연도 발견할 수 있었다.

'인사는 나중에.'

재회의 기쁨을 나누기엔 서울의 상황은 여전히 좋지 않았다.

강서준은 거두절미하고 말했다.

"다들 나와요. 1차 대피소까지 보호해 드리죠."

"네?"

"오가닉. 뒤를 부탁한다."

김강렬 대위를 위시로 오가닉의 뒤를 따라 쭈뼛쭈뼛 밖으로 빠져나오는 대피소의 사람들.

강서준은 거기까지 확인하고 초상비로 그 자리를 떠났다.

아직 해야 할 일이 많았다.

그렇게 다음 목적지로 이동하려니 문득, 링링의 투정 어린 무전이 들려왔다.

─넌 종종 일을 어렵게 만드는 경향이 있어. 아침까지만 버티면 될 일을 스스로 복잡하게 만들다니…….

연락이 닿자마자 공간이동으로 나타난 그녀에게 건네받은 새로운 마력폰과 최신형 블루투스 이어폰.

그 덕에 서울 곳곳의 정보를 빨리 알고 더욱 순조롭게 서울을 탈환할 수 있었다.

강서준은 잠시 멈춰 서더니 말했다.

"……좀 더 가치가 있는 쪽을 선택한 거야."

─때로는 희생도 필요한 걸 왜 몰라. 전략적으로 보면 성공 확률은 내일 오전이 더 높았다고.

강서준은 쓰게 웃으며 링링의 말에 긍정했다.

그녀의 말도 일리가 있었으니까.

행여나 있을 마족의 침공을 대비했을 그녀였다. 비록 시기가 예상보다 빨라 조금 버벅이긴 했어도, 그녀의 계획대로만 흘러갔다면 마족을 비롯하여 모든 계약자들을 서울에서 일망타진(一網打盡)했을 것이다.

결국 강서준의 재촉으로 인해 계획은 어그러졌고, 방마진은 벌써 힘을 잃고 사라져 가고 있다.

하지만.

"왜 그래야 하지?"

-그게 더 쉬운 길이잖아. 살을 주고 뼈를 취하는 건 전략적으로
도…….

"……그놈의 전략."

강서준은 가볍게 혀를 찼다.

"뭔가를 포기해야 답을 구할 수 있다니. 그건 궤변일 뿐이
야."

살을 주고 뼈를 취한다…… 소수의 희생으로 적을 소탕한
다.

이런 전략은 그와 어울리지 않는다.

말 그대로 N포 인생을 살아가야만 떠올릴 법한 작전이 아
닌가.

그는 그렇게 살지 못한 사람이다.

강서준은 어깨를 으쓱이며 나지막이 말했다.

"걱정 마. 어려워도 해내면 그만이야. 결국 실패하지 않으
면 되는 일이라고."

-그러면 다행이지만…….

"그보다 상황은 어때?"

강서준은 서울의 상공을 올려다봤다. 거대한 알이 웅장하
게 하늘을 뒤덮고 있었다.

아니, 전보다 더 커졌을 것이다.

저 알은 사람들의 절망, 우울, 불행…… 각종 어두운 감정을 머금고 자라나고 있으니까.

특히 악마들이 인간의 피를 빨아들일 때마다 그 안에 가득했던 수많은 감정들이 놈의 성장을 더욱 빠르게 하고 있었다.

링링은 어림짐작하더니 말했다.

─아마 못해도 12시간 이내에 부화할 거야.

"마족의 부화까지 12시간이라……."

계약자 녀석들이 뭘 믿고 정규 업데이트도 전에 일을 벌이나 했더니만…… 이런 발칙한 계획이 숨어 있던 것이다.

'하긴 이 방법을 통하면 정규 업데이트 이전에도 마족의 전력을 끌어낼 수 있으니까.'

여태 마족의 활동 시기를 정규 업데이트 이후로 추측했던 이유는, 게임의 밸런스 때문이다.

일반적으로 B급 던전이 최대로 등장한 현시점에서, 필드로 B급 몬스터가 나돌아 다니는 건 불가능한 일이었으니까.

하물며 A급 던전의 몬스터인 '마족'들이 필드에서 제대로 된 힘을 발휘할 수 있었을까.

놈들도 '섭종 보상'과 마찬가지로 그 힘이 모두 봉인되어 있다고 해야 할 것이다.

'하지만 플레이어를 이용하면 게임의 밸런스를 망가트릴

수 있어.'

이른바 합법적인 치트다.

플레이어는 각자의 플레이 방식에 따라서 상식을 파괴해도 게임의 밸런스가 무너지진 않는 법.

즉 플레이어에 의해 소환된 개체라면 악마들과 마찬가지로, 정규 업데이트 이전에도 마족 본연의 능력을 끄집어 낼수 있다.

그에 따른 조건이 있고, 치러야 할 대가는 어마어마하겠지만…… 미친놈들에게 그딴 건 중요하지 않겠지.

'근데 굳이 무리를 하면서까지 이러는 이유는 도통 모르겠단 말이지.'

강서준은 괜히 신경질적으로 중얼거렸다.

"거기다 악마는 뭐 이리 많아?"

새삼스럽지만 강서준의 시야에 상급 악마가 또 나타나고 있었다. 벌써 열 마리는 넘게 죽인 것 같은데 어디서 이렇게 계속 나오는 걸까.

바퀴벌레도 아니고…….

-이곳이 가장 위협이 된다는 거겠지.

"다른 도시들도 공격을 받는다면서."

-가장 많은 습격을 받은 도시가 상급 악마 열 마리가 전부야. 서울처럼 대대적인 공격을 받는 도시는 또 없을걸?

강서준은 미간을 구긴 채 한숨을 삼킬 수밖에 없었다. 사실 서울이 가장 주목받을 수밖에 없는 곳이긴 했다.

'링링'이라는 희대의 천재 마법사가 '성녀'와 함께 정규 업데이트를 대비한다는 소문이 파다하게 퍼져 있는 건 첫째요.

아크엔 천외천만 여럿이다.

게임 강국답게 높은 수준의 플레이어가 많은 한국이었으니, 더더욱 견제를 받는 걸지도 모른다.

─왕이시여. 강북 일대를 토벌했습니다.

─왕이시여. 한강을 따라 이동하는 생존자 그룹을 발견했나이다.

─왕이시여…….

라이칸에게 감명이라도 받는 건지, 혹은 오가닉도 그런 말투를 고수해서 그런지 몰라도.

수많은 영혼들이 강서준에게 비슷한 말투로 시시각각 전투 현황을 보고했다.

승전보 일색인 건 좋았다.

"……일단 로테타워에서 만나자. 슬슬 싸움의 끝을 봐야지."

강서준은 서울의 상공을 날아다니며 포효하던 상급 악마의 머리를 단번에 바닥에 떨어뜨린 뒤 로테타워로 기수를 돌렸다.

로테타워로 넘어가는 건 금방이었다.

"매번 널 타고 다니긴 아까운데…… 어디 비행용으로 몬스
터 하나 영입해야 하나."

흑룡이 된 고롱이를 타고 서울의 상공을 가로지른 덕이었
다.

예전이었다면 다른 몬스터가 걱정되어 섣불리 시도할 수
조차 없던 짓.

하지만 더는 서울에서 강서준을 위협할 몬스터는 없었다.
그전에 성장한 고롱이를 상대로 덤빌 만한 몬스터는 없다는
게 더욱 맞는 말이었다.

"왔냐."

"응. 다들 모였어?"

"안쪽에."

로테타워의 옥상에서 지팡이를 휘두르며 방마진을 조율하
던 링링은 강서준을 안쪽으로 안내했다.

그곳엔 서울의 핵심 멤버들이 둥글게 앉아 있었다.

부상을 회복한 나도석도 있었다.

"날 구해 줬다고 들었다. 고맙다."

"뭘요."

"그나저나 못 본 새 더한 괴물이 되었군."

나도석은 자조적으로 웃으며 한쪽 스크린을 바라봤다. 강서준이 서울 전역을 오가면서 상급 악마를 토벌하는 장면이 가득 담겨 있었다.

"고블린 목이라도 비트는 것처럼 쉬워 보이네."

"요령만 알면 진짜 쉬워요."

"쉽다고……?"

한편 회의실 안에는 오랜만인 반가운 얼굴들도 있었다.

뒤늦게 강서준의 뒤를 따라 들어오는 오가닉을 향해 한 여자가 환한 미소로 달려가 안겼다.

"오빠!"

"……카린."

"돌아오셔서 천만다행이에요."

B급의 예지 능력을 가진 NPC 카린. 호른 부족의 무녀인 그녀는 일전에 서울로 떨어지는 '달'을 예지한 전적이 있었다.

그 업적이 상당했을까.

오늘날에 이르러, 아크의 중역을 담당하고 있었다.

"네가 있었으면 이런 일을 미리 봐 줬으면 좋았을 텐데……."

"봤어요. 날짜만 몰랐을 뿐이죠."

"호오?"

"그래서 저 알 속에 어떤 마족이 있는지도 다 안다고요."

아무래도 시간이 흐른 만큼 그녀의 예지 스킬이 한층 강화된 듯했다. 수수께끼처럼 단서를 주던 과거와는 다르게 좀 더 명확한 이미지를 보는 것이다.

아마 이번 작전에 카린의 역할은 지대했을 터.

'하기야 언제 당하는지는 몰라도, 어떻게 당하는지만 알아도 대처하는 수준이 달라지니까.'

링링에게 들은 간략한 정보로도 현재 아크의 전략이 얼마나 체계적으로 짜여졌는지 알 수 있었다.

방마진의 존재도 결국 그 일환이라 볼 수 있었다.

한편 성녀 모르핀, 그러니까 마일리는 자연스레 사람들의 앞에 섰다.

"자, 자! 다들 모였으니 회의를 시작하죠."

이번 작전에서 가장 중요한 역할을 하는 성녀. 그녀는 약간 지친 얼굴로 바깥을 가리켰다.

"다들 알다시피 저 알은 '마족'의 부화를 초래해요. 아마 완전히 부화하면 A급 몬스터 '알리'가 나타날 겁니다."

몽마의 주인인 알리.

역시 서울을 침공한 마족은 일전에 최하나를 사이코패스로 만들었던 그 작자였다.

"하지만 아직 기회는 있어요. 위태롭긴 하지만 방마진의 기운을 한데 모으면 저 알을 꿰뚫을 수 있어요. 대신……."

마일리는 잠시 입을 닫았다가 다시 열었다.

"3시간. 그동안 대피소를 지키던 마력은 전부 사라져요."

본래 이런 리스크는 없었다고 봐야 한다. 새벽까지 마력을 모았다면 대피소도 지키면서 마족의 알에 구멍도 충분히 낼 수 있었다.

모두 선택의 결과였다.

마일리는 일행을 돌아보며 말했다.

"3시간만 버텨 줘요. 그러면 반드시 알에 구멍을 내고 말 테니까."

링링이 입을 연 건 그때였다.

"물론 방마진으로 알을 뚫는다 해도 그 안에서 부화 중인 마족을 죽이진 못해. 3시간을 내리 싸우고 또 놈을 죽이기 위해 저곳으로 올라가야 할 거야."

꽤 난이도가 높은 작전이었다.

안 그래도 하루 종일 싸우느라 지친 그들에게, 더더욱 목숨을 내던지며 싸우란 말이나 다름없었으니까.

하지만 불만은 없었다.

무슨 일이 벌어지더라도 1년 전처럼 아무것도 못하던 그때보다는 백만 배는 나았다.

또한 그들은 강서준의 선택에 의해 벌어진 현 상황을 긍정적으로 받아들이고 있었다.

그만큼 구한 사람도 많았으니까.

링링은 강서준을 향해 말했다.

"아마 보스전은 케이. 네 역할이 클 거야."

그럴 것이다.

그 상대가 '알리'라면…… 숫자는 무의미할 테니까.

"시간이 없으니 브리핑은 길게 못 해. 나머지는 각 대피소로 이동하면서 할 거니까. 다들 그렇게 알고……."

링링은 한껏 말을 하다 갑자기 멈추었다. 그녀의 표정이 삽시간에 굳더니 창가로 달려갔다.

터무니없지만 알이 서서히 깨지고 있었다.

"어떻게 벌써……?"

부화의 시기가 생각보다 너무 빨랐다. 하지만 링링은 되레 입가에 미소를 드리우며 말했다.

"작전 변경이야. 당장 알리를 처 죽이러 가 줘야겠어."

몽마 알리

링링이 지팡이를 앞으로 내밀며 말했다.

"지금부터 방마진을 퇴마진으로 전환할 거야."

서울의 전역에서 솟아오르던 방마진의 기둥이 동시에 각도를 틀어 알을 비춘 건 그때였다.

수 개의 빛기둥은 오직 하늘에서 알만을 포착한 스포트라이트처럼 오직 그곳만을 주목하고 있었다.

"카운트할 거야. 10초 후…… 서울의 모든 전력은 차단돼."

10, 9, 8……

카운트다운을 끝으로 서울은 하늘을 향한 빛기둥을 제외하고 모조리 암전됐다.

곳곳에 불길이 치솟는 것만을 제외한다면 어둠으로 뒤덮여, 더욱 악마에게 침공당한 도시라는 느낌이 강렬하게 와닿았다.

"으스스하네요."

"앞으로 더 으스스해질 거야. 다들 준비해."

일행은 고개를 주억거리며 각자의 무기를 점검했다.

최하나는 미리 포션을 마셔 두며 번 블러드를 대비했고, 나도석도 스트레칭으로 굳은 몸을 풀었다.

김훈은 언제부턴가 두 손 꼬옥 맞잡고 기도하고 있었고, 그 옆에서 마일리가 은은하게 신성력을 발휘하며 기운을 북돋고 있었다.

"……온다."

강서준의 말 뒤로 우후죽순 하늘로 수많은 악마들이 솟구쳤다. 하급, 중급, 상급…… 가릴 것 없이 등장한 녀석들은 오직 로테타워를 향해 날아오고 있었다.

강서준은 쓰게 웃으며 중얼거렸다.

"최선의 방어는 공격이라더니."

녀석들이 이렇게 알아서 나와 줄 거라면 애써 서울을 돌아다니며 놈들을 퇴치하고 다닌 게 억울해질 정도였다.

서울에 있는 모든 악마들이 이곳으로 몰려드는 걸까.

그런 생각이 들 정도로 수많은 악마들이 불나방처럼 다가왔다. 이유는 알 만했다.

'아무래도 불안하겠지.'

12시간이라는 링링의 예상보다 훨씬 빨라진 부화 시기…… 그것만 봐도 알 수 있는 문제였다.

적들은 분명 조급해하고 있다.

'방마진이 부담스러웠던 건지, 그도 아니면 내가 그렇게도 무서웠던 건지…….'

어느 쪽이든 적의 작전을 크게 바꿀 정도로 타격을 입힌 모양이었다. 강서준은 무기를 점검하며 상황을 정리해 봤다.

'분명 이건 위기야.'

알이 균열을 일으키며 부화의 조짐을 보였고, 조만간 A급 몬스터가 진짜 부화라도 해 버린다면 서울은 전례에 없는 상황에 놓이게 된다.

당장이라도 찌를 듯이 그를 자극하는 '위기 감지'는 절로 경각심을 일깨워 줬다.

하지만 확실한 건, 이 상황이 마냥 나쁜 건 아니라는 거다.

'부화를 서두르기 위해 적들도 그만한 대가를 치렀을 테니까.'

아직 A급 던전도 나타나지 않은 세계에 A급 몬스터를 만들어 낸다는 것부터 터무니없는 일이었다.

한데 그걸 앞당겼다.

그것만으로도 녀석들은 치러야 할 대가는 상당했을 것이다. 고작 한두 명의 목숨값으로는 감당하지 못한다.

'또한 알이 부화하려면 결국 그 알이 깨져야 해.'

본래 계획대로라면 퇴마진으로 운용하여 3시간은 내리 공격을 해야 한다.

그리고 그때는 대피소의 방어 시설은 무력화되고, 악마들의 습격을 직접 버텨 내야 하는 문제가 생긴다.

한데 이미 알에 균열이 생겼다면?

상황은 달라진다. 퇴마진을 운용할 시간이 3시간씩이나 걸릴 이유가 없다.

"10분. 그 정도면 될 거야."

무방비의 3시간이 이제 고작 10분으로 바뀌었다. 그만큼 피해는 최소화된다는 말이었다.

'위기는 곧 기회다.'

어디선가 들어 본 그 말이 딱 어울리는 상황이었다. 해서 강서준을 비롯한 고렙의 플레이어들은 애써 대피소로 넘어가지 않았다.

그들은 해야 하는 일이 따로 있었다.

강서준은 한창 퇴마진을 조율하는 링링을 흘깃 살피고, 금세 근접한 악마들을 둘러보며 생각했다.

'그래. 이건 타임어택이야.'

놈들의 부화가 성공하는 게 먼저일지, 아니면 그 전에 부화를 저지하는 게 먼저일지.

서로의 목숨을 건 타임어택은 이제 막 스타트라인을 넘어

서고 있었다.

"놈들을 막아요! 링링 님에게 접근하게 둬선 안 됩니다!"

그 말을 끝으로 거대한 소낙비가 떨어지듯 후두두둑 악마들이 강하하기 시작했다.

선제 타격은 최하나의 저격.

한 줄기 핏빛 마탄이 날아가더니 일직선으로 악마들의 날개나 몸통을 꿰뚫고 지나갔다.

기이한 건 핏빛 꼬리를 길게 이은 마탄이 허공을 휘저으며 악마들을 유린한다는 점이다.

그녀가 차원 서고에서 완전히 마스터해 낸 '곡탄'의 효능이었다.

[플레이어 '최하나'가 '곡탄(S)'을 발동합니다.]

수십 번이나 꺾으며 일대를 뒤집은 마탄은 근처에 악마가 소멸하기까지 결코 멈추지 않았다.

한 번의 마탄으로 수십의 악마를 찢어발긴 그녀는 나지막이 숨을 토해 냈다.

이마엔 땀이 송골송골 맺혀 있었다. 확실히 사기적인 스킬이지만 여러 번 쓸 정도는 아니었다.

"흐아아압!"

기합을 터뜨리며 껑충 뛰어오른 나도석은 용케 가까운 악마의 머리를 짓밟았다.

그는 날개 한 장 없이 악마들의 몸을 밟아 가며 용케 전투를 이어 나갔다.

가히 전투의 신이 따로 없다.

지난 전투가 경험치가 되었는지 이젠 상급 악마를 두고도 힘들어하는 기색조차 없다.

물론 종종 위험할 때마다 김훈이 그를 공간 이동 시켜 줘서 무리 없이 싸울 수 있는 거겠지만…….

강서준은 마지막으로 링링을 살펴봤다.

"난 언제까지 기다려야 해?"

"……금방이야. 보채지 좀 마."

딱히 보채는 건 아니었지만, 근처에 몰려든 악마를 보고 가만히 있어야 한다는 사실이 꽤 좀이 쑤신다.

사방에 몰려든 악마들은 막말로 잡아먹기 좋게 모여든 일종의 몰이 사냥감들.

이걸 가만히 보고만 있어야 한다니. 억울하기 그지없다.

"어차피 메인 디시는 네 거잖아. 아무도 안 뺏어 먹을 테니…… 됐다. 이제 가 봐."

강서준은 퇴마진에 의해 완전히 뚫린 알의 한쪽을 살펴봤다. 균열은 구멍이 됐고, 한 사람은 족히 들어갈 수 있는 크기였다.

강서준은 이죽이며 말했다.

"말은 똑바로 해야지. 나 말고는 할 수 없는 일인 거잖아."

"그거나 그거나."

"어쨌든 뒤처리는 부탁할게."

"그래. 넌 마무리나 잘해."

고개를 주억거린 강서준은 옆에서 기다리던 마일리도 마주했다.

그녀는 지친 얼굴로 강서준을 향해 '축복'을 걸어 줬다.

[플레이어 '마일리 그레이스'가 스킬 '축복(S)'을 걸었습니다.]
[악마들에게 치명타를 입힐 확률이 대폭 상승합니다.]

"부디 조심히 다녀오세요."

성녀의 응원을 뒤로하고 강서준은 '용아병의 날개'를 가동했다. 공중으로 날아오르니 수많은 악마들의 시선이 이쪽으로 꽂혔다.

[스킬, '파이어볼(B)'을 발동합니다.]

하지만 그가 나열한 불꽃들이 터져 나가자, 악마들은 속수무책으로 멀어져야 했다. 또한 불길에 닿은 놈들은 끔찍한 비명을 지르며 괴로워했다.

성녀의 축복이 다르긴 다르다.

'역시 이쪽 계열을 상대할 때는 성녀가 필수라니까.'

그녀의 축복은 악마에게 특히 치명타를 입히기 마련이다. 굳이 류안으로 악마의 약점을 노릴 필요도 없다는 것이다.

[스킬, '파이어볼(B)'을 발동합니다.]

그가 사용하는 모든 공격은 녀석들에겐 약점이 될 터였고, 당장 뿔뿔이 도망치는 것만 봐도 강서준의 공격이 위협적이라는 뜻이었다.

그는 금세 알까지 도달할 수 있었다. 그리고 잠시 뒤를 돌아봤다.

키이이잇!

화들짝 놀라 뒤따라오는 악마들과, 최하나의 저격과 김훈, 나도석 페어의 전투로 방황하는 수많은 악마들.

곧 링링이 마법으로 가세하니 녀석들도 별수 없이 쓰러져야 했다.

몇몇의 상급 악마들이 아직 도사리고 있어 걱정도 됐지만, 한편으로는 별일 없을 거라는 걸 알고 있었다.

여긴 못해도 세 명의 천외천이 있다.

어떻게든 해낼 것이다.

"난 내 일을 해야지."

다시 정면으로 시선을 돌리니 불쾌한 기운이 감도는 알 내부의 풍경이 보였다.

썩은 악취엔 피비린내가 섞여 있었다. 적어도 이 알을 구성하는 데엔 누군가의 피가 양분이 된 듯했다.

[A급 몬스터 '알리의 은밀한 거처'에 입장했습니다.]
[사이한 기운이 감돌고 있습니다.]

그리고 진입과 동시에 뒤편에 났던 구멍이 덮였다.

안쪽에서 웃음소리가 들려왔다.

"왔군."

"너는……."

"기다리고 있었다."

가만히 둘러보니 알 내부는 오직 핏물로 가득했다. 마치 호수처럼 차오른 핏물…… 그 위엔 의자 하나만 덩그러니 존재했다.

앉아 있는 건 몽마의 우두머리이자, 마족인 '알리'.

강서준은 사납게 말했다.

"……너희들이 여길 뜨질 않는다면 종족의 씨를 말려 버리겠다고 분명 경고했을 텐데."

놈이 킥킥대며 답했다.

"들었지. 들었어……. 한데 아직도 네놈이 그 케이라고 착각하는구나."

놈의 몸은 전체적으로 붉은 빛을 띠고 있었다. 지금도 서울 전역에서 모아 온 피가 녀석의 봉인을 해제하고 있다는 증거였다.

과연 녀석이 완전히 부화하기까지 얼마나 남은 걸까.

[스킬, '위기 감지(A)'를 발동합니다.]

'위기 감지'도 '미래 예지'처럼 좀 더 구체적인 정보를 알려 주면 좋으련만.

강서준은 미련을 털어 내며 놈을 응시했다. 여유가 묻어 난 그 얼굴을 보면 꽤 많은 봉인이 풀린 뒤라는 것도 알 수 있었다.

솔직히 '류안'을 통해 확인한 놈의 마기는 용솟음치는 화산과도 같았으니.

강서준은 재앙의 유성검을 겨누며 말했다.

"내 말을 무시한 대가는 톡톡히 치르게 될 거야."

"크큭, 과연……."

천천히 의자에서 일어난 알리의 몸에서 끝이 안 보이는 마기가 휘몰아쳤다. 단순히 바깥으로 표출된 것만으로도 태풍이 몰아치듯 장력이 느껴졌다.

놈의 눈이 번쩍 뜨였다.

"이 정도 마기에도 끄떡없다니…… 가히 케이로구나."

"뭘 새삼스레."

강서준은 두말할 것도 없이 바닥을 박차고 알리에게 접근했다. 놈의 목전에 다다랐지만 아쉽게 공격은 허공을 그었다.

또한 반경에 접근한 것과 동시에 시야가 반전됐다. 주변은 어느덧 온통 어둠으로 뒤덮여 있었다.

예상했던 상황이었다.

'역시 이미 녀석의 꿈속에 들어온 거였나.'

사실 알의 구멍이 순식간에 메워진 순간부터 알고 있었다.

이미 꿰뚫린 장소가 그렇게 빨리 회복된다고?

그런 일은 '상상' 속에서나 가능한 일이고, 그렇기에 이곳이 놈의 '꿈'이라는 걸 알 수 있었다.

강서준은 혀를 차며 말했다.

"근데 어쩌라고?"

말했듯 이 모든 건 예견된 상황이었다. 그가 이곳에 혼자 들어온 이유도 녀석이 가진 특수 스킬 때문이니까.

'몽마의 주인인 알리는 상대를 본인의 꿈속으로 끌고 오는 힘이 있어.'

그리고 정신방벽이 낮은 사람은 놈에게 쉽게 쓰러지기 마련이다.

이는 일반적인 몽마와 그 수준부터 다르다.

고작 몽마에 당했던 최하나라면 아마 이런 상황에서 제대로 싸울 수조차 없을 것이다.

마기에 취약한 나도석은 두말하면 입 아프다.

게다가 알리는 교활하다.

무슨 수를 써서라도 인간의 빈틈을 파고드는 게 특기였고, 이런 상황을 버텨 낼 거란 확신도 없었다.

'단순히 게임이라면 모를까…… 현실에선 더더욱 감당하기 힘들어.'

하지만 강서준은 자신이 있었다.

그는 '천무지체'로 인해 어느 순간에도 평정심을 유지할 수 있다. 설령 적의 환상에 이미 빠졌더라 해도 두렵지 않았다.

'나에겐 이루리가 있으니까.'

진실의 성물이 함께인데 그 어떤 환상이 두려울까. 거짓뿐인 꿈속 세계는 그에게 무서울 게 하나도 없다.

알리는 기괴한 웃음을 터뜨리며 말했다.

"끝까지 함정에 빠졌다는 걸 자각하지 못하는구나. 역시 케이는 과거의 영광에 불과한 거야."

"자꾸 무슨 소리를 하는 거냐?"

"됐다. 허물이랑 보내는 시간은 슬슬 아깝군. 사라져라."

서서히 주변을 뒤덮은 어둠이 강서준의 망막을 파고들기 시작했다. 꿈속 세계라 그런지 막는다는 것부터 어려웠다.

아니, 정신을 차렸을 때는 이미 그는 어둠보다 더 깊은 어둠 속에 파묻힌 뒤였다.

시각이 마비되고, 후각, 청각, 촉각…… 모든 것들이 정지
됐다.

오직 놈의 목소리만 들려왔다.

"네놈을 쓰러트리기 위해 특별히 준비해 뒀다. 이젠 작별
이다. 과거의 허물이여……."

헛웃음이 나왔다.

확실히 최하나가 꿈속에서 사용했던 몽마 녀석의 스킬보
다 훨씬 강력하다.

놈이 주로 사용하는 이 스킬은 저주에 가까우니까.

아마 정신방벽이 낮은 사람이 쉽게 미칠 것이고, 끝내 자
살까지 이를 수 있는 무시무시한 스킬.

'근데…… 이걸 어쩌나.'

[스킬, '블랙아웃'에 적중당했습니다.]

[!]

[칭호, '어둠에 먹히지 않는 자'를 발동합니다.]

['블랙아웃'에 면역을 가집니다.]

이미 맞아 본 건데.

블랙아웃.

A급 던전 '알페온의 지하수로'에서 파생되어 '알페온의 저
주'라 불렸던 끔찍한 재난.

닿는 순간, 모든 감각이 어둠에 파묻혀 정신방벽이 약한 사람이라면 쉽게 허물어지는 공격일 것이다.

'운이 좋았어.'

강서준은 새어 나오는 실소를 겨우 참아 내며 알리를 가만히 응시했다. 의기양양하던 놈의 얼굴은 서서히 일그러지고 있었다.

"어, 어떻게……."

당황한 녀석은 재차 스킬을 발동했다.

[엘리트 몬스터 '몽마의 주인 알리'가 스킬, '블랙아웃(B)'을 발동합니다!]
[칭호, '어둠에 먹히지 않는 자'를 발동합니다.]
['블랙아웃'에 면역을 가집니다.]

몇 번을 발동해도 결과는 같았다.

녀석이 가진 최고의 무기인 '블랙아웃'은 이미 한 번 통과해 낸 사람에겐 소용이 없는 스킬이었고, 공교롭게도 강서준은 스킬북에서 이를 이겨 낸 전적이 있다.

그는 내성이 있다.

'아이크가 정말 아낌 없이 주는 나무라니까.'

강서준은 천천히 재앙의 유성검을 놈에게 겨누며 앞으로 걸어 나갔다.

피로 이루어진 바닥이라 밟자마자 그 속으로 푹 빠질 것 같았지만 실제로 빠지는 일은 없었다.

여긴 '알리의 꿈'이다.

즉 무의식의 영역이라면 이 모든 건 실제였고, 또 허상이란 거다.

'나에게 허상은 통하지 않아.'

강서준이 앞으로 다가가니, 녀석이 기겁하며 뒤로 물러났다.

하지만 핏빛 호수에선 수 개의 손이 자라나더니 알리의 몸을 붙들었다.

터무니없지만 녀석은 본인의 꿈인데도 제어권을 빼앗기고 있었다.

"이잇…… 이까짓 것들!"

녀석이 발버둥을 치며 손을 쳐 냈지만 그럴수록 놈을 붙드는 손이 늘어날 뿐이다.

"어, 어떻게 내 꿈을 멋대로!"

"네 상상력이 워낙 빈약해야 말이지."

"뭐?"

"이번엔 내가 제대로 보여 주지."

[스킬, '인 투 더 드림(E)'을 발동합니다.]

그오오옥!

강서준을 중심으로 펼쳐진 폭풍이 마치 블랙홀처럼 주변을 모조리 빨아들이기 시작했다.

알 속의 풍경이 변화했다.

핏빛 호수는 금세 산이 되고, 동굴이 되고, 바다가 되었으며, 다시 하늘로 변했다.

알리는 그 정신없는 세상 속에서 홀로 방치되어 비명을 질러 댔다.

"그, 그만…… 그마아아안!"

강서준은 어깨를 으쓱이며 더욱 정신력을 집중시켰다.

꿈속이 결국 무의식의 영역이라면.

이 세계의 강함을 정하는 기준은 오직 하나였다.

정신력…… 그리고 집중력.

[스킬, '집중(S)'을 발동합니다.]

악랄할 정도로 집중한 그의 상상력의 끝자락엔, 알리만이 느낄 수 있는 끔찍한 고통들이 있었다.

모두 강서준의 '죽음의 기억'에서 비롯된 수많은 통증들이다.

그중 '블랙아웃'도 덤이다.

"으……으으읏…… 으아아아앗!"

무얼 보고 있는 걸까.

몸을 바들바들 떨던 알리는 돌연 벽으로 달려가 머리를 박아 대기 시작했다.

이마가 터지고, 살갗이 찢어지고, 피가 솟구쳐도 그 행동을 멈추지 않았다.

녀석이 정신을 차렸을 때는 얼굴이 반쯤 망가졌을 때였다.

[엘리트 몬스터 '몽마의 주인 알리'가 '드림 키퍼'를 소환했습니다.]
[스킬, '인 투 더 드림(E)'의 효과를 무효화합니다.]

"……감히 인간 주제에!"

간신히 강서준의 스킬을 벗어난 녀석의 앞으로 너덜너덜한 형체의 분신이 나타났다.

저게 놈의 '드림 키퍼'란 건가.

꿈속에서 그 세계를 지킨다고 알려진 드림 키퍼는, 우습게도 종전의 강서준이 준 고통도 같이 당한 모양이었다.

그나마 그 권능으로 '인 투 더 드림'을 벗어난 듯한데.

강서준은 혀를 차면서 검을 겨누었다.

"변할 건 없어."

스거어어억!

강서준이 한달음에 달려가 녀석의 허리를 베어 냈다. 피가 움푹 솟구치며 놈이 괴로운 비명을 질러 댔다.

인 투 더 드림이 통하지 않는다면 직접 베어 내면 될 일.

이루리의 힘이라면 충분히 허상 자체를 벨 수 있다.

게다가 이미 녀석의 영혼은 만신창이였다.

저항이란 있을 수 없었다.

"끄어어억……!"

HP는 독이라도 삼킨 듯 빠르게 줄었다.

서울을 대대적으로 침공한 주체라고 보기엔 대단히 허무한 최후가 아닐까.

"이, 이렇게 죽을 수는……."

하지만 놈에겐 남은 기회란 없다.

'블랙아웃'은 먹혔고, 꿈을 다루는 힘조차 강서준에게 밀린다. 녀석의 장기는 그의 앞에선 조족지혈에 불과했다.

그리고 이는 당연한 결과였다.

단순히 '인 투 더 드림'의 등급이 F에서 E로 올라갔기에 벌어진 일이 아니니까.

이는 강서준의 영혼에 달려 있다.

'내 영혼은 케이와 같으니까.'

드림 사이드 1을 다녀오면서 유일하게 사라지지 않은 건, 압도적으로 급이 올라가 버린 그의 영혼이었다.

한마디로 무의식의 세계에서 싸우는 일이라면, 이 세상 그 누구도 강서준을 이길 상대는 없다.

이 싸움은 처음부터 결과가 정해져 있었다.

[엘리트 몬스터, '몽마의 주인 알리'를 처치했습니다.]
[당신은 '몽마의 주인'의 정신세계를 완전히 붕괴시켰습니다.]
[칭호, '꿈을 집어삼킨 자'를 습득했습니다.]
[꿈과 관련된 스킬의 효율이 10% 상승합니다.]

메시지는 아직 끝나지 않았다.

[레벨이 올랐습니다.]
[레벨이 올랐습니다.]
[레벨이 올랐습니다.]
[레벨이 올랐습니다.]
[레벨이⋯⋯.]

　무수한 경험치를 끝으로 강서준은 허물어지는 꿈속의 풍경. 그리고 소멸하는 알 너머로 한창 전투가 펼쳐지는 서울의 전경을 둘러볼 수 있었다.
　"흐음⋯⋯."
　멀리 해가 떠오르고 있었다.

[몽마의 주인 '알리'의 영혼을 완전히 굴복시켰습니다.]
[몽마의 주인 '알리'의 영혼을 백귀에 귀속시키겠습니까?]

터무니없는 메시지와 함께.

그로부터 약 6일 후.

키이잇! 킷킷! 키잇!

거대한 알 아래로 수많은 악마들이 킷킷거리며 웃음을 터
뜨리는 한 마을이 있었다.

이곳은 부산, 멸망 직전의 도시.

계단처럼 집들이 층층이 쌓인 부산의 '감천문화마을'은 끔
찍한 위기를 맞이하고 있었다.

"……크으윽."

플레이어 윤주영은 숨을 꾹 참은 채 조심스레 고개를 내밀
었다.

창문 너머의 하늘엔 거대한 알이 요상한 파장을 일으키며,
천천히 아래로 하강하고 있었다.

주변을 서성이며 날아다니는 건 '중급 악마'들!

1년 전, 그날 이후로 간신히 구축해 뒀던 플레이어들의 생
존 캠프는 그들에게 완전히 무너지고 있었다.

"……!"

윤주영은 화들짝 놀라며 몸을 아래로 숨겼다. 방금 변이
인간 한 놈과 눈이 마주친 것 같았기 때문이다.

침음을 삼키길 잠시.

그는 자신을 올려다보는 두 아이를 발견할 수 있었다.

"하영아, 진영아…… 괜찮아. 별일 아니야. 괜찮아."

떨리는 손으로 아이의 머리를 쓰다듬었다. 너무 입술을 꽉 깨물어 피가 흘렀지만 아이들에게 미소를 지어 줬다.

하지만 아이들도 상황을 아는 걸까.

불행인지 다행인지…… 1년 전만 해도 쉽게 울음을 터뜨리는 아이들의 눈매는 메말라 있었다. 이젠 눈치마저 살피며 입을 꾹 닫았다.

"다 괜찮을 거야."

그때였다.

채애애앵!

부엌 쪽에서 창문이 깨지는 소리가 들려왔다. 무슨 일인지 몰라도 무언가가 이 안으로 들어왔다는 게 확실해졌다.

윤주영은 아이들을 뒤로 물리고 문 쪽으로 시선을 던졌다. 발걸음이 천천히 다가왔다.

'어떻게든 아이들은 지켜야 해…….'

벽면에 걸린 가족사진을 보며 그는 굳게 다짐했다.

1년 전, 그날…….

무력하게 소중한 사람을 잃는 경험을 두 번이나 겪고 싶진 않았다.

그리고 약속하지 않았던가.

아이들만큼은 반드시 지켜 내겠다고. 먼저 떠나간 아내를 위해서라도 그는 용기를 내야 했다.

"여기서 100까지만 세고 있어. 금방 돌아올게."

윤주영은 아이들을 가까운 장롱으로 대피시키고 문을 꼭 걸어 잠갔다. 비싼 돈을 주고 산 아이템이니 이 장롱은 쉽게 부서지진 않을 것이다.

그리고 호흡을 진정시킨 뒤 문으로 다가갔다.

'이미 집 안까지 들어온 놈이라면, 이 근처로 쳐 뒀던 마법 진은 소용이 없어. 들켰다고 봐야 해.'

시간문제였다.

남은 건 놈이 먼저 공격하기 전에, 이쪽이 놈을 먼저 쓰러 트려야 한다는 것.

윤주영은 각오를 다졌다.

'후우우…… 할 수 있다. 난 아빠야.'

윤주영이 무기를 꽉 쥐고 바로 문밖으로 나가려는 순간이었다.

콰아아아앙!

생각보다 빠르게 문이 폭발하면서 무언가 기다란 꼬리가 안방을 휘저었다. 그게 뭔지는 바로 알았다.

하급 악마의 꼬리.

운이 더럽게도 안 좋았는지 종전에 부엌을 깨트리고 이 안에 진입한 건, 하급 악마였던 모양이다.

그의 수준으로는 결코 이길 수 없는 상대.

윤주영은 저도 모르게 입을 틀어막고 숨마저 꾹 참았다. 그리고 천천히 안방으로 들어오는 놈의 얼굴을 마주할 수 있었다.

"......!"

한데 어딘가 이상했다.

하급 악마는 문을 부수고 안쪽으로 들어왔으면서도, 바로 윤주영을 공격하질 않는 것이다.

그저 고개를 갸웃하며 사방을 훑고 다닐 뿐이었다.

이유는 간단했다.

'......눈이 찢어졌어.'

모르긴 몰라도 놈의 얼굴엔 상처가 가득했다. 찢어진 눈과 뭉개진 코는 녀석의 감각을 마비시킨 듯했다.

'이건 기회야.'

윤주영은 떨리는 심장을 겨우 진정시키며 무채색의 장검을 녀석에게 겨눴다.

무방비한 지금이라면.

어쩌면 놈을 쓰러트리는 게 가능할지도 모른다.

변이 인간 하나도 상대하기 버거운 그였지만.

지금은 한계조차 뛰어넘어야 한다.

"......당신 그러다 죽어요."

키이이잇!

돌연 바깥에서 소리가 들려오더니 창문 쪽으로 꼬리가 길게 찔러 들어갔다.

하지만 애꿎은 허공만 가르고 돌아온 꼬리. 윤주영은 어느덧 자신의 옆에 누군가가 서 있다는 사실을 알 수 있었다.

누구지?

피골이 상접한 얼굴에 야윈 몸이 대단히 약해 보였지만, 다행히 그 정체를 알아차릴 수 있었다.

'……고유진 씨?'

나이는 그보다 훨씬 어린 고등학생에 불과하지만, 이곳에서 조금 떨어진 캠프인 부산역에선 레벨이 높은 플레이어였다.

과연 그라면 '하급 악마'도 쓰러트릴 수 있을까.

고유진은 피가 뚝뚝 떨어지는 검을 하급 악마에게 겨누더니 나지막이 말했다.

"저놈, 아직 청력은 살아 있어요."

키이이잇!

괴성을 지르며 냅다 고유진에게 달려드는 하급 악마!

그는 능숙하게 꼬리를 피하더니, 기회가 될 때마다 하급 악마의 몸을 난도질했다.

검이 지나갈 때마다 피가 터지고, 악취가 났으며, 차츰 놈의 몸이 굼뗘진 게 훤히 드러났다.

푸슈우욱!

이젠 바닥에 핏물로 웅덩이를 만든 채 쓰러져 버린 하급 악마!

고유진은 하급 악마의 숨통을 완전히 끊어 버린 뒤, 윤주영을 돌아보며 말했다.

"왜 아직까지 여기에 계신 겁니까. 감천문화마을은 온통 악마의 군락지로 변했다고요."

"……나갈 수 없었어요."

윤주영은 장롱에 숨어 있던 두 아이를 데리고 나왔다. 그중 그의 딸인 하영은 다리 한 짝이 없었다.

또한 아들인 진영은 심각한 천식을 앓고 있어서 조금만 뛰어도 기침을 참을 수 없다.

"이대로 나가면 바로 죽습니다. 차라리 은신 마법진이 설치된 이 집에……."

"소용없어요. 하급 악마부터는 이런 조악한 마법진은 통하지 않는다고요."

고유진은 하급 악마를 내려다보며 말했다.

"제가 조금이라도 더 늦게 발견했으면 어쩔 뻔했어요. 이놈…… 당신 집을 들여다보고 있었다고요."

고유진은 한숨을 길게 내뱉더니 창가로 다가가 바깥을 살폈다. 윤주영도 그를 따라 밖을 보니 하급 악마 몇이 이쪽을 기웃거리는 게 보였다.

고유진이 말했다.

"이동할 준비해요."

"네?"

"하급 악마는 물론, 중급 악마도 점점 늘어나고 있어요. 여기에 있다간 결코 살아남을 수 없을 겁니다."

선택의 여지가 없었다.

고개를 주억거린 윤주영은 딸을 들쳐 맸고, 고유진이 그의 아들인 진영이를 등에 업었다.

고유진은 윤주영과 시선을 마주하며 말했다.

"제 스킬을 이용하면 어떻게든 이곳을 벗어날 수 있을 겁니다. 어떻게든 부산역으로만 도망치면…… 저희 캠프 인원과."

거기까지 말했을 때였다.

"……으음?"

저도 모르게 하늘을 올려다본 윤주영은 거대한 알 옆으로 뭔가 커다란 빛이 떨어지고 있다는 걸 발견할 수 있었다.

뭐지?

생각을 잇기도 전에 그곳에서 떨어진 무언가가 인근을 서성이던 악마들을 대번에 짓밟았다.

모르긴 몰라도 그쪽에서 사람의 목소리가 들려온 듯했다.

"이곳이 진짜 지구인가?"

아직 그들이 누군지는 알 수 없었다.

이세계의 황자

악마의 침공으로부터 일주일.

정규 업데이트가 진행되는 그날.

서울은 여느 때보다 바쁜 하루하루를 보내고 있었다.

"이곳이 마지막입니다. 여기만 정리하면 대피소를 전면 개방할 수 있겠어요."

"거참…… 쥐새끼도 아니고 구석구석 잘도 숨었네요."

한 하수구를 앞에 두고 대화를 나누는 두 사람이 있었다.

오대수는 한숨을 덜어 내며 말했다.

"그나마 다행인 건 소환사들, 그러니까 마족의 계약자를 전부 잡아 죽였다는 거죠. 그 녀석들이 아직 살아 있었으면……."

"말도 마요. 그랬으면 전 아직도 '퍼펫'이었게요?"

이때 오대수의 말에 대답을 한 건 의외로 공지원이었다.

불과 얼마 전까지만 하더라도 '퍼펫'인 상태로 서울을 떠돌아 다녔던 그는, 운이 좋게도 빨리 발견되어 병증이 모두 완치된 상태였다.

공지원은 퍼펫이었던 과거를 떠올리기라도 했는지 몸을 부르르 떨더니 말했다.

"정말 큰일 날 뻔했다니까요. 강서준 님이 마족을 죽여 주시지만 않았으면…… 어후. 상상도 하기 싫습니다."

공지원의 말마따나 이 일의 원흉이 되는 마족인 '알리'와 그 계약자들을 잡아 죽이지 못했으면 어땠을까.

아마 지금쯤 서울은 아비규환이 됐을지도 모른다.

모르긴 몰라도 계약자 놈들…… 퍼펫을 대상으로 자살 테러도 계획했었던 모양이니까.

'어차피 원래대로 돌아갈 인간이란 거지. 쓰다 버리는 말처럼……'

어쨌든 그 후로 악마들은 우후죽순 무너지는 수밖에 없었다.

아무래도 알리라는 사령탑이 증발했으며, 힘을 제공해 주던 계약자마저 죽었으니 놈들은 더는 조직적인 움직임은 불가능했던 것이다.

그저 살기 위해 발버둥 칠 뿐……

강서준은 쓰게 웃으며 하수구를 바라봤다. 오물처럼 득실 거리는 저 검은 덩어리들은 사실 전부 악마들.

'뭐 그 탓에 귀찮아지긴 했지만.'

상급 악마야 계약자로부터 마기를 제공받질 못하면 그 신 체를 유지조차 할 수 없으니 그렇다 치자.

하급이나 중급은 달랐다.

미약만 마기만 갖고 있어도 자생이 가능한 수준의 몬스터 들.

이놈들은 본인의 특징을 잘 알고 있기 때문인지, 계약자가 모두 죽자마자 서울의 음지로 숨어 버린 것이다.

난동을 부리다 쉽게 발각당했던 상급 악마들과는 달랐다.

'약자라는 점이 오히려 놈들의 생존율을 높이고 말았어. 쯧, 이래서 지능이 있는 놈들은 귀찮다니까.'

그리고 놈들이 숨어들면서 퍼펫 또한 함께 끌려가는 건 어 찌 보면 당연한 수순.

오대수는 한강에서 이어진 긴 터널 같은 하수구를 손전등 으로 비추면서 입을 열었다.

"그나저나 이런 잡일까지 직접 나오시고…… 정말 한결같 으시군요."

"네?"

"예전에도 남을 위해서라면 제 한 몸 아끼질 않으셨죠."

묘하게 각색된 회상이었지만, 구태여 그 내용을 정정하진 않았다.

그 모든 걸 변명하기엔 강서준이 사라진 동안 부풀려진 소문은 워낙 많았고, 변명할 이유도 딱히 없었기 때문이다.

강서준은 어깨를 으쓱이며 대충 둘러대기로 했다.

"뭘요. 저도 원하는 게 있어서 이러는 겁니다."

"겸손하시기까지! 왜 장기용이 그토록 당신을 따르는지 알 것 같습니다."

재회한 그때부터 유난히 강렬한 저 눈빛이 부담스럽다. 또한 그 눈빛이 오대수 하나만이 보내는 게 아니라서 더욱 그렇다.

'뭐 됐어. 그보다……'

강서준은 쓰게 웃으며 검을 휘둘렀다. 하수구로 접근하자마자 기다렸다는 듯 달려들던 하급 악마가 손쉽게 소멸했다.

'완전 노다지로군.'

[몬스터 '하급 악마(B)'를 처치했습니다.]

[!]

[전승되지 못한 악마의 영혼이 당신에게 귀속되어 있습니다.]

[부화에 필요한 마기를 흡수합니다.]

실제로 강서준은 겸손 따위를 떨려고 그런 말을 한 게 아니다. 그는 진짜로 이곳에 원하는 게 있었다.

악마들의 영혼, 말하자면 그들의 마기.

서울을 집어삼키려던 '몽마의 주인'인 알리를 때려잡고 나니, 의외의 상황이 벌어진 것이다.

'설마 전승되질 못하고 내 백귀로 등록되어 버릴 줄이야.'

드림 사이드 1에서의 기억을 갖고 있던 '알리'는 아무래도 켈과 같은 '전생'이 가능한 존재일 것이다.

이 세계에서 죽더라도 다음 세계에서 부활하는 특징을 가진 놈들.

근데 그 전생이란 게 이뤄지질 않고, 터무니없지만 강서준의 백귀로 등록되고 말았다.

'마족이 내 백귀가 된 건 영 꺼림칙한 일이지만……'

강서준은 그러려니 넘기기로 했다.

백귀가 됐다는 건 어쨌든 그 영혼이 완전히 굴복했다는 증거였다.

백귀는 왕의 명을 거스를 수 없다.

즉 약간의 꺼림칙함만 덜어 낸다면, 그에겐 A급 던전 몬스터에 해당하는 '마족'이 수하가 된다.

앞으로의 전투에서 꽤 유용하게 쓰일 법했다.

'전부 부화를 시킨 후의 이야기겠지만.'

강서준은 악마를 죽일 때마다 도깨비감투 속에 보관된 '알리의 영혼'으로 쌓이는 '정제된 마기'를 확인했다.

아이러니한 건 그중 일부가 강서준의 몸에도 차곡하게 쌓이고 있다는 것이다.

'위기 감지가 나타나질 않는 걸 보면 당장 위험한 건 아닌데 말이야. 흐음…….'

하지만 이 또한 그냥 넘기기로 했다.

'힘은 죄가 없지.'

생각해 보면 마기는 그저 다루기 힘든 악독한 힘에 불과하다. 일반적으로 인간의 정신에 영향을 줘 미쳐 버리는 게 문제였으니까.

하지만 '정령의 힘'이 그랬듯, 사용자에 따라 그 쓰임새는 달라지기 마련이다.

영혼의 수준이 이미 탈(脫)인간인 강서준에겐 마기의 광기따위는 신경 쓸 일도 아니다.

'오히려 좋아. 거칠긴 해도 강하니까.'

마기는 또 마력과 다르다.

그가 가진 MP와 무관한 건지, 마력을 아무리 써도 마기는 단 1도 줄어들지 않았으니까.

그뿐일까.

[장비, '도깨비 왕의 반지'의 전용 스킬, '도깨비불'을 발동합니다.]

하수구 안쪽으로 도깨비불을 흩뿌리자 활활 타오르더니, 악마들을 거칠게 헤집어 놨다.

모두 정제된 마기 때문이다.

정제된 마기는 '도깨비불의 원료'가 되어 더욱 강한 불길을 일으키고 있었으니까.

키아아아앗!

효과는 탁월했다.

원한다면 도깨비불은 인체에 무해했고, 오직 마기만을 골라서 불태우기에 가능한 일이었다.

강서준은 마기를 향해 득달같이 달려드는 화마를 살펴보며 낮게 감탄했다.

'역시…… 상극이라니까.'

로테월드의 인형사 피에로를 상대할 때도 도깨비불은 손쉽게 마기를 잘라 내곤 했다.

아마 관련이 있을 것이다.

그가 모르는 '도깨비의 비사'엔 마족들이 또 엮여 있는지도 모르지.

서울 공략에 있어 라이칸을 위시로 한 도깨비 부대가 큰 활약을 펼친 것만 봐도 그렇다.

화르르륵!

어쨌든 강서준이 싹 불태우니 푸른 불꽃으로 점철된 하수구 내부는 수많은 악마와 퍼펫의 비명으로 가득 찼다.

곧 퍼펫에서 인간으로 돌아온 이들도 발견할 수 있었다.

도깨비불의 또 다른 효능.

성녀의 손을 거치질 않더라도 마기를 직접 불태워, 인간의
형태를 되찾아 준 것이다.

키아아앗!

한편 잿더미만 남은 하수구 안쪽에서 묵직한 마기가 흔들
렸다. 사실 강서준이 직접 여기까지 온 이유는 저놈 때문이
었다.

[엘리트 몬스터 '상급 악마(B)'가 포효합니다!]

서울에 단 하나 남은 개체.

여태 중하급의 악마라도 집어먹어 마기를 보충했을까.

마지막으로 남은 상급 악마 녀석이 살벌한 눈초리로 이쪽
을 노려보고 있었다.

한데 그 손에 쥐어진 게 보인다.

"넌 왜 거기서 나와?"

"……가, 강서준 니이이임!"

멋들어진 슈트 차림으로 악마의 손아귀에 붙잡힌 자. 퍼펫
에서 방금 인간이 된 건지, 그는 눈물콧물을 흘려 대며 연신
강서준의 이름을 불러 대고 있었다.

그나저나 정말 얜 인질로 붙잡히는 게 취미라도 되는 걸
까.

"장기용."

강서준은 고개를 절레절레 저으며, 대충 단검을 앞으로 던져 버렸다.

그가 직접 움직일 필요도 없었다.

푸슈우욱!

하지만 그 단순한 일격에 상급 악마는 단말마의 비명도 지르지 못하고 소멸했다.

재앙의 유성검이 녀석의 피를 게걸스럽게 빨아들였다.

"허, 다시 봐도 정말 놀랍습니다. 그 상급 악마를 저리 쉽게 잡다니……."

"이해를 포기해. 저분은 그게 편해."

"그……렇겠죠?"

소환사의 마력 공급이 떨어졌고, 기껏해야 하급과 중급 악마의 마기를 흡수한 놈이다.

맘만 먹는다면 누구라도 쉽게 잡을 수 있지만, 워낙 지난날에 당한 일이 많아서인지 다들 겁을 집어먹었을 뿐이다.

한편 상급 악마가 소멸하면서 하수구 바닥에 볼품사납게 떨어진 장기용은, 오물 속에서도 더럽혀지지 않은 슈트 차림으로 강서준을 올려다보고 있었다.

뭐랄까.

'……위험한데.'

강서준은 그 시선을 애써 무시하며 악마 사냥을 나섰다. 눈앞에 보이는 모든 마기가 '경험치' 혹은 '정제된 마기'로 변할 걸 생각하면 부지런히도 움직여야 한다.

"이곳이 마지막이다! 모두 힘내!"

오대수의 말을 따라서 플레이어들이 바쁘게 움직였고, 일단 그렇게 서울의 악마 소탕은 끝날 수 있었다.

"아니! 아직 끝난 건 없어!"

하수구를 정리하고 일단 임시거점으로 마련한 '로테타워'에 돌아오자마자 들은 말이다.

링링은 심각한 얼굴로 홀로그램을 휘저으며 말했다.

"전 세계가 마족에게 침공당하고 있어. 알리만 쓰러트렸다고 끝나는 문제가 아니란 말이지."

링링이 그렇게 말하긴 했지만, 사실 전 세계가 침공당했다는 말은 조금 설명이 부족하다.

솔직히 진짜 위험한 도시는 몇몇 개의 주요 도시에 한했으니까.

나머지 소도시는 대개 '알'이 생성되지도 않았으며, 기껏해야 하급 악마가 나타났을 따름이다.

위험한 건 서울 같은 대도시. 말하자면 '알'이 생성되면서 '상급 악마'가 판을 치는 곳들이다.

링링은 미간을 찌푸리며 말했다.

"게다가 하필 넓디넓은 지구에서 한국에만 알이 두 개야."

강서준은 쓰게 웃으며 한반도의 아래쪽을 살펴봤다. 한국의 제2의 수도라 불리는 도시.

부산에도 마족의 침공이 있었다.

그래서 지금은 '마계 부산'이라 부른다나.

링링은 짧게 혀를 차더니 말했다.

"케이. 이참에 부산에 다녀와야겠어."

"……갑자기?"

"서울은 이제 한동안 괜찮으니까. 그리고 슬슬 부산도 되찾아야 하지 않겠어?"

의욕이 넘치는 링링의 말에 강서준은 마땅히 반박할 말을 찾지 못했다. 가능하면 그게 최선일 테니까.

하지만 아직 문제가 남았다.

"취지는 이해되고 마족들이 더 활개를 치기 전에 쳐야 한다는 것도 알겠는데…… 지금 그곳으로 간다고 해도 늦지 않겠어?"

부산까지 가는 길목의 철도가 아직 멀쩡할지는 의문이고, 설령 멀쩡하더라도 '천안'이 골칫덩이다.

이미 눈에 파묻힌 곳이다.

그곳을 전부 정리하고 내려갔을 때의 부산엔, 살아남은 사람은 없을지도 모른다.

아무리 부화 속도가 서울보다 늦는다 해도, 시간문제니까.

하지만 그때였다.

"어떻게 가느냐는 이제 중요하지 않을 겁니다. 그보다 누굴 만나는지가 더 걱정이죠."

돌연 들려온 소리에 고개를 돌리니 '나한석' 대위가 있었다. 그는 거두절미하더니 말했다.

"이번 마족의 침공은 너무 이른 감이 없잖아 있었습니다. 그들의 입장에선 이렇게 서두를 이유가 하등 없었죠."

생각해 본 적이 있는 얘기였다.

마족들의 침공 시점이 정규 업데이트 이후였다면, 그만큼 많은 희생을 필요로 하지 않았을 테니까.

제아무리 플레이어들의 방심을 노렸다고 해도 납득할 수 없는 이유였다.

"근데 이번 정규 업데이트 이후로 그 의문은 풀렸습니다. 아무래도 알이 생성된 도시마다 '그들'이 나타나고 있으니까요."

"그들요?"

"대체 두 세력 간 어떤 커넥션이 있었는지는 모르겠지만 이걸 우연이라고 볼 수는 없겠죠."

나한석은 호흡을 가다듬더니 말했다.

"마족들의 침공을 당해 알이 생성된 도시마다, 0116 채널의 사람들이 로그인됐다는 정보입니다."

다소 터무니없는 얘기였다.

그러니까, 마족의 침공은 사실 0116 채널의 사람들이 넘어오기 위한 포석이었다고?

"다행히 서울의 알은 강서준 님이 제거해 주신 덕분에, 놈들이 로그인되진 못한 모양이에요."

강서준은 불현듯 나한석이 등장과 함께 한 말을 떠올릴 수 있었다. 과연 그래서 '누구'를 만나는지를 걱정해야 한다는 거였나.

'부산엔 알이 생겨났으니까.'

즉 부산엔 '0116 채널의 사람들'이 로그인되었다는 거다.

한편 강서준은 나한석의 뒤편으로 다가온 한 사람을 발견할 수 있었다.

근데 그 얼굴이 꽤 낯익었다.

"너는⋯⋯?"

진 제국의 창고에서 발견했던 꼬마.

정보가 '?'로 표기되었던 그 아이가 버젓이 눈을 뜨고 그를 올려다보고 있었다.

나한석은 그를 가리키며 말했다.

"해서 소개시켜 드릴 사람이 있습니다."

소년은 한 손을 앞으로 내밀고, 허리를 숙이면서 한쪽 다리만 구부린 채 말했다.

"반갑습니다. 전 0116 채널⋯⋯ 리카온 제국의 다섯 번째 황자. '리오 리카온'이라 합니다."

그는 이세계의 황자였다.

리오 리카온은 거두절미하고 말했다.

"전 케이 님을 만나러 왔습니다."

강서준은 약간 병한 얼굴로 리오 리카온을 내려다봤다. 영대화의 흐름을 쫓아갈 수 없었다.

그러니까 이 '꼬마'가 '0116 채널'의 사람이고, 그곳에 있는 제국의 황자란 거지?

'근데 그런 사람이 왜 여기에 있어?'

그보다 진 제국의 창고에 갇혀 있던 아이가 사실 이세계의 황자라는 것부터 황당했다.

그게 가당키나 한 일일까.

'잠깐…… 정말 0116 채널의 사람이라면, 어떻게 포탈 던전을 빠져나갔던 거지?'

여태 추측하기로는 0116 채널의 사람들은 포탈 던전을 벗어나지 못한다.

그곳은 베타테스트와 같은 땅.

데칼을 비롯하여 태생을 알 수 없는 기묘한 플레이어의 행적은 오직 그곳에서만 발견됐으니 높은 확률로 그들은 포탈 던전을 벗어나질 못했다.

근데 이 아이는 분명 '정규 업데이트'도 아닌, 그보다 한참 전에 서울로 이송됐었다.

강서준이 데칼과 경기를 펼치기도 전에 말이다.

"혼란스러우시겠지만 리오 리카온 님이 하신 말은 진짜입니다. 다각도로 분석한 결과, 리오 리카온 님의 파장은 0116 채널과 일치했습니다."

강서준은 관자놀이를 꾹꾹 누르며 나한석과 링링을 둘러 봤다. 아무리 봐도 장난을 하려는 것 같진 않았다.

'진짜라고?'

복잡하기만 한 상황이었지만 강서준은 일단 받아들이기로 했다. 두 사람이 이렇게 확신하는 데엔 그만한 이유가 있을 테니까.

'그래. 확인해 보면 되잖아.'

강서준은 리오 리카온의 어깨에 손을 얹어 봤다.

기억하기로는 이 아이의 정보는 분명 '?'로 표기되어 있었 다.

아이템 정보

이름 : 리오 리카온(신뢰의 성물)
특징 : 믿음이 있는 자에게 기적을 선사한다.

……신뢰의 성물?

다시 확인해 본 '리오 리카온'은 터무니없지만 익숙한 정보 를 갖고 있었다.

강서준은 저도 모르게 요즘 들어 감투에서 영 밖으로 나오 질 않는 '이루리'를 떠올렸다.

'우연일까?'

뭔가 확신을 얻기 위해서 정보를 확인한 건데, 더욱 의문 속에 던져진 기분이었다.

리오 리카온은 강서준의 의문을 눈치라도 챘는지 쓰게 웃으며 말했다.

"제약에서 벗어나려면 '아이템화'를 시도하는 수밖에 없었어요."

"아이템화라고요?"

"네. 그래야 온전히 0115 채널의 부속품으로 인정받고, 던전을 벗어날 수 있을 테니까요."

불현듯 리오 리카온을 처음 발견했던 창고의 마법진을 떠올렸다.

단순히 물건을 숨기기 위한 마법진인 줄 알았는데, 설마 그런 장치가 숨겨져 있었던 걸까.

리오 리카온은 한숨을 푹 내쉬며 말했다.

"사실 저희 제국에서도 세력이 단일화되어 있었다면, 이런 골치 아픈 고생은 하지 않아도 됐을 겁니다."

강서준은 일단 차분하게 기분을 가라앉히기로 했다. 그의 정체가 사실이라면, 앞으로 들을 내용은 모두 귀한 정보였다.

리카온 제국이란 다른 세계의 이야기.

하지만 리오 리카온은 바로 본론으로 넘어가지 않았다.

"흐음, 얘기를 시작하기 전에 일단 확인하고 싶은 게 하나 있습니다. 케이 님...... 당신은 대체 어떤 사람입니까?"

밑도 끝도 없이 던져진 질문에 강서준은 미간을 찌푸렸다. 꽤 진지한 얼굴로 묻고 있어서 그런지 뭐라 대답할지 잠시 고민이 됐다.

'어떤 사람이냐고?'

한 번도 생각해 보지 않은 질문이지만, 어쩌면 매일같이 스스로에게 반복했던 질문일지도 모르겠다.

난, 어떤 사람인가.

"아마 잃는 건 죽기보다 싫은 사람이겠죠."

어려서부터 너무 많은 걸 잃으면서 살아왔기 때문일까.

손에 들어온 한 줌의 모래조차 놓기 싫었다. 누구는 두 마리 토끼를 잡으려 하는 건 욕심이라지만, 그게 과연 욕심이라는 말로 정의될 수 있을까.

잡을 수 있다면 두 마리 토끼 전부를 잡는 게 낫다.

그게 강서준의 일상이고, 아마 드림 사이드 1에서 랭킹 1위가 될 수 있던 원동력이다.

리오 리카온은 잠시 침음을 흘리다 말했다.

"그렇다면 누군가가 당신의 세계를 빼앗으려 한다면 어쩌시겠습니까?"

"......답은 이미 알고 있지 않습니까."

강서준은 리오 리카온의 시선을 똑바로 받아쳤다.

잃는 게 죽기보다 싫다.

즉 강서준은 자신의 세계를 지키기 위해서 무슨 일이든 해낼 것이다.

상대가 누구든, 어떤 상황이든 중요하지 않다.

강서준은 가자미눈을 뜨며 물었다.

"질문의 의도가 궁금해지네요. 리카온 제국은 지구를 상대로 선전포고라도 할 셈입니까?"

사실 이미 '쉐도우 웨이브' 건부터 선전포고는 이뤄졌는지도 모른다.

리카온 제국의 적의는 명백했고, 지구는 세계의 주도권을 가져가려는 침략자로부터 세계를 지켜야 할 명분이 있다.

리오 리카온은 고개를 가로저었다.

"말했듯 제국엔 세력이 갈라져 있어요. 세계의 주도권부터 빼앗아야 한다는 '강경파'와 일단 대화를 나누고자 하는 '온건파'가 있죠."

"그러는 당신은 온건파에 속하겠군요."

침략자가 구태여 번거로운 짓을 하면서 여기에 설 이유가 없다. 정규 업데이트와 함께 있는 힘껏 공격하면 될 일이니까.

리오 리카온은 강서준을 똑바로 올려다보며 말했다.

"솔직히 케이 님은 저희들의 입장에선 상당히 위협적인 존재예요. 이미 한 세계를 찬탈하신 분이니까요."

강서준은 부정하지 않았다.

그의 손에 의해 '호크 알론'이 사망했고, 결국 섭종까지 이어진 건 자명한 사실이었다.

그보다 궁금한 건, 과연 리카온 제국인들이 그 사실을 어떻게 알았냐는 거다.

'데칼도 날 찬탈자라 불렀어.'

과연 이들은 지구의 플레이어들과 무엇이 다른 걸까. 적어도 과거의 강서준은 드림 사이드 1에 대한 정보를 이토록 세세하게 알고 플레이하진 않았었다.

"대리자로부터 들었습니다."

"대리자?"

"저희 세계엔 운명을 점지해 주는 대리자께서 존재하시니까요."

그들의 문화나 세계 양식이 대체 어떤 꼴인지는 모른다. 하지만 강서준은 그 '대리자'란 작자가 어떤 존재인지 알 수 있었다.

높은 확률로 '채널의 관리자'겠지.

신의 말이다, 예언이다, 뭐 이딴 식으로 허언을 퍼뜨리며 대리자 코스프레를 하고 있는 것이다.

강서준은 혀를 차면서 물었다.

"그래서 결론은 어떻죠?"

"당신은 역시 위험한 사람입니다."

"……썩 유쾌한 결론은 아니네요."

"하지만 폭탄은 건들지 않으면 터지지 않는 법이죠."

강서준은 고개를 주억거렸다.

그의 말마따나 구태여 건들지만 않는다면 굳이 싸울 생각은 없었다.

방해만 하지 않는다면 오히려 친하게 지내도 좋겠지. '플레이어'란 존재는 'NPC'의 입장에선 반드시 나쁘다고만 할수는 없으니까.

'저들도 마찬가지일 거야. 어차피 이 세계의 공략이 실패하면 자연히 세계의 주도권은 넘어가니까.'

드림 사이드는 공략하기 어려운 게임이고, 여태 114번이나 실패한 게임이다.

이번 세계에서 이 게임이 공략된다는 확신은 그 누구도 하지 못한다.

저들의 입장에서도 조급하게 굴 필요는 없는 것이다.

리오 리카온은 호흡을 가다듬더니 손을 내밀며 말했다.

"믿어 주신다면 제가 이 싸움을 중재해 보겠습니다. 아직 전쟁을 막을 기회는 있어요."

[NPC '신뢰의 성물 : 리오 리카온'이 스킬 '신뢰의 언약'을 발동합니다.]

썩 믿음직하진 않지만, 그로부터 찬란한 빛이 새어 나오고 있었다.

그후, 리오 리카온은 나한석이 데려가고 잠시 방에는 링링과 강서준만이 남아 있었다.

링링은 나지막이 물었다.

"그래서 어떻게 생각해?"

"……나쁜 제안은 아니야. 믿을 수 있냐는 게 문제지."

문제는 녀석이 '신뢰의 성물'이라는 데에 있다. 과연 그는 '진실'을 말하고 있는 걸까.

신뢰와 진실은 상관이 없다.

거짓조차 믿는다면, 그건 진실처럼 받아들여질 수도 있으니까.

또한 강서준은 이번 문제에 있어서 확신할 수 없었다.

'같은 성물이야. 과연 이루리의 힘이 리오 리카온에게도 통할까?'

모르긴 몰라도 두 사람은 전부 '인간'이었으면서, '아이템'이 되어 버린 자들.

이루리의 진실 간파 능력이 통할지 안 통할지 모르겠다.

물론 웬만해서는 통한다고 봐야겠지만…….

'만에 하나라도 녀석의 말이 정말 거짓이라면 상황은 더 곤란해질 수 있어.'

강서준은 어깨를 으쓱이며 홀로그램을 바라봤다.

"역시 직접 확인해 봐야겠어."

"……어쩌려고?"

"부산에 놈들이 나타났다며? 이참에 내려가 보면 알 수 있겠지."

한 사람의 말만 듣고 결론을 내릴 수는 없었다. 즉 이곳에 넘어왔다는 리카온 제국인들을 두 눈으로 직접 확인해야 생각을 정리할 수 있을 것이다.

강서준은 턱을 매만지며 고민을 이었다.

"그나저나 어떻게 내려가지? 철도는 막혔고, 가는 길에 던전이 없다고 장담할 수도 없는데."

정규 업데이트는 지구를 대상으로 벌어진 일이다. 그나마 마족이 정리된 서울에 여유가 남았을 뿐.

사실 B급 던전의 등장으로 인해 서울도 쉽지 않은 상황이었다.

하물며 아직 손도 못 댄 땅들은 어떨까. 부산행은 전처럼 쉬운 일이 아니었다.

하지만 링링이 어깨를 으쓱이며 말했다.

"내가 언제 기차를 타야 된다고 했어?"

"응?"

링링은 스태프를 들고 허공을 휘휘 저었다. 한쪽에서 가운데에 구멍이 뽕 뚫린 기계가 스르륵 나타났다.

강서준은 대번에 알아볼 수 있었다.

"설마…… 포탈을 만든 거야?"

"언젠가 쓸 일은 있을 테니까."

자타공인 천재인 링링은 드림 사이드 1에서도 자력으로 포탈을 제작한 전적이 있었다.

천외천이 구태여 포탈 던전에 목을 매질 않았던 이유. 바로 링링의 능력을 믿었기 때문이다.

"아직 상용화할 단계는 아니야. 넘어가는 건 가능해도 아직 돌아오진 못해."

"편도?"

"응. 돌아올 땐 자력으로 오거나, 내가 포탈을 개발하기까지 기다려야겠지."

"흐음……."

강서준은 잠시 고민했다.

만약 부산이 걷잡을 수 없을 정도로 위험한 수준이라면, 바로 발을 빼고 일단 물러날 생각이었는데.

이렇게 되면 기존의 계획은 불가능하다.

심지어 문제는 더 남았다.

"많은 인원을 보내는 것도 어려워. 최정예로 움직여야 해."

"……몇 명?"

"최대 다섯 명."

"흐으으으음."

미간을 구기며 포탈을 바라보던 강서준을 향해 링링이 말했다.

"그래서 파티를 만들어 봤어."

그 말을 끝으로 얼마 지나지 않아, 이쪽으로 찾아오는 사람들이 있었다.

한 차례 운동을 끝내고 왔는지 잔뜩 땀을 흘리며 다가온 나도석.

바리바리 짐을 싸 들고 넘어온 지상수.

며칠은 밤을 새웠는지 다크서클이 길게 내려온 김훈과, 여느 때보다 상기된 얼굴의 최하나까지.

강서준을 포함하여 도합 다섯 명이다.

"나도 같이 가고는 싶지만 돌아오는 포탈을 만들어야 하지 않겠어?"

"……넌 꼭 귀찮은 건 빼더라."

링링은 쓰게 웃으며 강서준의 어깨를 탁탁 두드렸다. 그녀는 금세 진중한 표정을 짓더니 말했다.

"케이. 알아봐야 할 건 정말 그들에게 대화의 여지가 있냐는 거야."

"……그래. 정말 황자의 말이 맞다면 우리도 대처하는 방법을 달리해야 할 테니까."

사실 선빵을 날린 제국을 향해 우호적인 태도를 취해야 한다는 건 영 꺼림칙한 일이다.

당연히 함정으로 봐야 할지도 모른다.

하지만 정말 리오의 말이 사실이라면 쓸데없는 싸움은 피하는 게 옳다. 안 그래도 골치 아픈 게 현 지구의 상황이었으니까.

애써서 적을 늘릴 필요는 없다.

그때 옆에서 최하나가 주먹을 불끈 쥐면서 말했다.

"부산도 되찾아야죠. 악마든 뭐든, 감히 한국에 발을 들이게 둘 수는 없어요."

유난히 의지를 불태우는 그녀를 보며 강서준은 한 가지 정보를 상기할 수 있었다.

'부산 태생이랬나.'

어렸을 적 서울로 상경하여 사투리는 쓰질 않았지만, 고향은 부산이라고 했던 것 같다.

"자, 그럼……."

링링은 스태프에 마력을 집중시켜 포탈을 가동했다. 점차 푸른 빛깔이 소용돌이치면서 미리 입력해 둔 좌표로 문을 열고 있었다.

그렇게 부산으로 넘어가려니, 문득 링링이 말했다.

"아직 조정 중이라 좀 어지러울 거야."

"응?"

"너네 멀미는 없지?"

이후 소용돌이에 빨려 들어가는 듯한 엄청난 흡입력이 생겨났다.

　일반적으로 던전에 입장할 때와 느끼던 감각과 차원이 달랐다.

　하늘과 땅이 뒤집히고, 머리가 아래에 달린 느낌. 심장은 수십 배로 쿵쾅거리며 뛰었고, 온몸을 엿가락처럼 늘리는 기분도 들었다.

　오죽했으면 이런 메시지가 떠올랐다.

　[칭호, ‘세계를 넘은 자’를 발동합니다.]
　[세계를 넘을 때의 충격을 100% 상쇄합니다.]

　차원을 넘는 수준의 충격이라…….

　어찌 됐든, 현시점에서 흔히들 부르는 ‘마계 부산’으로의 첫 진입이었다.

마계 부산

이리저리 흔들리는 격류 뒤에, 정신을 차린 곳은 이름을 알 수 없는 어느 허름한 폐가였다.

"우욱……!"

"……대체 이게 무슨!"

그리고 링링의 포탈을 건너온 일행은 금방이라도 토할 것 같은 얼굴을 하고 있었다.

김훈과 지상수는 헛구역질을 해 대며 주저앉았고, 최하나는 창백한 안색으로 겨우 입을 틀어막고 있었다.

그녀가 잠시 호흡을 가다듬더니 말한다.

"다신…… 못 할 짓이네요. 그나저나 강서준 씨는 괜찮으신 겁니까?"

"전 면역이 있어서요."

"……부럽네요."

이게 억지로 채널을 건너뛸 때보다 훨씬 충격이 덜하다는 걸 그들은 알고 있을까.

강서준이 백도어를 통해 드림 사이드 1으로 넘어갔을 땐, 그는 아예 기절까지 했고 대미지로 HP마저 감소했었다.

멀미 정도라면 양반이다.

"다들 일단 정신 차리고 있어요. 전 잠시 주변을 둘러보고 올 테니."

한편 강서준은 구석에서 유난히 속을 게워 내는 나도석을 볼 수 있었다.

'심신합일'이 있는 그라면…… 평정심을 유지하는 한 '멀미' 정도는 가뿐히 이겨 낼 수 있을 텐데.

혹시 심적으로 멀미와 관련된 무슨 '트라우마'라도 있는 걸까. 그러지 않고서야 저 정도로 멀미를 겪을 일은 없는데.

'그나저나 여긴…….'

그는 쓰게 웃으며 일행을 잠시 놔두고 건물 밖으로 나갔다. 류안으로 주변을 둘러보니 더더욱 생생하게 이곳의 상황을 둘러볼 수 있었다.

요즘 부산을 '마계'라 부른다더니만.

'확실히 사람의 흔적은 없네.'

해안 근처에 있는 건물엔 무수한 수풀만이 자라 있었다.

건물은 녹슬고 부서지거나 또는 무너져 있는 게 전부였다.

그리고 대충 흘겨봐도 수많은 몬스터가 이곳에서 군락을 이루는 듯했다.

강서준은 힘겹게 몸을 이끌고 밖으로 나온 최하나를 볼 수 있었다.

"좀 더 쉬셔도 되는데요."

"……괜찮아요. 그보다 이곳이 어딘지 알 것 같아요."

사방이 무너지고 수풀로 우거져서 좀 더 알아봐야 한다고 생각했는데. 역시 고향 사람은 다른 걸까.

최하나는 무너진 건물들을 둘러보고, 멀리 반파된 다리를 확인한 뒤 나지막이 말했다.

"여기 광안리 해수욕장이에요"

멀리 바다 한가운데에 반파된 다리는 소싯적 '광안대교'라 불리는 부산의 명물 중 하나였다.

'다이아몬드브릿지'라나.

수영구 남천동과 해운대구 우동의 센텀 시티를 연결하는 다리.

수많은 교통을 편하게 만들어 줄 뿐만 아니라, 화려한 볼거리로 해상 관광의 랜드마크로도 불렸다.

"지금은 폭격이라도 맞은 것 같지만요."

최하나가 '매의 눈'을 발동해서 광안대교 인근을 살펴봤다. 사실 굳이 스킬까지 발동하지 않더라도 광안대교에 벌어진 일은 알 수 있었다.

"던전이 생겨난 거군요."

랜드마크라 불릴 정도로 유명한 곳은 종종 던전화의 제물이 되곤 하니까.

"……머맨이네요."

최하나의 말마따나 광안대교 인근을 헤엄치는 몬스터들이 눈에 익었다.

머맨.

인어 계열의 몬스터.

대충 보더라도 그 수준은 얼핏 짐작할 수 있었다. 과연 오픈 초기부터 여태까지 단 한 번도 던전이 공략되질 않은 곳은 어떻게 되었을까.

못해도 바닷가에 소용돌이가 휘몰아치는 것만 보더라도 C급의 던전 브레이크는 진즉에 일어났다고 봐야 한다.

"저긴 피해야겠네요."

"……네."

머맨은 리자드맨과 비슷한 계열의 몬스터다. 단체로 움직이길 좋아하며, 국가의 형태를 갖춰 던전 자체의 난이도가 상당히 올라가는 곳.

부딪치면 몹시 귀찮아질 것이다.

강서준은 쓰게 웃었다.

"그전에……."

말을 잇던 강서준은 돌연 재앙의 유성검을 뽑아 허공을 베었다. 뒤도 돌아보질 않고 휘두른 검격에 무언가가 비명을 질러 댔다.

키에에엑!

검에 찔려 바들바들 떨면서 꽃잎을 떨어트리는 건, 터무니 없지만 몬스터였다.

포자 바이러스와 달리 전염성은 없어도, 동물처럼 움직여 인간을 잡아먹는 '식인목(食人木)'이었다.

겉보기엔 언뜻 들개 정도 크기는 된다.

"……여기부터 벗어나야겠어요."

검을 뽑아내자 수액이 터져 나왔다. 놈은 마치 마른 장작처럼 쭈욱 수분이 빠지더니 양쪽으로 쩍 갈라지며 완전히 사망했다.

몬스터 자체의 난이도는 쉬운 편.

하지만 이 근방의 던전은 단 한 번도 공략되질 않았다는 특징 때문일까. 대단히 많은 숫자의 식인목들이 차츰 모습을 드러내고 있었다.

건물이며, 바닥…… 자라난 수풀들이 단순히 오랫동안 인적이 드물어 생긴 게 아니었다.

광안리는 이미 '식인목의 군락지'였다.

건물 외벽에 다닥다닥 달라붙어 있던 줄기들이 서서히 들개 형태로 변하더니 그들의 주변을 둘러싸기 시작했다.

쿠와아앙!

건물 안에서 숨을 돌리던 일행도 정신을 차렸는지 바깥으로 달려 나왔다. 이미 안쪽에서 전투를 치렀는지 나도석은 수액을 뒤집어쓰고 있었다.

강서준은 그들을 향해 말했다.

"그럼 이동하죠."

이에 화답하듯 우후죽순 사방에서 식인목들이 '겁도 없이' 줄기를 휘저으며 일제히 달려들었다.

<hr />

마계 부산.

어쩌면 링링이 우스갯소리로 한 말일 수도 있겠다고 생각했는데, 직접 겪어 보니 너무나도 맞는 표현이라는 걸 알 수 있었다.

여긴 어지간해선 '금지(禁地)'라 적어서, 일반적인 플레이어는 접근조차 하지 못하게 해야 할 곳이다.

강서준의 일행이 그 수준이 조금이라도 낮았다면 아마 벌써 잡아먹혔을 테니까.

"여긴 C급 몬스터가 기본이네요."

그것도 한 종류의 몬스터에 국한된 게 아니었다. 광안리 인근만 해도 다양한 군락이 생성되어 있었다.

오직 눈발이 휘날리던 천안과는 경우가 달랐다.

'서로 경쟁하니 군락의 크기는 천안만큼 크진 않지만…….'

플레이어의 입장에선 그만큼 특징이 다양한 몬스터를 상대로 싸워야 한다는 단점이 있다.

벌써 식인목부터 오크 부락, 고블린 등이 그의 눈에 보이고 있었다.

"으으……."

그중 압권은 광안역에서 발견한 거미 둥지였다.

덩치만 해도 바위만 한 것들이 지하를 **빽빽**이 채웠던 건, 놈들의 수준을 떠나 꿈에 나올까 두려운 장면이다.

모르긴 몰라도 광안역 지하에 있는 수백 개의 고치는, 아마 누군가의 사체가 전시되어 있을 것이다.

놈들은 먹이를 보관하는 경향이 있으니까.

"……과연 생존자가 있을까요?"

숱한 전투로 온몸에 피범벅이 된 김훈은 애써 검에 묻은 피를 털어 내며 말을 이었다.

"이 근방엔 아예 공략된 던전이 없는 것 같아요. 이런 말 하긴 뭣하지만…… 전 좀 무섭습니다. 지금 서 있는 이곳도 서울에선 1급 재난 구역으로 분류될 만한 곳이라고요."

이 근방에 생겨난 B급 던전은 몇 개나 될까.

제아무리 정규 업데이트로 인해 B급 던전이 곳곳에 생성됐다고는 하나, 이 정도로 좁은 공간에 여러 던전이 모여 있는 경우는 없었다.

　F급이었던 것들이 어느덧 B급이 되어, 그곳에서 튀어나온 몬스터들이 부산을 상대로 땅따먹기를 진행 중이라고 보면 될 것이다.

　강서준도 거미 사체에 달라붙어 실컷 피를 빨아먹던 재앙의 유성검을 회수하며 답했다.

　"생존자는 분명히 있어요. 링링에게 들은 얘기도 있고…… 마족이 침략을 했다는 건 여기에 그만한 사람들이 살아 있다는 거니까요."

　강서준은 주변을 둘러보며 말했다.

　"아마 부산 사람들은 '선택과 집중'을 한 겁니다. 서울과 달리…… 던전을 공략하지 않는 선택을 한 거죠."

　나쁘지 않은 선택이다.

　공략할 수 없다면 도전조차 하질 않는 게 낫다.

　그리하면 그나마 목숨은 부지할 수 있다.

　무모한 도전은 용기가 아니라, 객기에 불과했다.

　하지만 그 선택은 결국 위험을 초래할 것이다. 이건 드림 사이드 1을 경험해 본 그였기에 확신할 수 있었다.

　강서준은 드림 사이드 1에서도 비슷한 선택을 한 나라를 더러 기억한다.

　'훗날 우후죽순 자라난 던전들이 대처하기 곤란한 몬스터 웨이브를 일으켜 모두 멸망했지.'

이곳만 해도 어떤가.

바닷가는 머맨들이 가득했고, 지상엔 각종 몬스터가 각 군락을 잡고 생활하고 있었다.

어쩌면 여긴 '마족의 침공'이 없더라도 머지않아 수많은 몬스터에 의해 침공을 당하지 않았을까.

정규 업데이트로 인해 가속될 던전의 등급 상승은, 여태 수비적인 태도로 일관한 부산 사람들에게 치명적인 독으로 돌아갔을 것이다.

"어쨌든 아직 생존자는 있어요."

그리고 호랑이도 제 말 하면 온다는 걸까.

대화를 나누던 중 멀지 않은 거리에서 인위적인 소음이 들려왔다.

몬스터가 냈다고 하기엔 군데군데 터지는 폭발음과 사람의 비명 같은 게 있었다.

강서준은 두말할 것 없이 일행을 이끌고 소음이 들려오는 방향으로 뛰었다.

"허억! 허억! 허억……!"

누군가가 육교 아래를 지나 빠르게 도로 위를 달리고 있었다. 그는 갈라진 아스팔트를 건너뛰고, 마주 달려오는 오우거를 향해 검을 휘둘렀다.

스거어억!

덩치는 크고 속도는 느린 오우거.

표적이 큰 만큼 공격은 어려운 일이 아니었지만, 그 검이 오우거의 피부를 살짝 베어 낼 뿐.

죽일 수 없었다.

단번에 알 수 있었다.

'무기가 너무 허접해.'

튜토리얼 보상보다도 못한 검이었다. 저런 검으로는 오우거는커녕 이 근방을 돌아다니는 고블린, 거대 거미들도 죽일 수 없을 것이다.

고작 저런 무기로 각종 몬스터가 득실거리는 군락지로 서슴없이 뛰어 들어온다니.

죽고 싶어 저러는 건 아닐 터.

'……쫓기고 있군.'

거친 숨소리나, 피골이 상접한 몰골. 멀쩡한 곳이 없는 옷차림만 봐도 알 수 있었다.

무엇보다 절박한 얼굴엔 어떻게든 살아남겠다는 강렬한 의지가 느껴졌다.

"도와야……!"

강서준은 섣불리 나서려는 김훈의 어깨를 잡아 말렸다. 금방이라도 달려 나갈 태세였던 나도석도 강서준의 눈치를 보며 일단 머뭇거렸다.

물론 막은 데엔 이유가 있다.

"일단 기다려요."

"네?"

"저 사람…… 혼자가 아닙니다."

곧 남자가 지나간 자리로 수 명의 사람들이 나타났다.

같은 제복을 걸친 사람들.

군인일까?

방독면까지 착용한 그들은 도망치는 한 남자의 뒤를 보며 시시덕대며 웃고 있었다.

"지구인 주제에 잘 뛰는군."

"……머리를 맞히면 50점이었지?"

"30점이야."

"고작?"

"응. 그러니 행여나 죽일 생각 마. 생포 점수가 제일 높으니까."

다시 남자의 뒤를 쫓기 시작한 그들은 남자가 위험할 때면 나서서 오우거나 여러 몬스터를 베어 죽여 줬다.

구하려는 건지…… 해하려는 건지.

'흐음…….'

어쨌든 쫓기던 남자는 상처로 낭자된 채로 쓰러지는 오우거를 보며, 아연실색한 채로 다른 방향으로 달렸다.

하필 거미 둥지가 있던 '광안역'이다.

"어디 마음껏 도망쳐 보라고."

그리고 힘겹게 도망치던 남자도 결국 광안역 인근에서 멈

취 설 수밖에 없었다.

"허억…… 허억."

별수 없으리라.

종전에 강서준 일행이 그 일대를 잔뜩 들쑤시고 다닌 탓에, 흥분한 몬스터들이 거리를 배회하고 있었으니까.

키이이이잇!

맨홀이며 건물 틈이며…… 곳곳에서 거대 거미들이 모습을 드러냈다. 싱싱한 인간 냄새에 광분한 듯한 녀석들의 움직임은 심상치 않았다.

방독면을 쓴 사내가 말했다.

"이제 그만하지. 어차피 더 갈 곳도 없잖아?"

방독면의 사내들은 혀를 차면서 덜덜 떨고 있는 남자에게 다가갔다.

앞은 거미로 막히고, 뒤는 추격자로 둘러싸인 절체절명의 위기. 남자는 이를 악물고 검을 들었다.

채애애앵!

하지만 씨알도 박히지 않는 짓이다.

아무래도 저 남자보다 방독면을 쓴 무리가 훨씬 좋은 장비를 착용하고 있었으니까.

아마 거미에게 죽든, 저들에게 잡혀 죽든…… 남자의 미래는 둘 중 하나로 결정될 것이다.

"강서준 씨."

최하나의 올곧은 눈을 바라보며 강서준은 나지막이 고개를 끄덕였다.

상황에 대한 이해는 대략 끝냈다.

우려했던 일이 벌어진 거겠지.

강서준은 방독면을 쓴 사람들을 흘겨봤다.

'저들이 리카온 제국인들이구나.'

도망치는 사람을 두고 '지구인'이라 말하는 것만 봐도 쉽게 추측할 수 있었다.

'외계인'이나 '이계인'이 아니고서야 그딴 말투를 쓰는 놈은 없다.

그리고 하나 더 확신한다.

'아군도 아닐 거야.'

저들은 도망치는 사람을 두고 점수를 매기고 있었다.

머리를 맞히면 30점이랬나.

그게 무얼 뜻하는 걸까.

강서준은 입술을 잘근 깨물었다.

'……인간 사냥으로 점수 내기라도 하는 거냐.'

즉 저들은 도망치는 부산 사람을 사냥하고 있었다. 강서준은 헛웃음을 지으며 놈들을 노려봤다.

리카온 제국인들이 지구를 노린다고는 알았지만.

'이건 뭐 악마보다 더한 놈들이 왔군.'

강서준은 싸늘하게 눈을 떴다.

'숫자는 여섯, 오우거를 단칼에 죽이질 못한 걸 보면 레벨은 그보다 약간 나은 수준이란 거겠지.'

그렇다고 방심하진 않았다.

보이는 게 전부라고 장담할 수 없었고, 아직 실력을 내보이질 않은 녀석도 있었다.

특히 후미에 선 놈.

한눈에 봐도 저들의 '대장'으로 보이는 놈은 다른 이들과 움직임부터 남달랐다.

'족적이 남질 않는군.'

초상비를 발동한 강서준처럼 특별한 보법을 사용하는 듯했다.

가진 무기도 남들보다 더욱 위력이 강력해 보였고, 흘러나오는 마력의 양도 심상치 않았다. 어지간한 플레이어라면 결코 무시할 수 없는 수준일 것이다.

'……뭐 그래 봐야 저렙 파티겠지만.'

기껏해야 C급 몬스터인 '오우거'보다 살짝 나은 수준의 파티다. 또한 그 무리의 대장인 작자였다.

이미 그보다 아득하게 높은 수준인 강서준과 그 일행에게 있어선 새 발의 피만도 못하다.

"그보다 문제는 몬스터겠죠."

여러 전투가 길게 이어지면서, 다양한 소음이 사방으로 어그로를 끌어 댄 것이다.

티끌도 모으면 태산이 된다.

오랫동안 던전이 방치됐던 도시에서 소음은 금물이었고, 이처럼 요란한 곳으로는 응당 그만한 몬스터가 몰리기 마련이다.

여태 최하나도 마탄을 쓸 때에 일부러 '소음'을 죽여서 사용한 이유가 바로 그 때문이다.

[스킬. '류안(S)'을 발동합니다.]

'……도시 전체가 움직이는 것 같군.'

안 그래도 광안역 인근의 흐름이 심상치 않았는데. 벌써 멀리 여러 몬스터들이 이곳으로 몰려드는 게 보였다.

근방의 몬스터를 절멸시킬 목적이 아니라면 당장이라도 이곳에서 발을 빼는 게 최선일 것이다.

강서준은 빠르게 재앙의 유성검을 빼어 들었다.

"김훈 씨."

"네. 걱정 마세요."

당연히 김훈의 역할은 샌드위치처럼 몬스터와 리카온 제국인 사이에 낀 부산 사람을 구하는 일이다.

공간 이동이 가능한 플레이어는 이래서 유용하다.

"나머진 기습의 장점을 최대한 살리죠. 가능한 한 일격에 전부 쓰러트리는 쪽으로."

"좋다."

"상수, 너는 몬스터 어그로를 잠시 담당해 주고."

"……방향제로 어떻게든 할 수 있을 거예요."

그때 옆에서 참다못한 나도석의 몸으로 울긋불긋 근육이 터질 듯 꿈틀거리는 게 보였다.

금방이라도 달려갈 기세.

하기야 나도석치고는 오래 참았다.

더 머뭇거릴 필요는 없겠지.

강서준은 최하나와 지상수까지 둘러본 뒤, 마지막으로 나도석을 향해 말했다.

"시작하죠."

쇄애애애애액!

기다렸다는 듯 날아간 마탄이 소음을 집어삼키며 무리의 선두에 선 한 남자의 미간을 꿰뚫었다.

부지불식간에 벌어진 일이었다.

"뭐, 뭐야!"

그와 동시에 샌드위치처럼 끼었던 부산 사람의 뒤편으로 김훈이 나타나고, 날 듯이 달려든 강서준과 나도석이 리카온 제국인들 위로 떨어져 내렸다.

"끄어억!"

"커헉!"

[칭호, '기습의 선수'를 발동합니다.]
[기습에 한하여 공격력이 2% 증가합니다.]

거두절미하고 칼침부터 꽂아 넣었더니, 일단 세 놈은 전투 불능이 되어 바닥에 쓰러졌다.

죽거나, 혹은 죽기 직전이거나…….

이제 남은 건 '셋'이다.

쇄애애액!

공기를 가르고 핏빛 마탄이 시야에 걸려 있던 놈을 또 적 중시켰다.

나도석은 벌써 심상을 늘어뜨려 치타처럼 달려들어 한 놈 의 머리통을 움켜쥐고 있었다.

강서준도 대장으로 보였던 후미의 남자와 시선을 마주하 고 있었다.

"네, 네놈들은 대체……?"

확실히 대장이라 그런지 움직임은 남달랐다. 반응조차 못하던 이들과 다르게 검부터 빼어 들어 반격을 하려 했으 니까.

가진 장비도 꽤 좋아 보였고.

하지만.

스거어억!

비슷한 레벨이라면 모를까.

제아무리 장비가 좋다 한들 압도적인 레벨 차이를 좁힐 수
있는 게 아니었다.

강서준은 놈의 검과 함께 그 목까지 두부 자르듯 베어 버
렸으니까.

우우우웅!

한편 베어 내는 것과 동시에 불만족스럽다는 듯 검신을 떨
어 대는 재앙의 유성검을 확인했다.

그럴 만도 했다.

적을 베는 손맛이 있었고, 그들을 죽였다는 알림과 경험치
가 누적됐지만…… 공교롭게도 그 어떤 '시체'가 남지도 않았
으니까.

녀석들의 시체는 빛으로 산화하더니 어딘가로 금세 사라
져 버렸다.

재앙의 유성검의 입장에선, 맛만 보고 뺏긴 기분일 터.

'애초에 영혼도 보이질 않았어. 이거 확실해지는군.'

리카온 제국인들은 아무래도 '여분의 목숨'이 있는 모양이
다.

종전에 죽어서 사라지는 효과는 어찌 보면 게임 속에서 플
레이어가 죽었을 때와 똑같은 것이니까.

'과연 어쩌려나…….'

강서준은 놈들이 사라진 흔적을 살펴보며 침음을 삼켰다.
모르긴 몰라도, 놈들에게 여분의 목숨이 있더라도 바로 접속

하진 못할 거라고 확신할 수 있었다.

드림 사이드 1에서도 죽으면 24시간의 부활 대기 시간이 존재했으니까.

'……어쨌든 영혼을 심문하는 건 무리겠어.'

강서준은 나지막이 혀를 차며 다시 공간 이동으로 돌아온 김훈을 마주했다. 그 옆에 선 남자가 바들바들 떨며 그들을 바라보고 있었다.

"다, 당신들은……."

나이는 의외로 어려 보였다. 10대? 교복을 입은 건 아니지만 앳된 얼굴은 지상수와 나이가 비슷한 듯했다.

강서준은 그를 향해 말했다.

"잠시만요."

키이이이잇!

전투를 끝마칠 즈음엔, 주변으로 이미 엄청난 숫자의 몬스터가 몰려들고 있었다.

다만 놈들은 코앞에 사람들을 두고도 찾질 못하고 있었다.

어찌 그게 가능한 걸까.

지상수가 나지막이 말했다.

"잠시 방향제를 뿌려 놨지만 오래 못 버텨요. 아마 한 번 발각당하면 끝까지 쫓아올 거예요."

"알았어. 이동하자."

강서준은 주변을 둘러보며 흐름이 가장 더디게 흐르는 장소를 발견했다.

　몬스터가 가장 적은 장소.

　멀지 않은 위치에 있는 허름한 건물의 옥상 쪽이 가장 좋아 보였다.

　키잇! 키이이잇!

　일행은 잠시 방황하는 몬스터들을 둘러보며 일단 자리부터 옮기기로 했다.

⬦⬥⬦

　광안역의 어느 건물 옥상.

　어설프게 만들어진 텐트와 녹슨 냄비, 각종 비품들이 놓인 걸로 보아 한동안 누군가가 이곳에 살았던 것 같았다.

　강서준은 캠프를 쭈욱 둘러봤다.

　'그조차 꽤 예전 얘기 같군.'

　특히 텐트 속에서 옹기종기 모여 썩어 버린 해골을 발견했을 때는, 저도 모르게 한숨을 내뱉어야 했다.

　몬스터의 습격을 받은 게 아니었다.

　얌전하게 죽은 그들의 사인은 알 법했다.

　아사(餓死).

　'굶어 죽은 건가…….'

　이곳엔 몬스터의 침입 흔적은 없었다. 건물 옥상의 문은 꽉 닫혔고, 조성된 캠프는 꽤 멀쩡한 상태였다.

문제는 이곳에 고립된 사람들도 바깥으로 나갈 수 없었다는 점이겠지.

'플레이어가 아니고서야 몬스터를 감당할 능력은 없을 거고…… 구조대가 오지 않는 한 이들은 다른 방법이 없었을 거야.'

결국 이 옥상에 고립된 그날. 이들의 운명은 결정됐다.

"일단 치료부터 할게요."

김훈은 인벤토리에서 포션을 꺼내어 남자의 입에 흘려 넣어 주었다. 다행히 외상은 크질 않아 '특수 포션 치료'까지 할 필요는 없었다.

그보다 문제는 '영양실조'였다.

옥상에서 아사한 이름 모를 사람들과 마찬가지로 이 남자도 꽤 오랫동안 굶은 듯했다.

삐쩍 곯은 얼굴과 야윈 몸만 봐도 그가 어떻게 살아왔는지, 그리고 부산의 실태가 어떤지도 이해했다.

강서준은 인벤토리에서 간단한 먹을거리를 꺼내어 건네줬다.

차원 서고에서부터 챙겨 온 드림 사이드 1의 음식. 꽤 열량을 챙겨 주기에 굶주린 그에겐 제격일 것이다.

"……이, 이건!"

남자는 강서준이 건넨 음식을 받아 들더니 허겁지겁 음식을 입에 밀어 넣었다.

목에 걸려 켁켁대면서도 멈추지 않고 먹는 모습은 여러모로 착잡한 기분마저 들게 했다.

"천천히 먹어요. 많으니까."

"네, 네…… 감사합……!"

최하나가 건넨 물까지 벌컥벌컥 마시던 그는 문득 그녀의 얼굴을 확인했다. 그는 눈을 크게 뜨더니 되물었다.

"최, 최하나?"

새삼스럽지만 최하나는 명실상부 대한민국에서 가장 유명한 연예인이었고, 부산 출신이라 이곳에선 더더욱 알려져 있을 것이다.

그녀를 모르는 게 간첩…… 아니 '리카온 제국인'이겠지.

근데 의외로 남자가 놀란 이유는 다른 데에 있었다.

"그렇다면…… 크, 클라크 님?"

그는 '과거의 최하나'를 보는 게 아니었다. '현재의 최하나'를 보며 놀라고 있었다.

천외천 랭커인 '마탄의 사수'를.

"절 아십니까?"

"네. 소식은…… 소식은 듣고 있었어요. 서울엔 당신 같은 랭커들이 있다고요."

그는 그제야 일행의 얼굴을 하나씩 둘러보더니 감탄을 터뜨렸다. 김훈부터 나도석까지 바로바로 알아봤다.

"어, 어떻게 당신들이 여기에……."

그는 약간 생기가 감도는 눈으로 말했다.

"……설마 아크가 부산으로?"

그렇게 말을 잇던 그는 불현듯 무언가를 떠올렸는지 자리에서 벌떡 일어났다.

"이, 이럴 때가 아닙니다!"

"네?"

"다들 위험해요. 사람들이……!"

횡설수설하며 금방이라도 달려 나갈 기세였던 남자는 금세 휘청거리며 옆으로 쓰러졌다.

가까이에 있던 나도석이 이를 받아 들었고, 김훈이 빠르게 달라붙어 그 상태를 진찰해 봤다.

"치료는 잘됐어요. 몸 상태도 좋고요."

"그럼 왜……?"

김훈의 말마따나 나도석의 품에 안긴 남자는 곤히 숨을 내뱉고 있었다. 딱히 아픈 것처럼 보이지 않았다.

"포션으로도 완전히 치료할 수 없는 게 있어요. 이를 테면 정신력이죠."

쉽게 말하자면 지친 거다.

몸 상태가 아무리 좋아도 심적으로 마모된 상태라면, 가만히 버티는 것도 고역인 일이니까.

하물며 굶주린 상태로 애써 버텨 왔다면 평상시보다 정신력의 소모는 훨씬 컸을 것이다.

"오랫동안 쫓기며 살아온 게 아닐까요. 비단 리카온 제국인들이 아니더라도 부산은 위험한 곳이니까요."

강서준은 곤히 잠든 남자를 내려다보며 한숨을 덜어 냈다. 그리고 지상수를 돌아보며 말했다.

"활력 포션 남는 거 있어?"

"……비싼 건데."

아까워 죽겠다는 얼굴로 가방에서 활력 포션을 꺼내 든 지상수였지만, 강서준의 채근에 어쩔 수 없었다.

김훈은 깨비물산의 특산품인 활력 포션으로 남자의 몸에 기운을 불어 넣어 줄 수 있었다.

"그나저나 어쩌죠? 가장 중요한 대목에서 정신을 잃은 것 같은데."

"흐음……."

강서준은 멀리 해가 뉘엿뉘엿 떨어지는 걸 볼 수 있었다.

석양이 슬슬 도시 아래로 내려가고, 곧 이 근방은 어두워져 새로운 형태로 나아갈 것이 빤했다.

드림 사이드에서 밤은 몬스터들의 시간.

아까 일어난 소란에 의해 한창 강화된 몬스터들이 이 근방을 돌아다니게 될 것이다.

강서준은 쓰게 웃으며 말했다.

"어쩔 수 없죠. 오늘은 여기서 쉬어 가도록 해요."

그리고 강서준은 텐트의 한쪽에 고이 눕혀 잠든 남자를 내려다봤다. 아무래도 이 남자가 부산에 대한 정보를 가장 많이 알고 있을 터였다.

'마침 사용할 만한 스킬이 있지.'

잠든 사람에 한하여 쓸 수 있는 그만의 스킬.

아마 가능할 것이다. 이번에 등급도 올려서 그 스킬의 효율도 더 좋아졌을 테니까.

그보다…….

끼아아아아아앗!

광안역을 중심으로 모여든 몬스터들이 엄청난 울음을 터뜨리고 있었다.

전보다 훨씬 많은 숫자가 모여든 듯한데…….

지상수의 방향제도 완전히 효력을 다한 걸까. 어느덧 이 건물을 둘러싸고 수많은 몬스터들이 몰려들고 있었다.

부산의 몬스터들도 굶주렸는지 냄새 하나는 참 기가 막히게 잘 맡는다.

"그래. 이때를 기다렸지."

강서준은 씨익 웃으며 옥상 난간으로 다가가 아래를 내려다봤다. 어둠에 파묻힌 부산의 정경. 그리고 으스름한 달빛 아래로 각양각색의 몬스터들이 붉은 눈을 일렁이며 이빨을 드러내고 있었다.

"원래의 계획대로라면 가능한 한 전투는 최소화하는 게 맞겠지만…… 이미 모여든 건 어쩔 수 없으니까."

고개를 주억거리며 강서준은 나지막이 입을 열었다. 누가
뭐라 해도 차려진 밥상은 지나치는 건 예의가 아니다.

"라이칸, 로켓, 오가닉."

－명을 내려 주십시오.

그때였다.

"뭔가 재밌는 일을 하려나 보군."

시키지도 않았는 데에 나도석이 오가닉의 옆에 섰다. 어깨
를 푸는 걸 보면 아무래도 나서려는 모양인데.

"쉬고 계셔도 되는데요."

"아니야. 안 그래도 몸이 덜 풀렸어."

"……그래요. 그럼."

경험치가 아쉽지만 어쩔 수 없지.

[장비 '도깨비 왕의 반지'의 전용 스킬, '도깨비의 부름'을 발동합니다.]

강서준의 시선이 닿는 곳마다 푸른 불길이 일어나며 각양
각색의 몬스터들이 모습을 드러냈다.

여태 그가 사냥했거나, 이곳에서 사냥당한 수많은 몬스터
들.

그리고 그 앞으로 백귀들이 선봉장으로 나서며 일대의 군
락지의 새로운 세력으로 부상하고 있었다.

몬스터들이 경계의 울음을 토했다.

강서준은 두 눈을 금빛으로 물들이며 말했다.

"전부 쓸어버려."

<hr />

한창 전투가 펼쳐진 광안역 인근을 일별한 강서준은 바로 잠든 남자 곁으로 돌아왔다.

그가 앞으로 할 일은 단순했다.

'무의식에 있는 기억을 살펴보면, 부산의 상황을 더욱 자세히 알 수 있을 거야.'

스킬 '인 투 더 드림'을 통해 그의 무의식을 탐색해 보는 것.

최하나의 꿈속에서 그녀의 기억을 훔쳐봤듯, 눈앞의 남자의 무의식에 들어가 부산에 관한 기억을 찾아볼 생각이었다.

정보가 부족한 현시점에서 그게 가장 확실한 정보 수집 방법이었으니까.

[스킬, '인 투 더 드림(E)'을 발동합니다.]
[주의! '드림 키퍼'를 조심하십시오!]

그리하여 진입한 남자의 꿈속.

강서준은 미간을 좁히며 주변을 둘러봤다.

"이게 뭐야?"

그곳엔 전혀 예상하지 못했던 풍경이 펼쳐져 있었다.

"너튜브 창 같은데…… 흐음."

새하얀 공간에 덩그러니 떠 있는 인터넷 창.

분명 최하나의 꿈속으로 들어갔을 때는, 바로 그녀의 기억 중 하나로 편입되지 않았었나?

이번엔 전혀 생뚱맞은 공간에 떨어진 것이다.

대체 이 공간은 뭐지? 단순히 그의 기억이라고 보기엔 너무 공허했다.

가만히 창을 바라보고 있노라니 머릿속에서 이루리가 핀잔을 던졌다.

─꿈이 모두 같을 리는 없잖아.

강서준은 고개를 주억거렸다.

"알아. 근데 이걸 정말 꿈이라고 볼 수 있을까? 아무것도 없는데."

아니, 뭔가 있기는 했다.

다시금 시선을 인터넷 창으로 집중시켰다. 그곳에는 너튜브 영상이 여러 개가 나열되어 있었다.

'맞춤 동영상'이라.

"흐음……."

눈을 가늘게 떠서 그 내용을 둘러보다 보니, 한쪽 면을 장식한 프로필 영역을 발견할 수 있었다.

'고유진. 19세.'

낯익은 사진 아래에 적힌 이름과 나이.

좀 더 설명을 읽어 보자면, 그는 친구 집에서 밤새 게임을 하던 중 '던전화'에 휘말린 케이스라고 했다.

프로필 옆에 좌르륵 나열된 '맞춤 동영상'은 날짜별로 기록되어 있지만, 그 순서는 들쭉날쭉했다.

강서준은 그제야 알 수 있었다.

'이거 기억이구나.'

아무래도 스킬 등급이 오른 탓인 듯했다.

이전엔 무의식 속에 저장된 어느 한 기억으로만 들어갔지만, E급이 되면서 기억을 택할·수 있게 된 것이다.

"근데 왜 하필 너튜브였을까."

－말했잖아. 꿈은 제각각이라고.

하기야 이제 19살이 된 청소년에게 너튜브란 상당히 편한 공간일 것이다.

요즘 세대는 글보다 영상이 익숙하니까.

어쩌면 고유진의 나이가 39세였으면, '너튜브'가 아니라 '블로그'의 형태가 됐을지도 모르는 일이다.

'아예 서재가 된 사람도 있으려나?'

나이가 많아 디지털에 익숙하지 않다면 충분히 있을 법한 일이었다.

꿈은 결국 '무의식의 반영'이고, 무의식은 그 사람이 어떤 삶을 살아왔는지에 따라 다르니까.

"뭐 다행히 성공한 것 같네."

강서준은 능숙하게 인터넷 창을 조작하여 영상을 둘러보기로 했다. 여전히 뒤죽박죽인 순서였지만, 한 가지 공통점을 발견할 수 있었다.

'모두 강렬한 기억들뿐이군.'

던전화를 겪어 죽을 뻔했던 학생의 처절한 생존기부터…… 튜토리얼 퀘스트를 처음으로 클리어했을 때.

몬스터에게 고립당하거나, 누군가에게 배신당한 경험도 있었다.

그중 가장 상단에 걸린 영상을 확인한 강서준은 고개를 갸웃했다.

「"이놈의 자식이 하라는 공부는 안 하고 허구한 날 게임이야?"」

「"잠깐…… 머리 식히려고 잠깐만. 응?"」

「"안 돼. 이놈의 인터넷을 끊어 버려야지 원."」

「"아, 엄마아!"」

흔한 가정집의 풍경이었다.

게임을 하고 싶어 떼를 쓰는 아이와, 공부를 시키고 싶어 하는 어머니의 잔소리.

'이게 가장 강렬한 기억이라고?'

생사가 오가는 전투의 순간도 아니고, 드림 사이드 2에서 그가 힘겹게 살아왔던 나날도 아닌.

그저 그런 평범한 날.

이 아이에겐 일상이나 다름없던 그 순간이, 가장 사무치게 그립고 보고 싶은, 너무나도 강렬한 기억이었다.

강서준은 쓰게 웃으며 영상을 일별했다.

어쨌든 그가 찾는 영상은 아니었다.

"가장 최근…… 부산의 기억."

그리고 맞춤 동영상을 새로고침하던 찰나, 기어코 어제 날짜의 영상을 하나 발견할 수 있었다.

<hr>

쿠웅! 쿠우웅! 쿠우우웅!

묵직한 떨림이 생겨나며 하늘에서 유성처럼 뭔가가 떨어졌다.

사방에서 비명이 터지고, 피비린내와 지독한 화약 냄새가 진동하는 공간.

강서준은 어느덧 전장의 한가운데에 서 있었다.

[장비 '은둔자의 망토'의 전용 스킬, '투명화'를 발동합니다.]

일단 지상수에게 미리 빌려 둔 장비부터 챙겨 입었다. 무의식에서의 그는 아무래도 그 모습조차 보이지 않는 게 좋았으니까.

만약 그가 여기서 무언가를 해 버린다면, 고유진의 정신에 이상이 생길 수도 있었다.

'최하나가 사이코패스가 됐었던 것처럼.'

한편 빗발치는 총알과 몬스터, 그리고 악마들을 상대로 싸우던, 이 꿈의 주인인 '고유진'을 발견할 수 있었다.

그의 곁엔 꽤 많은 생존자가 있었다.

'생각보다 많네.'

부산은 아예 건들지도 못한 던전이 도처에 깔린 도시였다. 도전보다는, 생존을 선택한 플레이어들.

안전지대에 숨어 성장을 포기한 그들이었기에, 솔직히 그 전투력도 기대하지 않았던 것도 사실이다.

한데 이게 웬걸.

영상에 드러난 플레이어들의 기량은 생각보다 괜찮았다.

아크와 비교하자면 확실히 급은 다르겠지만, 여타 다른 도시를 비교 대상으로 올려놓는다면…… 부산은 꼭 밀린다고만 할 수는 없는 수준이었다.

과연 '게임강국'이라 불리던 '한국'의 플레이어들은 다르다는 걸까.

저런 전투 능력을 가지고 던전 공략을 포기했다는 게 아쉽다고 느껴질 정도였다.

'아마 한 번의 포기가 두 번의 포기로…… 그렇게 쭉 이어진 거겠지. 할 수 있는데도, 결국 못 하게 된 거야.'

도전을 포기하고 성장을 도외시했다면 사람은 도태되기 마련.

첫 단추를 잘못 꿴 탓에 부산은 스스로 게임의 난이도를 올렸다고 볼 수도 있었다.

쿠구구구궁!

그리고 악마와 필사적인 전투를 벌이던 부산 사람들에게 이변이 생긴 건, 일련의 무리가 전장에 새로 모습을 드러냈을 때였다.

고유진은 자신의 뒤를 쫓은 중급 악마의 두개골을 양단한 한 남자를 볼 수 있었다.

'리카온 제국인이군.'

제복을 입은 군인들이 구둣발로 다가오고 있었다.

고유진이 병한 얼굴로 입을 열었다.

"다, 당신들은……."

하지만 남자는 고유진의 질문에 답하지 않았다. 다시 전장으로 돌아가 악마를 향해 검을 휘두를 뿐이었다.

그리고 고유진은 식은땀을 흘리며 일단 뒤로 물러났다. 꽤나 조직적으로 움직이며 악마를 토벌하는 '리카온 제국인'들로 인해 조금이나마 부산 사람들에게 여유가 생기고 있었다.

"대체 누굴까요?"

"글쎄요. 혹시 아크에서 원조가 온 건 아닐지……."

"하지만 여기까지 어떻게."

횡설수설 중얼대는 사람들은 구석으로 몰려, 빠르게 반전되는 상황을 지켜볼 수 있었다.

그들은 참 강했다.

하급 악마나 중급 악마를 상대로 수십 명이 마치 물 흐르듯 자연스럽게 공격을 잇고 있었다.

악마들은 속수무책으로 무너졌다.

"오오……!"

결국 한 지역을 뒤덮던 악마들의 무리가 일부 소멸했다. 녀석들도 힘이 부치는지 꽁지 빠지게 도망치는 것이다.

"만세! 악마를 무찔렀다!"

"살았다! 드디어 살았어!"

"와아아아아!"

부산 사람들은 환호하며, 일단 그들의 승리를 축하해 줬다. 정체는 몰라도 악마들을 무찔러 목숨을 구해 준 건 사실이었으니까.

아마 그때까지만 해도 고유진도 환희에 차 있었을 것이다.

그래.

딱 그때까지만.

'……맙소사.'

리카온 제국인은 환호하는 부산 사람들을 보더니 대뜸 검을 휘둘렀다. 환호하던 부산 사람의 목이 피를 흩뿌리며 날아가고 있었다.

"미개인 주제에 시끄럽구나."

차디찬 냉골에 던져진 것처럼 순식간에 식어 버린 분위기.

리카온 제국인들은 악마들의 전리품을 수습하기 무섭게 부산 사람들을 둘러싸고 검을 겨누었다.

역시 놈들은 '부산 사람'을 구하기 위해 싸운 게 아니다.

'더 위협적인 적을 먼저 제거했을 뿐.'

이후로 리카온 제국인들은 부산 사람들을 굴비 엮듯, 줄로 꽁꽁 묶어 어딘가로 데려갔다.

부산의 곳곳에서 비슷한 일이 벌어지는 걸까. 고유진이 끌려간 곳엔 몇몇 개의 생존자 그룹이 똑같은 상태로 묶여 있었다.

초상비로 은밀하게 그 뒤를 밟은 강서준도 녀석들의 건물 내부로 들어서며 나지막이 침음을 삼켰다.

'……공장?'

언제 이런 것들은 다 만들었는지는 몰라도, 기다란 레일에 수많은 사람들이 다닥다닥 달라붙어 있었다.

그들은 뭔가를 계속해서 만들었다.

리카온 제국인들이 곳곳에서 감시를 하는 걸 보면 뭔가 중요한 걸 만드는 것 같았다.

'……'

수상하기 짝이 없는 공간이었지만, 아쉽게도 그 내부를 마음껏 돌아다니며 확인할 수는 없었다.

이 또한 최하나와는 다른 점이다.

당시에 그녀의 기억은 강서준의 무의식이 겹쳐지면서, 좀 더 생생하고 커다란 공간으로 확장됐었다.

강서준이 경험했던 공간들이 곁들여졌으니 자연스레 디테일이 올라갔던 것이다.

하지만 여긴 오직 '고유진'의 세계.

그가 겪은 것들로 구성되어 있으니, 그 이상의 것들은 제아무리 무의식 속이라고 해도 찾을 수 없다.

아는 것 이상의 정보는 알 수 없는 법이니까.

'게다가 여기에 오자마자 또 다른 곳으로 끌려갔구나.'

고유진은 운이 좋은 건지, 혹은 나쁜 건지…… 플레이어였다는 사실 하나만으로 아예 다른 쪽으로 배정됐다.

그리고 그곳에선 더더욱 터무니없는 일이 벌어지고 있었다.

'저들은…… 제복이 조금 다르네.'

같은 리카온 제국 소속인 건 맞으나, 악마들을 무찌르며 화려하게 등장했던 이들과 다르게 복장이 좀 수수한 편이었다.

그의 기억이 맞다면, 저들은 바로 광안역까지 고유진을 쫓았던 이들과 같은 옷을 입고 있었다.

"훌륭한 전사가 되려면 실전을 겪어야 한다. 자, 너희들의 연습 상대를 구해 왔다. 쫓아라…… 그리고 죽여라! 훈련대로 하면 될 것이다."

터무니없는 대사가 들리고, 고유진은 수많은 부산의 플레이어들과 함께 우리 속에 갇힌 동물처럼 한곳에 서 있었다.

불현듯 터진 건 커다란 신호탄.

그 뒤로 수많은 공격이 갑작스레 그들을 향해 쏟아졌고, 고유진은 영문도 모른 채 일단 도망쳐야 했다.

"끄아아악!"

"사, 살려……!"

고유진의 뒤편으로 수시로 쏟아져 나온 비명이었다. 종전까지 옆을 달리던 사람의 머리가 하늘을 날았고, 불타오르는 몇몇 개의 사람들도 보였다.

그나마 고유진의 민첩 스텟이 높은 덕일까.

도망치는 무리에서도 선두에 속한 그는 거친 숨을 몰아쉬며 더더욱 박차를 가해 앞으로 달려 나갔다.

"허억! 허억! 허억…… 허억!"

하지만 세상은 썩 녹록지 않았다.

"커흑……!"

간신히 도주하며 골목길로 접어든 시점. 그보다 빨리 도착한 리카온 제국인이 그를 뻥, 걷어찬 것이다.

"안녕?"

경망스럽게 입을 연 리카온 제국인은 손아귀에 쥐고 있던 누군가의 머리끄덩이를 앞으로 내던졌다.

이름 모를 부산의 플레이어.

나이는 고유진보다 2~3살 정도 많은 듯한 얼굴.

리카온 제국인이 말했다.

"내가 착하니 기회를 주마. 한 놈은 살려 줄게."

그리고 두 사람의 앞으로 두 개의 무기가 내던져졌다.

녹슨 철검 두 개. 고유진과 이름 모를 플레이어의 시선이 동시에 겹치고 있었다.

"산 놈은 1시간은 안 쫓는다?"

명치에서 강한 통증이 있어 미간을 찌푸리던 고유진은, 그 앞에 널브러졌던 남자와 거의 같은 순간에, 앞으로 내달렸다.

무기를 손에 쥔 건 아마 거의 동시.

하지만 운이 좋았던 건 '고유진'이었다.

채애애앵!

맞부딪친 철검 중에서도 상대의 철검이 더 녹슬고 내구력이 떨어졌었는지, 부딪친 것과 동시에 부러지고 만 것이다.

고유진은 덜덜 떨리는 손으로 이름 모를 플레이어의 시체를 내려다봤다.

그리고 리카온 제국인이 말했다.

"뭐 해. 안 가?"

바들바들 떨면서 녹슨 철검을 꽉 쥔 그는 힘겹게 도망을 이어나갔다. 뒤편에서 리카온 제국인이 사악하게 웃는 걸, 아마 그는 보지 못했을 것이다.

강서준은 미간을 찌푸렸다.

'컴퍼니만도 못한 새끼들이로군.'

그때였다.

돌연 사방이 무너질 듯 흔들리며, 마치 유리가 깨지듯이 영상이 뭉개지기 시작했다.

약간 분노했던 강서준은 저도 모르게 변해 버린 상황에서 침착을 되찾을 수 있었다.

이내 눈앞에 메시지가 나타나 있었다.

['드림 키퍼'가 당신을 인식했습니다.]

['드림 키퍼'가 당신을 만나길 청합니다.]

잠시 일시 정지된 영상을 둘러보던 강서준은 마지막으로 떠오른 메시지를 확인했다.

['드림 키퍼'를 만나시겠습니까?]

천천히 눈을 감았다 떴다.

어느덧 리카온 제국인에게 쫓기던 고유진의 영상이 무너지고, 강서준의 앞으로는 영상 목록이 나열되어 있던 너튜브 창이 다시 나타나 있었다.

처음의 그 공간이었다.

츠츳.

하지만 완전히 같은 곳은 아니었다.

그저 백색의 공간에 너튜브 창만이 떠 있던 이전과는 다르게, 명확한 인기척이 느껴지고 있었으니까.

강서준은 시선을 돌려 그를 불러들인 존재를 마주했다.

"당신이 드림 키퍼?"

근데 그 생김새가 낯이 익는다.

어디서 봤지?

'잠깐, 저 사람은 분명…….'

문득 고유진의 너튜브 최상단에 걸려 있는 영상이 눈에 밟혔다.

이걸 뭐라 해야 할까.

일단 헛웃음이 나오고 말았다.

그도 그럴 게, 미리보기 영상으로 나타난 한 인물은 드림 키퍼와 완전히 똑같은 얼굴을 하고 있었으니까.

'그녀'는 차분한 목소리로 말했다.

"전 '전정숙'이라 합니다."

전정숙.

이른바 고유진의 엄마.

눈을 가늘게 떠 전성숙의 이모저모를 살펴봤지만, 역시 영상의 모습을 빼다 박은 것처럼 똑같았다.

하지만 강서준은 알 수 있었다.

'진짜 엄마는 아니군.'

그저 드림 키퍼가 고유진의 엄마인 '전정숙'의 형태를 하고 있을 뿐이다.

이게 어찌 된 일인지 이해하려면, 아마 이루리가 했던 말을 떠올리면 될 것이다.

'꿈은 제각각이랬지.'

자고로 꿈은 원주인인 '고유진의 무의식'에서 발현된다.

드림 키퍼도 결국 고유진의 무의식에서 파생된 존재였고, 그 형태가 '엄마'가 되더라도 하등 이상할 게 없는 것이다.

그리고 새삼스럽지만 드림 키퍼가 무슨 존재인지 알 것도 같았다.

'과연…… 그런 거였나.'

드림 키퍼란 무의식을 지키는 방어기제를 말한다. 한데 그 형태가 굳이 고유진의 엄마로 고정된 이유는 하나일 것이다.

'무의식에 가장 큰 영향을 주는 존재.'

말하자면 자아상이다.

'그리고 고유진은 아직 자아가 완전히 확립되지 못한 학생이었지.'

한창 때의 학생에게 가장 큰 영향을 주는 사람은 아마 '부모님'이 될 것이다.

아직 자아가 확립되지 못한 아이라면, 부모님, 혹은 어른의 잔소리가 세상 그 무엇보다 무서울 수도 있으니까.

전정숙은 강서준을 향해 말했다.

"부디 관찰을 멈춰 주시길 바랍니다."

이제 50대 초반에 달하는 전정숙은 삶의 애환이 가득한 얼굴이었다. 그녀는 한껏 정중한 어조로 말을 이었다.

"당신은 존재만으로 유진이의 정신체를 무너뜨리고 있습니다. 부디 이만하고…… 이곳을 떠나 주시길 간청합니다."

무슨 소리인지 알 것도 같다.

강서준의 무의식은 그 영혼의 수준만큼이나 방대할 테니까.

무심코 분노를 일으켰을 뿐인데도 고유진의 꿈은 마치 세상이 무너질 듯이 흔들리고 있었다.

그가 가진 초월적인 무의식은 자칫 타인의 꿈을 사정없이 짓밟을 수 있는 것이다.

이건 의도와 상관이 없다.

코끼리의 걸음은 원래 개미에겐 재앙이다.

강서준은 순순히 인정하기로 했다.

"제가 부주의했군요."

그리고 너튜브 창으로 시선을 돌렸다. 좀 더 고유진의 기억을 면밀하게 둘러보면 좋겠지만, 아무래도 이 이상은 할 수 있는 게 없는 듯했다.

괜히 더 무리했다가는 이 아이의 무의식이 산산조각이 나고 말 테니까.

게다가 '과거의 기억'이라 해도, 고유진이 직접 경험하지 못한 일까지 알아낼 도리는 없었다.

'그래. 이미 얻을 건 다 얻었다.'

아마 리카온 제국인에게 쫓기던 고유진은 광안역까지 도망쳤겠지.

이후는 강서준의 일행을 마주쳤고, 현재에 다다랐을 것이다. 볼 수 있는 한계까지 들여다본 셈이다.

'가장 중요한 정보는 공장이었지.'

사람을 노예처럼 부리면서 거창하게 무언가를 만들고 있었다. 무얼 만들고 있었을까. 사실 강서준은 그게 무언지 알고 있었다.

'리오 리카온의 말대로라면…… 리카온 제국인들이 이곳에 무얼 만들고 있을지는 뻔해.'

강서준은 약간의 미련을 담아 영상을 흘깃 본 뒤, 한숨과 함께 모조리 털어 냈다.

다시 전정숙과 시선을 마주친 건 그때.

"그래도 혹시 공장에 대해서 더 들을 수 있는 건 없겠습니까? 그곳의 설계도라거나, 전력이라거나…… 제가 본 것 말고도 다른 정보라도."

전정숙은 강서준을 잠시 바라보다 천천히 고개를 저었다. 돌아온 대답은 당연하다면 당연한 내용이다.

"없습니다."

먼지가 가득 내려앉은 폐공장 아래로 지친 얼굴의 사람들은 무거운 물건을 나르고 있었다.

레일 위를 돌아다니는 철판에 볼트를 박는 사람들. 플레이어 '연희연'은 그중에 속하여 힘겹게 노동을 잇고 있었다.

'힘들어, 죽을 것 같아, 아아…….'

간호대학을 나와 당직을 서면서 밤을 잊고 일하던 그때가 그리울 정도라니.

그래도 그때는 끝이라는 게 보였다.

"빨리빨리 안 움직여?"

옆에서 사나운 눈초리로 재촉하는 한 군인을 흘깃 째려본 연희연은 다시 무거운 몸을 움직였다.

대체 언제까지 해야 이 일은 끝나는 걸까.

문득 연희연의 앞을 걸어가던 한 노인이 중심을 잃고 옆으로 쓰러졌다. 들고 있던 철판이 떨어지며 날카로운 소음을 냈다.

"김정수 할아버지!"

아는 사람이었다.

적어도 1년의 부산 생활을 힘들지 않게 도와주던 그녀의 정신적 지주.

6.25 전쟁과 베트남 전쟁까지 겪으면서 쌓은 김정수의 경험은, 몇 번이나 죽을 뻔했던 캠프를 위기에서 구해 내곤 했다.

그래서 연희연은 저도 모르게 철판을 내던지고 김정수에게 달려갈 뻔했다.

눈앞에 군인이 나타나지만 않았으면 말이다.

"……!"

군인은 사나운 눈초리로 사람들을 둘러보더니, 몸을 돌려 쓰러져 있는 김정수에게 다가갔다.

그리고 휘둘러진 건 폭력이었다.

"커헉……!"

쓰러진 노인을 향해 휘둘러지는 거친 발길질! 차일 때마다 허리는 새우처럼 꺾였고, 금방이라도 죽을 듯이 김정수는 숨을 꼴떡거리고 있었다.

하지만 아무도 나설 수 없었다.

당장 김정수를 걷어차는 군인은 며칠 전 돌연 부산에 나타난 정체를 알 수 없는 강자였다.

레벨도 레벨이고, 같은 사람인지 의문이 들 정도로 무지막지하게 강한 그에게 어찌 대항할 힘이 있을까.

생존자 캠프에서 날고 기던 플레이어들을 어린아이 데리고 놀 듯 가뿐하게 쳐죽이던 게 아직도 그녀의 눈에 선했다.

고작 '힐러 플레이어'인 연희연이 할 수 있는 건 아무것도 없었다.

'전투 계열은 전부 어딘가로 끌려갔고……'

무력하고 참담했다.

하지만 어쩔 수 없었다.

그들에게 삶이 언제 가벼운 적이 있던가.

1년 전 모든 게 뒤바뀌어 버린 그날부터, 그저 가혹하기만 한 잔인한 세계였다.

당장 김정수가 죽더라도 방법은 없다.

'할아버지……'

한편 일련의 소동으로 잠시 공장 사람들이 일단 멈춘 게 마음에 안 들었을까. 군인은 마력을 일으키며 큰 목소리를 냈다.

"이 영감이랑 같이 죽고 싶나?"

결국 공장 내의 사람들은 김정수를 외면해야만 했다. 사방에서 볼트를 박는 소리가 재개됐고, 멈췄던 공장도 다시 움직이기 시작했다.

연희연도 그 대열에 속했다.

위이이이이잉!

잠시 후, 사이렌이 울리면서 모든 활동을 중지하는 잠깐의 여유 시간이 생겨났다.

쉬지 않고 가동되는 공장에서도 하루에 단 세 번은 멈추는 유일한 휴식 시간.

교대를 위해서 자리를 비우는 군인을 흘겨보던 연희연은, 바로 철판을 내던지고 김정수에게 달려갔다.

다른 사람들도 마찬가지였다.

"저런 육시럴 놈들……! 애미애비도 없나!"

"할배, 괜찮아요?"

"진짜 이거 너무한 거 아니냐고!"

놈들이 있을 때는 아무 말도 못 하던 사람들의 입에서, 봉인이라도 풀린 것처럼 욕지거리가 터져 나왔다.

연희연은 호흡을 가다듬으며 김정수의 몸을 살폈다. 미약하게 내뱉어진 숨은 그의 삶을 금방이라도 꺼트릴 것만 같았다.

'너무 심각해.'

김정수의 상태는 여기서 전력으로 치료를 하지 않고서는, 결코 회복할 수 없는 지경에 다다라 있었다.

워낙 고령인 상태에 무리를 했고, 거기에 폭력까지 가해지며 몸이 완전히 망가지고 만 것이다.

아마 상태가 더 악화된다면 '소생의 포션'이 아니고서야 그를 구할 도리는 없다고 봐야 한다.

플레이어 이전에 간호사였던 연희연은 더더욱 김정수의 상태가 골든타임에 접어들었다는 걸 알았다.

"……수술해야 해요."

하지만 낡은 폐공장에서 노예처럼 붙잡힌 그들이 무얼 더 할 수 있을까.

욕이나 한바탕 퍼붓던 사람들도 금세 현실을 깨닫고 얼굴을 쓸어내렸다. 절망은 전염병처럼 사람들을 장악해 나갔다.

연희연은 입술을 잘근 깨물었다.

한편 김정수의 목석같이 딱딱한 손이 연희연의 손등에 얹혀진 건 그때였다.

"괜찮……으."

"할아버지?"

"갈 때가 된 거지."

바람 위의 촛불처럼 할아버지의 눈빛이 일렁이고 있었다. 연희연은 이런 표정을 한 사람들을 자주 봐 왔다.

"아니에요. 수술만 하면…… 할아버지! 수술만 하면 살 수 있으니까. 그러니까……!"

말을 더 잇질 못했다.

이곳엔 의사조차 없을뿐더러, 그녀의 힐도 한계가 있다.

또한 앞으로 10분도 안 되어 그놈들이 돌아온다.

그녀는 아마 구할 수 없을 것이다.

김정수는 숨도 제대로 못 쉬면서 힘겹게 입을 열었다.

"희연이…… 오래 살아."

"네?"

"버텨…… 버티어……."

연희연의 손을 붙잡던 김정수의 손이 힘없이 아래로 떨어졌다. 의식을 잃은 것이다. 머지않아 사이렌이 울리면서 군인들의 부산스러운 인기척이 느껴졌다.

뭉쳐 있던 사람들은 울음조차 나오질 않아 메마른 눈을 겨우 비비고, 다시 일자리로 돌아갔다.

연희연도 할아버지를 내려다보다 자리에서 일어났다.

아마 기절한 김정수는 쓰레기처럼 아무렇게나 방치되다 결국 죽고 말 것이다.

'……버티라고요?'

하지만 연희연은 이를 악물고 철판에 볼트를 박았다.

김정수가 생전에 한 마지막 한마디는 그녀의 뇌리에 깊숙이 박혀 들어가고 있었다.

단순히 유언이라 그러는 게 아니다.

김정수는 오랜 전쟁 경험으로 살아남은 용사이자, 여러 노하우로 생존자 캠프를 이끌던 리더.

무엇보다 그는 '미래를 보는 눈'이 있다.

'버티면 된다. 버티면…….'
그러면 살 수 있다.

츠츠츠츳!
호흡을 길게 내뱉으며 다시 눈을 떴을 때는, 새카만 어둠
에 뒤덮인 부산의 한 옥상에 다시 돌아와 있었다.
멸망해 버려 불빛 하나 없는 도시.
하지만 그 대신인지, 하늘에서 쏟아질 것처럼 촘촘히 박힌
별이 유난히 반짝이고 있었다.
강서준은 문득 앞에 나열한 무리를 바라봤다.
"너 뭐 하냐."
―왕이시여…….
라이칸을 비롯하여 일전에 소환해 둔 영혼들이 일제히 무
릎을 꿇고 그를 기다리고 있었다.
강서준은 가자미눈을 뜨며 물었다.
"……언제부터 이러고 있었어?"
―모든 임무를 마친 이후로 줄곧 그러했습니다.
강서준은 고유진의 꿈에 들어갔다 온 지 얼마나 시간이 흘
렀는지 잠시 생각해 보기로 했다.
분명 해가 지기 전에 들어갔고, 완전히 캄캄한 지금이라

면…… 흐음.

"……."

강서준은 나지막이 한숨을 삼키며 여전히 부복한 라이칸을 일별했다. 진화 후로 더더욱 충성심이 과하게 올라간 그였다.

그게 조금 귀찮기도 했지만, 강서준은 그냥 그러려니 두기로 했다.

본인이 하고 싶어서 저러는 거겠지. 저런 짓은 시켜도 할 게 못 된다.

"그나저나 다들 어디 갔어?"

—잠시 안테나를 설치하러 가셨습니다.

링링은 부산에 도착하면 적당한 위치에 '안테나'부터 설치하라고 미리 얘기를 했었다.

통신이 완전히 연결되진 않겠지만, 안테나만 설치한다면 간단한 문자 정도는 가능해진다.

나아가 통신 장비를 늘려 가다 보면 전화까지 가능해질 지도 모르는 일.

"오…… 돌아오셨습니까?"

김훈의 목소리였다.

고개를 돌리니 마침 안테나 설치를 마친 일행이 옷에 피를 잔뜩 묻힌 채로 돌아오고 있었다.

최하나가 나지막이 말했다.

"녀석들의 본거지를 찾았어요."

강서준은 의외의 시선으로 그들을 둘러봤다. 단순히 안테나만 설치하고 온 건 아닌 모양이었다.

그리고 최하나가 발견한 곳은 바로 고유진이 사로잡혔던 장소인 '훈련소'였다.

"그곳엔 사람을 묶어 두고 활 연습을 하거나 마법 스킬 연습을 하고 있었어요."

"진짜 악마보다 더한 새끼들이네요."

"원래 사람이 악마보다 더하다잖아요."

강서준은 쓰게 웃으며 고유진을 내려다봤다. 고작 19살밖에 안 되는 아이에게, 그런 잔혹한 일들이 벌어졌다는 게 비현실적으로 느껴졌기 때문이다.

최하나는 한숨을 내쉬며 물었다.

"강서준 씨는요? 뭣 좀 찾았나요?"

강서준은 그녀와 시선을 마주하고, 잠시 시선을 돌려 어둠이 내려앉은 부산을 둘러본 뒤 말했다.

"공장을 발견했어요."

"……공장요?"

"네. 놈들의 본대가 넘어온다고 했던 '차원 게이트 설립 공장'요."

차원 게이트 설립 공장

"일단 마족은 우선순위에서 배제하기로 하죠."

각자 임무를 마치고 옥상으로 귀환한 일행을 향해 강서준이 대뜸 꺼낸 말이었다.

그는 천천히 말을 이어 나갔다.

"다행히 부산은 서울과 경우가 조금 달라요. 알의 상태를 봐도 부화까지 시간은 꽤 많이 남은 것 같고요."

천외천이 상주하는 도시였던 서울은 그만한 준비를 갖춘 상대에게 침략을 받았더랬다.

상급 악마만 몇이던가.

모르긴 몰라도 수많은 계약자를 갈아 넣어 만든 일이었다. 적들이 얼마나 서울을 중요하게 여겼는지 확연히 알 수 있었던 대목이었다.

한데 그에 비해 부산은 조금 달랐다.

이곳은 던전을 공략조차 하질 못하는 플레이어가 즐비한 땅.

놈들도 이곳의 중요도를 서울처럼 높게 생각하진 않았는지, 부산에 소환된 악마의 숫자는 예상보다 훨씬 적은 편이었다.

당장 알이 떨어진 인근의 지역에만 악마들이 서성이는 것만 봐도 알 수 있었다.

"생존자 수가 서울에 비해 현격히 적은 편이라서 많이 소환할 필요도 없었던 겁니다."

그리고 그게 마족의 부화 속도를 늦추는 제1의 원인이었다.

'마족은 결국 인간의 피, 그 속에 담긴 절망적인 감정에 의해 부화하니까.'

결국 생존자의 숫자 자체가 적은 부산은 당연히 부화 속도가 그만큼 느려질 수밖에 없다.

김훈이 고개를 주억거리며 답했다.

"그 말대로라면 확실히…… 마족 녀석들은 우선순위에서 밀리는군요."

"네. 어차피 저 알도 당장 뚫지 못하고요."

'방마진'이 아니고서야 저 두꺼운 알의 표면을 벗겨 낼 수 없다. 그가 전력으로 공격을 한다면 또 어떨지 모르겠지만…… 문제는 그다음이다.

저 안엔 '마족'이 잠들어 있다.

그놈을 상대하기 전에 힘부터 빼고 들어갈 수는 없는 노릇이다.

'알리'처럼 상성에서 우위에 있다고 장담할 수도 없으니까.

"서울과 포탈이 연결되고 링링이 이곳으로 온 뒤에야 생각해 볼 문제란 겁니다. 그때까지만…… 저건 방치해 두도록 하죠."

그것으로 마족의 일은 일단락됐다.

하지만 일행은 한 문제를 치운 사람들치고는 다소 무거운 분위기를 유지하고 있었다.

"자, 이제 남은 건 두 개입니다."

강서준은 광안역 인근을 돌아봤다.

"던전도 마족과 마찬가지로 당장 급한 건 아닙니다. B급 던전이 A급이 되려면 그만한 시간이 필요하니까."

아마 A급으로의 성장할 녀석들은 정규 업데이트와 함께 지금쯤 던전 브레이크를 앞두고 있을 것이다.

즉 그만한 던전이 부산에 존재했더라면 진즉에 티가 났을 거란 얘기다. A급 던전은 멀리서도 한눈에 보일 정도로 거대한 마력의 흐름을 동반하기 마련이니까.

"결국 우리가 걱정해야 할 건 이미 던전 브레이크로 풀려난 다수의 C급 몬스터들인데…… 이것도 당장 신경 쓰지 않아도 될 겁니다."

강서준의 단호한 말에 나도석은 잠시 눈을 껌뻑이며 고개를 갸웃했다. 무슨 소리인지 도통 알아듣지 못한 눈치였다.

"몬스터가 많으면…… 위험한 거 아니야? 근데 무시해도 좋다고?"

맞는 말이다.

던전의 개수만큼이나, 몬스터의 숫자만큼이나 플레이어에게 가중되는 부담은 커진다.

어지간해선 둘 다 적은 편이 더 좋았고 안전을 보장할 수 있었다.

하지만 그건 하나만 알고 둘은 모르는 얘기. 강서준은 간단하게 답해 줬다.

"더 위험할 수도 있겠죠. 한 몬스터를 신경 쓸 게 아니라 여러 놈들을 동시에 상대하는 일이니까."

그래서 C급 몬스터가 군락을 이룬 광안역 인근이 특별히 위험한 곳이 아니던가.

고렘의 플레이어가 아니고서야 감히 횡단할 생각조차 할 수 없는 죽음의 땅.

괜히 이 근방에 인기척이 없는 게 아니다.

"하지만 그건 몬스터도 마찬가지라는 겁니다."

"응?"

"녀석들이라고 안전한 건 아니라고요."

아이러니하게도 부산은 B급 던전이 다량으로 생성된 덕에, 그 위력이 반감됐다고 할 수 있었다.

'천안의 던전이 유난히 강력한 위력을 발휘한 건, 던전이 독점을 했기 때문이니까.'

아주 간단한 논리였다.

던전에서 파생되는 몬스터는 각양각색에 저마다 보유한 능력도 다르다.

이곳만 해도 식인목, 머맨, 오우거…… 대충 나열해도 그 특징이 천차만별이었다.

그리고 진짜 재밌는 건 여기부터다.

'만약 그들이 서로 상성이라면?'

나무 계열인 식인목은 물속에서 살고 있는 머맨을 이길 수 없다. 또한 오우거는 방대하게 군락을 이룬 식인목을 견디기 힘들어한다.

그리고 머맨은 땅의 속성을 가진 오우거에게 유난히 약한 편이다.

'그렇게 서로를 견제하느라 바쁜데…… 다른 곳에 신경을 쓸 틈이 어디에 있겠어?'

물론 몬스터들에겐 서로를 공격하질 않는다는 불문율이 적용된다.

이는 드림 사이드의 어떤 몬스터라도 피하지 못하는 일종의 시스템이 내린 명령.

하지만 이렇듯 긴 시간을 방치된 몬스터들이라면, 그리고 C급에 해당하는 개체들이라면.

서로를 공격할 수도 있었다.

애초에 플레이어조차 보이질 않으니, 놈들이 싸울 상대는 옆에 있는 다른 종족이 아니겠는가.

'그 덕에 부산의 플레이어들이 여태 살아남은 걸지도 모르지만.'

한편 최하나는 마탄의 라이플의 총열을 점검하며 말했다.

"그렇다면 남은 건 하나네요?"

0116 채널의 사람들.

말하자면 '리카온 제국인'들이야말로 현시점에서 가장 부산을 위협하는 존재였다.

강서준은 리오 리카온의 말을 떠올렸다.

'분명 녀석들은 차원 게이트를 만들 거라고 했어.'

차원 게이트.

대충 이름만 들어도 쉽게 그 용도를 파악할 수 있는 물건이었다.

모르긴 몰라도 그게 바로 '지구'와 '리카온 제국'을 잇는 다리 역할을 하고 있는 거겠지.

그렇다면 그들은 왜 굳이 지구에 와서 처음으로 한 일이 차원 게이트를 만드는 것이었을까.

애초에 그들이 한 번에 로그인을 하질 못한 데에는, 그만한 이유가 있었다.

강서준은 그 답을 알고 있었다.

'지구와 리카온 제국은 시작부터 다르니까.'

리오 리카온에게 듣기론 '리카온 제국'은 대단히 강한 문명이었다.

과학과 마법이 고도로 발달했으며, 오랜 '행성 전쟁'으로 인하여 수많은 군사 무기가 발달된 세계관.

그로 인해, 지구의 어지간한 플레이어보다 수준이 높은 전사들이 즐비한 세계가 바로 0116 채널의 리카온 제국이었다.

'문제는 그대로 넘어온다는 거야.'

강서준이 드림 사이드 1을 시작할 때, 아예 1레벨부터 시작했던 것과는 달랐다.

이놈들은 초장부터 고렙이다.

그러니 이 게임의 밸런스 붕괴를 막기 위해서 시스템이 할 수 있는 선택이 무엇이겠는가.

바로 인원에 제한을 두는 것이다.

'하지만 조건만 갖춘다면 본대를 끌어올 수도 있다고 했지? 플레이어의 손으로 만들어진 여파는 버그가 아니니까.'

리카온 제국의 대리자. 즉 '0116 채널의 관리자'가 친히 이딴 꼼수를 만들어 낸 것이다.

이렇게 하면 굳이 '1레벨'부터 시작하지 않아서 좋고, 조금만 노력한다면 놈들의 전력도 이쪽 세계로 투입시킬 수 있으니까.

강서준은 미간을 구기며 말했다.

"어디까지 완성했는지는 몰라도 놈들 뜻대로 놔둘 수는 없어요."

강서준의 말에 일행은 십분 공감하며 고개를 주억거렸다. 최하나의 시선이 옆에서 고운 숨소리를 내며 잠든 고유진에게 향했다.

"훈련소도 가만히 둘 수 없어요. 그곳에 붙잡힌 플레이어들도 적지 않아요."

김훈은 훈련소에서 벌어지던 풍경을 다시 상기했는지 상당히 질린 안색으로 몸을 떨었다.

강서준도 꿈을 통해 그곳의 현장을 직접 봤기 때문에, 그 표정의 의미를 누구보다 잘 이해할 수 있었다.

김훈은 입술을 잘근 깨물며 말했다.

"분명 천벌을 받을 거예요."

훈련이란 명목으로 인간 사냥을 했고, 허수아비처럼 묶어 놓고 베어 대는 악마 같은 자들이다.

강서준은 쏟아질 것처럼 하늘에 걸린 별빛을 가만히 올려다보고, 다시 어둠에 잠식당한 부산을 내려다보며 말했다.

"아무렴 받아야죠. 천벌 정도는."

작전은 해가 뜨는 7시에 시작한다.

❦

끼아아아악……!

멀리 닭 울음 대신 몬스터의 울음이 낮게 퍼지고, 폭삭 주저앉은 부산의 정경으로 햇살이 살살이 내려앉았다.

지난밤의 냉기가 조금 가실 무렵.

새벽부터 부지런히 움직인 일행은 고유진의 꿈속에서 봤던 공장을 앞에 둘 수 있었다.

정확히 그들이 선 곳은 공장에서 그다지 멀지 않은 위치에 세워진 어느 연립주택.

1년 전에는 이곳을 공장의 기숙사로 사용하지 않았을까 싶은 곳이었다.

"그나저나 정말 혼자서도 괜찮을까요?"

망원경으로 공장을 훔쳐보던 김훈은 근심이 가득한 얼굴이었다.

"아무리 나도석 씨라 해도 그곳의 전력도 만만치 않을 텐데요."

"우리도 고작 넷입니다만."

"그건 그렇지만……."

"괜찮아요. 나도석 씨라면 분명 어떻게든 해낼 겁니다."

실제로 나도석은 마족의 침공을 받았던 일주일 전과는 하늘과 땅 차이라고 부를 정도로 크게 성장해 있었다.

아무래도 상급 악마들을 상대로 홀로 싸웠던 전투가 그에게 커다란 깨달음을 준 걸까.

리카온 제국인들을 동시에 상대해서 그가 승리를 거머쥘 거라고 생각할 수는 없어도, 여기서 쉽게 죽진 않을 거라고 확신할 수 있었다.

그의 역할은 어디까지나 훈련소를 상대로 펼치는 전투, 그리고 어그로였으니까.

정면 승부를 벌이지 않는 한 나도석이 위험할 일은 없을 것이다.

강서준은 어깨를 으쓱이며 말했다.

"잠시 잊으셨나 본데요. 그 사람 '헬 난이도'를 깬 인간입니다. 걱정할 만한 인물이 아니라고요."

"하기야…… 그렇겠죠?"

그 말이 끝난 지 얼마나 됐을까.

멀리 폭발이 일어나면서 부산의 상공으로 뭔가 거대한 형상이 나타나 있었다.

리카온 제국의 훈련소가 있는 방향.

그곳을 보던 강서준은 나지막이 미간을 찌푸리며 중얼거렸다.

"저게 대체 뭡니까?"

떠올라 있는 형상은 아무래도 나도석의 심상인 듯했다. 근데 그 모양이 마치 거울을 보듯 똑같이 생겨 먹었으니 할 말이 약간 없어졌다.

이매망량 '케이'의 심상이라…….

최하나도 케이의 심상을 보더니 웃으며 말했다.

"아, 나도석 씨가 그러는데 이제 더는 알량한 자존심으로 힘을 숨기지 않겠답니다."

"네?"

"그만큼 서준 씨를 인정하고 존경한다는 거 아니겠어요?"

구체적으로 무슨 소리인지는 모르겠지만 상당히 낯간지러워졌다. 강서준은 애써 공장으로 시선을 돌리며 입을 열었다.

"……그보다 우리가 문제예요."

종전의 폭발로 인하여 공장 내의 분위기도 심상치 않게 달아오른 참이다.

일련의 무리가 빠르게 훈련소 방향으로 이동하고 있었다.

나도석의 어그로는 성공적이었고, 놈들의 군사를 조금이나마 빼돌린 것이다.

강서준이 말했다.

"저들이 빠지더라도 아직 적은 많을 거예요. 여긴 놈들에게 가장 중요한 시설이니까요."

차원 게이트를 설립하는 장소였으니 최소한의 군대가 있

을 것이다. 그리고 강서준은 그들의 눈을 피해 움직여야 할 필요성을 느끼고 있었다.

"가장 곤란한 건 부산 사람들이 인질로 잡히는 겁니다. 아무래도 그들은 플레이어도 아니니까 특히 조심해야 할 거예요."

훈련소에 붙잡힌 이들은 플레이어니까 적당한 상황만 주어지면 알아서 제 살길을 찾기 마련이다.

하지만 고유진의 꿈속에서 봤을 때, 공장 내에는 전투에 문외한인 사람들이 꽤 많았다.

대개 플레이어가 아닌 자들.

제아무리 강서준이라 해도 그런 자들을 모두 보호하면서 적들을 쓰러트리기란 어려운 일이다.

"그러니 우린 가능한 한 마주치지 않는 게 최선입니다."

요점은 공장의 사람들을 리카온 제국인들 몰래 빼돌리는 것이다. 그리고 그건 생각보다 어렵지 않았다.

강서준은 옆에서 호흡을 가다듬던 김훈과 시선을 마주했다.

"부탁할게요."

"네."

고개를 끄덕인 김훈은 미리 봐 둔 공간으로 일행을 데리고 한 번에 공간 이동을 해냈다.

그나마 다행인 건 '부산 사람들'이 붙잡혀 있는 곳이 어딘지 명확하게 봐 뒀다는 걸까.

강서준은 고유진의 무의식 속에서 봤던 낯익은 건물을 확인할 수 있었다.

바깥의 소란 때문인지 안쪽에서도 꽤 정신 사나운 분위기였다.

공간지각 능력으로 안쪽을 쭉 살펴본 김훈이 말했다.

"네 명. 이 안쪽에 있는 리카온 제국인들은 네 명 정도가 전부인 듯해요."

지구인들을 얼마나 무시하고 있는 건지, 백여 명에 다다르는 사람들을 고작 네 명이서 담당하고 있다고?

강서준은 쓰게 웃으며 재앙의 유성검을 쥐었다.

햇빛 한 줄기조차 들어오지 않는 어두컴컴한 실내.

시끄러운 기계음과 텁텁한 먼지 맛이 감도는 그곳엔, 은은하게 피비린내가 감돌고 있어 묘하게 오싹한 감상을 주고 있었다.

'여긴 생각보다 더……'

김훈의 공간 이동으로 내부에 진입한 강서준은 미간을 찌푸리며 주변을 둘러보고 있었다.

그중 바닥에 널브러진 누군가.

피골이 상접한 몰골은 차치하더라도 터무니없는 메시지가 그의 시야를 가렸다.

['소생의 포션'이 필요합니다.]

대관절 사람을 어떻게 대했기에 HP포션으로도 회복시킬 수 없는 수준으로 만든 걸까.

둘러볼수록 상태는 더욱 심각했다.

'조금만 더 늦었으면 줄초상을 치를 뻔했군. 다들 상태가 심각해.'

하기야 이곳은 24시간 쉬지 않고 돌아가는 공장이었다.

인권이나 노동법 따위는 신경 쓰질 않는 침략자들의 현장. 죽어 나가는 건 붙잡혀 온 억울한 부산 사람들이었다.

강서준은 혀를 차며 최하나와 시선을 교차했다. 상황이 어떻든 그가 할 일은 하나였다.

쇄애애액!

거두절미하고 강서준의 손아귀를 벗어난 단검이 빠르게 리카온 제국인의 목덜미를 파고들었다.

별안간 부산 사람들을 핍박 중이던 리카온 제국인이 단말마의 비명도 못 지르고 쓰러지는 순간이었다.

그때 최하나의 마탄은 이미 다른 한 사람의 미간을 꿰뚫고 있었다.

"네, 네놈들은 누구⋯⋯!"

또한 당황하며 무기를 뽑아 들며 이쪽을 경계하던 리카온 제국인에겐 김훈이 다가갔다.

공간이동으로 허공에 나타난 그가 정수리에 검을 찍어 넣으니, 이번에도 속수무책으로 쓰러졌다.

마지막으로 남은 건 한 남자.

"끄아아악!"

그도 '투명화'로 근접한 지상수의 공격에 의해 쉽게 사망하고 말았다. 지상수는 유난히 불길한 기운을 쏟아 내는 아이템을 겨우 회수했다.

대충 봐도 S급으로 아이템으로 전신을 도배한 그는, 스텟을 템빨로 보충하고 있었다.

약간 걱정했는데, 괜한 짓이었다.

그나저나⋯⋯.

강서준은 한줄기 빛자락으로 소멸한 리카온 제국인들을 둘러봤다. 그들이 떠난 자리엔 덩그러니 아이템 몇 개가 흩뿌려져 있었다.

'레드 플레이어냐고.'

소정의 경험치까지 얻은 강서준은 낮게 한숨을 쉬었다. 대놓고 플레이어 대접을 받는 놈들을 상대하는 NPC의 기분을 이제야 알 것 같았다.

⋯⋯어쨌든 성공했으니 됐지.

강서준은 짧게 혀를 차며 주변을 둘러봤다. 잠시 일을 멈추고 그를 바라보는 사람들의 시선이 있었다.

싸늘한 침묵이 감돌고 있었다.

일단 그들은 무슨 상황인지 이해하지 못하고 눈만 멀뚱멀뚱 뜨고 있었고, 강서준도 마땅히 그들에게 해 줄 말이 없었다.

사실 그가 나설 필요도 없다.

이런 일을 하기엔 최적의 사람과 함께하고 있었으니까.

최하나는 눌러쓴 모자를 벗었다.

"어? 최, 최하나?"

역시 인기 연예인답게 사람들은 그녀를 바로 알아봤다. 워낙 친숙한 얼굴이다 보니 적잖이 안심하는 사람들도 보였다.

최하나는 잔잔하게 웃으며 말했다.

"우린 서울에서 왔어요."

"……!"

"일단 이것부터 보시죠."

최하나는 스마트폰을 꺼내어 이곳으로 출발하기 직전에 촬영한 고유진을 보여 줬다.

알아본 바, 고유진도 부산에서 나름 이름이 알려졌던 플레이어.

최하나라는 유명인과 지인의 등장은 결국 사람들의 긴장을 풀어내는 데 큰 역할을 해냈다.

이제야 강서준의 차례가 다가왔다.

"이곳을 탈출하려면 여러분의 협조가 필요해요. 혹시 이곳에 김정수 할아버지 계십니까?"

잠에서 깬 고유진에게 듣기론, 이 공장에서 가장 연륜이 오래됐고 리더인 존재는 김정수였다.

그가 협조를 해 준다면 다른 사람들의 협조도 더욱 수월하게 구할 수 있을 터.

하지만 앞으로 나선 건 지친 얼굴의 한 여자였다.

"저랑 얘기하시죠. 이곳에 플레이어는 저뿐입니다."

그녀는 '송도 생존 캠프'의 '힐러'라고 본인을 소개했다. 또한 고유진과 아는 사이라는 듯했다.

"종종 캠프에서 만난 적 있어요. 다친 걸 치료해 준 적도 있죠."

강서준은 고개를 주억거리며 손을 내밀었다.

"강서준입니다."

"네…… 연희연이에요."

맞잡은 그녀의 손은 메마르기 짝이 없고 뼈가 앙상하게 느껴지고 있었다.

구태여 리카온 제국인들에게 붙잡히질 않았다고 해도, 이들은 멀지 않은 미래에 굶어죽지 않았을까.

그런 생각이 들 정도로 몸 상태는 최악이었지만, 강서준은 전혀 내색하질 않았다.

그리고 김정수 할아버지에 대해서도 굳이 더 물어보지 않았다.

'플레이어는 연희연 혼자랬으니까. 아마 할아버지는…….'

말하지 않아도 알 수 있는 게 있고, 물어보지 않아도 대답을 들은 게 있다.

한편 김훈은 연희연에게 다가가더니 말했다.

"잠시 실례하겠습니다."

"네?"

거침없이 연희연의 어깨에 손을 올린 김훈은 두 눈을 꾹 감더니, 특수 포션 치료를 감행했다.

순식간에 그녀의 몸을 감도는 건 활력부터 체력, 마력까지 채워 주는 다량의 포션이었다.

이젠 어지간한 의사보다도 치유 능력이 뛰어나진 걸까. 연희연은 금세 기운을 차릴 수 있었다.

"그럼 슬슬 탈출에 대해 논의하고 싶습니다."

금세 회복된 본인의 몸을 신기한 눈으로 둘러보던 그녀는 곧 행동을 멈추고 강서준을 바라봤다.

그녀가 말했다.

"……정말 여기서 탈출할 수 있어요?"

"네."

"여긴 적진의 중앙인데요. 아무리 당신들이 강하다고 해도 이곳의 경비를 전부…… 게다가 우린 전반적으로 도망칠 체력도 없어요."

사람이 우울한 공간에 오래 머물게 되면 우울한 생각밖에 안 하게 되는 걸까.

강서준은 이미 심적으로 마모되어 꽤나 나약해진 연희연을 똑바로 바라봤다.

솔직히 강서준은 그녀의 말을 부정할 생각은 없었다. 실제로 곧 죽어도 이상하지 않을 사람들을 데리고 경비를 따돌려 도망친다는 건 상당히 무리가 가는 일이니까.

하지만.

"그건 걱정하지 않으셔도 됩니다. 우린 공간 이동으로 여길 빠져나갈 테니까요."

"공간…… 뭐요?"

"백문이 불여일견이죠. 일단 다섯 명씩 선출해 주시죠."

자신만만한 강서준의 얼굴을 들여다보던 연희연은 반신반의한 얼굴로 우선 사람들을 선출했다.

노약자, 부상자, 아이가 우선.

다행히 사람들은 연희연의 선출에 큰 불만을 가지진 않았다. 아무래도 그녀의 직업이 '힐러'였고, 이곳에 있던 사람들 중 그녀의 치료를 받지 않은 적이 거의 없다.

또한 이곳에서도 남모르게 마력을 쥐어짜 내어 사람들을 치료했던 게 그녀였다.

그 덕에 큰 이견 없이 선출된 다섯 명은 김훈의 앞에 나란히 설 수 있었다.

"그럼 다녀오겠습니다."

한마디를 남기고 눈 깜빡할 새에 사라진 김훈은, 1분도 채 흐르기도 전에 돌아왔다.

"다음 조 오세요."

"……이게 끝입니까?"

"네?"

"이렇게 쉽게……."

헛헛하게 웃는 그녀를 보며 강서준도 말없이 혀를 찼다.

정말 쉽다고 생각하는 걸까.

김훈이 사람들을 데리고 공간 이동으로 이곳을 빠져나가는 건, 눈으로 봤을 때 정말 대단한 일도 아닌 것처럼 느껴진다.

김훈은 능숙해 보였으니까.

하지만 실상을 알면 그들은 그런 소리는 입 밖으로 꺼내지도 못할 것이다.

현재 김훈은 아이템의 도움을 받아 겨우 사람들을 옮기고 있었으니까.

만약 이 아이템이 없었다면 일행은 아마 여기까지 진입한다는 것 자체가 불가능했을 것이다.

'알리의 펜던트.'

김훈의 옷차림 중 목에 걸린 펜던트로 시선이 갔다.

이건 일시적으로 스킬 등급을 한 단계 위로 올려 주는 S급 아이템.

몽마 알리를 사냥하고 나온 것이다.

'여러 제약이 많아 아쉬운 물건이지만, 적재적소에 쓴다면 이보다 유용한 것도 없지.'

이 아이템의 최대 단점은 B급의 스킬을 고작 A급으로 올리는 데에 족한다는 것이다.

하지만 이렇듯, 잘 활용한다면 적들의 뒤통수를 세게 때리는 것도 충분히 가능했다.

김훈이 빠르게 입을 열었다.

"다음, 바로 오세요!"

공간 이동은 계속됐다. 숱한 공간 이동의 여파였는지 허공이 살짝 일렁이는 느낌도 받았다.

그도 그럴 것이 공장 내에 잡혀 있는 사람만 대략 100명이 넘었다.

그들 모두를 이동시키려면 그만한 시간은 필요하다.

문제는 한 다섯 팀을 이동시켰을 즈음에 발생했다. 돌연 공장 내부로 큰 사이렌이 울렸다.

좋은 소식은 아니었다.

잠시 문밖을 살펴본 강서준은 낮은 목소리로 말했다.

"누군가 오고 있어요."

"네? 그럼……."

"속도를 내야겠어요. 저들은 제가 막을."

주저 없이 바깥으로 나가려니 문득 그의 소맷자락을 움켜쥔 연희연이 있었다.

"······가면 안 돼요."

"네?"

"혼자서 뭘 어쩌시려고요."

연희연의 눈엔 공포가 가득했다.

부산에서 그저 살아남기에 급급했던 1년······ 부지불식간에 악마와 리카온 제국인에게 침공당한 현실.

여러 감정이 그녀를 떨게 만들었다. 연희연은 한쪽에 핏덩이만 남은 리카온 제국인이 사망한 자리를 가리키며 말했다.

"교대 인원이 아니에요. 이곳으로 수십 명의 군인들이 몰려오고 있다고요. 당신들이 아무리 서울의 플레이어라 해도······."

"설마 저들이 보이는 겁니까?"

"어렴풋이요. 미니맵 스킬 등급이 낮아 자세히는 안 보이지만."

"호오."

그리고 강서준은 부들부들 떨고 있는 그녀를 쓱 보다, 다시 김훈을 돌아보며 나지막이 말했다.

"뒤를 부탁할게요."

"네, 다녀오세요."

"아, 이곳 핵심 부품 챙기는 거 잊지 말고요."

리오 리카온이 말하길, '차원 게이트'를 설립하려면 반드시 필요한 아이템이 하나 있다고 했으니까.

그것만 지운다면 놈들의 차원 게이트가 만들어질 일은 없다.

강서준은 마지막으로 연희연을 돌아보며 말했다.

"사람들이 그러더군요."

"네?"

"세상에서 가장 쓸모없는 걱정은 부자 걱정, 연예인 걱정, 그리고."

그는 씨익 웃으며 말했다.

"제 걱정이라고요."

<hr>

쿠우우우우웅!

강서준은 굳게 닫힌 문을 뒤로하고 정면으로 몰려오는 인파를 마주했다.

확실히 연희연의 말마따나 이곳을 지키던 네 명의 어설픈 군인들보다 더 강한 이들이었다.

숫자도 상당히 많았다.

아마 저들이 정예군이란 거겠지.

흘러나오는 마력의 양도 심상치 않았다. 레벨로 치면 부산의 플레이어는 절대 감당하지 못할 만한 수준.

저러니 연희연이 겁을 먹을 만도 하다.

강서준은 달려드는 사람들을 향해 나지막이 중얼거렸다.

"원래라면 사람만 빼돌리고, 물건 하나만 훔쳐 도망칠 생각이었는데 말이야."

사실 전투를 논외로 친 건, 리오 리카온 탓도 있었다.

아직 리오 리카온이 말한 '온건파'를 만나지 않은 한, 가능한 놈들에 대한 처분은 나중으로 미루는 게 좋으니까.

불가피한 상황이라면 어쩔 수 없겠지만, 훗날 진행될 협상 테이블에서 우위를 차지하려면 그에 걸맞은 행동을 해야 한다.

하지만 막상 공장에 들어서서 현실을 마주하고 보니 느껴지는 감상 자체가 달랐다.

남의 꿈속에서 몰래 기억을 훔쳐볼 때와는 느낌부터 천지 차이였다.

강서준은 서늘한 눈을 했다.

"아무래도 참을 수 없겠더라고."

그의 분노가 겉으로 표출되면서 주변으로 우후죽순 영혼 부대가 몸을 일으켰다.

지붕부터 시작하여 곳곳에서 생성된 영혼들이 이곳으로 달려들던 리카온 제국인들을 향해 포효하기 시작했다.

강서준은 일단 오가닉에게 말했다.

"오가닉. 그 누구도 이곳으로 들어가지 못하게 해."

-명을 받듭니다.

"최하나 씨는 숨어 있는 녀석들 저격을 부탁드리고요."

"이미 하고 있어요."

진즉에 방아쇠를 당기던 그녀의 모습과 든든한 오가닉의 얼굴까지 둘러본 강서준은 천천히 걸음을 옮겨 앞으로 나아갔다.

[장비 '도깨비 왕의 감투'의 전용 스킬, '이매망량'을 발동합니다.]

한 걸음 내디딜 때마다 그의 몸으로 도깨비 갑주가 활성화되면서 전신으로 도깨비불이 타올랐다.

그 뒤로 라이칸을 비롯한 수많은 도깨비와 영혼 부대가 달라붙었다. 리카온 제국인들이 당황하며 뒤로 물러나는 게 보였다.

강서준은 씨익 웃으며 말했다.

"아마 너넨 당장 죽더라도 진짜 죽는 건 아니겠지. 본래의 세계로 돌아가고…… 시간이 지나면 여기로 다시 돌아올 거야."

그게 그들의 특권이다.

강서준이 드림 사이드 1에서 세 개의 목숨을 보장받았듯,

저들도 여분의 목숨은 주어져 있을 것이다.

"그러니 또 넘어와 봐."

강서준의 손을 떠난 재앙의 유성검은 성장한 '이기어검술'에 맞물려 자유자재로 적진을 꿰뚫었다.

곳곳으로 흩어진 영혼 부대도 이제 막 전투를 시작한 참이었다.

쿠우우우웅!

"또 죽여 줄 테니까."

이윽고 바닥에 콱 꽂힌 그의 단검에서부터 원형의 흐름이 생겨났다. 핏빛 기둥이 떨어지며 부산의 한 지역에 달이 떠오르고 있었다.

핏빛 도깨비의 달.

뭣도 모르고 부산을 상대로 침략을 해 온 이계인들에게, 재앙의 유성이 떨어질 시간이었다.

* * *

0116 채널의 '차원 게이트 터미널'.

한때는 행성 간 이동에 관여하는 '워프'만을 담당하던 그곳은, 오늘날에 이르러 0115 채널의 게이트만을 전담 마크하고 있었다.

그리고 그곳을 관리하던 국장은 때아닌 신호에 크게 당황하고 있었다.

"또 대거 사망했습니다!"

"벌써 28명째입니다!"

"2명 더 사망했습니다!"

국장은 게이트 터미널 밖으로 강제 이송된 전사들을 말없이 쳐다봤다.

무슨 일이 벌어졌는지는 몰라도 지구로 넘어간 전사 중 이렇게 대단위로 희생자가 늘어난 경우는 처음이었다.

"대체 이게 다 무슨 일이야?"

사실 처음엔 별일 아닌 줄 알았다.

죽어 나가는 인간들은 기껏해야 훈련병에 불과했으니까.

어제 돌아온 훈련병과 오늘 오전부터 빠르게 이송되는 훈련병까지…….

수상하긴 해도 그냥 넘어갈 법한 수준이었다. 훈련병은 어디까지나 훈련병이었으니까.

문제는 방금 이송된 이들이다.

'정예병까지 죽었다고?'

행여나 랭커를 맞부딪칠 때를 대비하여 파견해 뒀던 고렙의 정예병들.

그들은 리카온 제국에서도 알아주는 강자들이었다. 그들까지 송환되는 경우는 확실히 이례적인 일이었다.

"젠장…… 이걸 어떻게 보고하라고?"

입술을 잘근 깨문 국장은 새로운 신호와 함께 대거 송환되는 전사들을 둘러봤다. 절로 한숨이 나오는 상황이었다.

'놈들이 이렇게 강했다고?'

일명 '포탈 던전'이란 곳에서의 전력을 파악한 결과, 충분히 임무 수행이 가능한 수준을 파견 보낸 게 아니었던가.

미간을 찌푸린 그가 직원들을 닦달하며 정보를 캐내려고할 즈음이었다.

뒤편에서 자동으로 문이 열리며 강대한 기운을 품은 한 남자가 안으로 들어왔다.

국장은 대번에 알아봤다.

"데, 데칼 황자님!"

"사령관이라 불러."

"네, 네, 네! 사령관님!"

부지불식간에 들이닥친 데칼은 정신없이 돌아가는 내부를 둘러보더니 말했다.

"상황을 짧게 요약해 봐."

국장은 메마른 입술을 잠시 혀로 적신 뒤, 호흡을 가다듬고 말했다.

"자세한 상황은 아직 파악 중입니다. 부산의 전사 송환은 지난밤이 처음이고요."

"흐음……."

"방금 송환된 전사들이 의식을 되찾으면 바로 확실한 정보를 얻을 수 있을 겁니다. ……죄송합니다."

데칼은 싸늘한 눈초리로 국장을 내려다보다 또 송환되는 전사를 살폈다.

그도 익히 얼굴을 알던 강자들도 몇몇 송환되고 있었다.

저쪽 기준으로 치자면 레벨도 얼추 270에 달할 전사들.

"부산이라고 했지?"

"네, 네……."

"우리 론도 국장. 일하기 싫은가 보네."

"네?"

데칼의 말에 국장은 화들짝 놀라며 고개를 가로저었다. 바들바들 몸을 떨면서 데칼을 향해 넙죽 허리를 숙이며 말했다.

"죄송합니다! 제가 부족한 탓입니다!"

"론도 국장. 죄송할 일이 아니야."

"……네?"

"책임질 일이지."

스거어억!

거두절미하고 휘둘러진 검격에 국장의 목에서 실핏줄이 터졌다. 단말마의 비명조차 지르지 못하고 그대로 머리를 잃고 쓰러진 국장.

데칼은 무미건조한 눈으로 이를 내려다보다 씨익 입꼬리를 올려 웃었다.

"이젠 네가 국장이겠군."

어느덧 데칼의 앞에 선 사람은 론도 국장의 딸이었다. 현재 터미널의 부국장을 연임하던 '라일 론도'였다.

"……네."

"자, 새로운 론도 국장. 부산은 어느 나라에 소속된 도시지?"

"한국입니다."

"한국에 소속된 랭커는?"

라일 론도는 침착하게 입을 열었다.

"링링, 클라크, 잭, 나도석…… 그리고 케이가 있습니다."

"그래. 랭커만 다섯인 나라다."

"하지만 사령관님. 그들이 부산까지 움직인다는 건 현실적으로 불가능한 얘기입니다."

라일 론도는 아버지에게 들었던 대로 서울과 부산의 거리를 설명해 줬다. 그 사이에 있을 수많은 던전들은 제아무리 날고 기는 랭커라 해도 짧은 시간에 돌파할 수 없었다.

이에 데칼이 피식 웃었다.

"론도 국장. 오래 살고 싶다면 한 가지는 새겨 둬라."

"……."

"상식을 버려."

데칼은 유난히 허전한 본인의 왼팔을 쓸어 보더니, 다시 송환되는 전사들을 둘러보며 말했다.

"그에게 상식이란 존재하지 않으니까."

마찬가지로 데칼의 비어 있는 왼팔을 확인한 라일 론도는 바짝 마른 목에 침을 꿀꺽 삼켰다.

데칼은 개의치 않는 듯 말했다.

"그나저나 부산의 차원 게이트 설립 현황은 어떻지?"

"기존의 계획대로라면 지금쯤 막바지에 이르렀어야 합니다. 이번 주중으로 게이트가 연결될 겁니다."

"계획대로 진행됐다면이라……."

"네. 케이가 그곳에 왔다면 분명 게이트는 파괴될 테니까요."

데칼은 고개를 주억거리며 물었다.

"가장 가까운 게이트는 어디지?"

라일 론도는 스크린을 확인하더니 말했다.

"일본의 후쿠오카입니다."

❖

그 시각.

강서준은 낮게 한숨을 내뱉으며 재앙의 유성검에 의해 반파된 한쪽 건물을 가만히 응시했다.

그의 공격이 성공했는지 사방에서 빛무리가 일면서 놈들의 기척이 사라지고 있었다.

"강서준 님. 전원 이동을 마쳤습니다."

한창 적들을 상대로 드잡이를 벌이는 사이, 김훈은 기어코 사람들을 안전한 곳까지 이동시킨 모양이었다.

'그래 봐야 이곳을 공격하기 전에 잠시 머물렀던 연립주택으로의 이동이었지만.'

일단 이곳을 빠져나갔다는 데 큰 의미가 있었다.

그 이후는 마력을 방해하는 요소도 없었으니 더 수월하게 도망칠 수 있을 테니까.

"핵심 부품은요?"

"여기 있습니다. 연희연 씨 말대로라면 차원 게이트는 모두 이걸 통하도록 설계됐다고 하더군요."

축구공 크기의 구슬이었다.

외관은 철판으로 덧씌워져 있었지만, 내부에서는 강력한 마력의 흐름이 느껴졌다.

[아이템, '포탈 코어'를 습득했습니다.]

연희연은 덧붙여서 설명했다.

"미니맵 스킬을 통해 확인한 거니 확실할 겁니다."

미니맵 스킬이라.

역시 연희연이 가진 '그 스킬'은 대단히 유용한 능력이었다. 아마 김훈의 공간지각 능력을 액티브로 만든다면 그런 느낌이지 않을까.

'힐러면서 탐사 계열 스킬을 가진 자라…….'

강서준은 쓰게 웃으며 연희연을 바라봤다. 그녀는 멀리 무너진 건물을 확인하며 기함을 토하고 있었다.

"제가 쓸데없는 걱정을 했었군요. 단순히 버티는 걸로 모자라 전부 초토화시킬 줄이야…….'

그녀의 눈엔 많은 회한이 스쳐 갔다. 강서준은 그 눈빛에 어깨를 으쓱이며 나지막이 답했다.

"초토화는 아닙니다. 그저 뒤통수를 세게 때렸을 뿐이죠."

당장 강서준의 류안으로도 이곳으로 달려오는 수많은 흐름이 있었다.

곳곳에 흩어졌던 이들이 다급하게 이쪽으로 몰려오는 듯했다.

'나도석은 어쩌고 있으려나.'

종전부터 폭음이 울리질 않는 걸 보면 벌써 이곳을 빠져나갔는지도 모르겠다.

가끔 폭주하는 것처럼 보여도 은근히 머리가 좋은 남자니까. 눈치껏 도망쳐서 연립주택 인근을 보호하고 있는지도 모르지.

"놈들이 더 몰려오기 전에 우리도 일단 발을 빼도록 하죠. 목적은 이미 달성했습니다."

"네."

슬슬 핏빛 도깨비의 달도 효력이 떨어지고 있었다. 재앙의 유성검도 피를 잔뜩 토해 낸 뒤라 허기에 골골대는 실정이었다.

또한 사망과 동시에 소멸해 버리는 특징을 가지는 리카온 제국인들은, 영혼을 수급할 기회조차 주질 않는다.

그때 연희연이 입을 열었다.

"잠깐만요. 제가 잘못 본 게 아니라면 이상한 게 하나 있어요."

"네?"

"사실 전부터 이상하다고 생각했던 거예요."

강서준은 고개를 갸웃하며 연희연의 얼굴을 들여다봤다. 그녀는 진중한 목소리로 입을 열었다.

"이곳에 온 이후로 단 한 번도 위치가 바뀌지 않는 사람이 있어요."

"……그게 무슨 뜻이죠?"

"저도 정확히는 모르겠어요. 근데 미니맵에서 봤을 때, 단 한 번도 그 두 사람의 위치는 바뀌지 않았어요."

강서준은 곰곰이 고민하다 연희연이 하는 말의 의도를 파악할 수 있었다.

"갇혀 있는 거군요."

강서준은 고개를 주억거리며 김훈에게 시선을 돌렸다. 김훈도 가만히 눈을 감고 공간지각 능력을 더욱 강하게 활성화시키기 시작했다.

곧 그가 말했다.

"어렴풋이 걸리는 것 같아요."

애매한 답이었지만 연희연도 본 내용이니 잘못된 정보는 아닐 것이다. 행여나 그곳에 누군가 갇혀 있으면 놓고 갈 수는 없는 노릇.

강서준은 주변을 살펴본 뒤 말했다.

"시간이 없어요. 바로 이동하죠."

"네."

거두절미하고 김훈의 공간 이동으로 해당 위치로 이동한 일행은 어두컴컴한 실내를 마주하게 됐다.

"이곳에 사람이 있다고요?"

스마트폰으로 전등을 밝혀 주변을 둘러봤다. 한데 보이는 건 생각보다 더 황당한 장면이었다.

입구부터 출구까지 전혀 보이지 않는 곳.

그저 네모난 석실로 구성된 이곳엔 기이한 캡슐만이 두 개가 놓여 있었다.

그 안에는 고이 잠든 사람들이 있었다.

"……대체 이게 무슨."

캡슐은 투명한 유리로 뒤덮였는데, 그게 디스플레이였는지 몇 가지 정보가 나란히 적혀 있었다.

그들의 정체를 바로 알 수 있었다.

—리카온 제국의 브리튼 기사단.

—단원 : 칼 이보.

—리카온 제국의 브리튼 기사단.

—단원 : 니나 브리츠.

두말할 것도 없이 이들은 리카온 제국인들이었다.

"왜 여기에 리카온 제국인들이……."

가만히 내려다보고 있으려니 그들의 상태가 심상치 않다는 걸 알 수 있었다.

여기저기 찢기고 그을린 옷차림…… 멍투성이의 얼굴과 손발톱은 모조리 뽑힌 형상이었다.

대충 봐도 상당한 중병 환자였다.

"이건 치료 기기일까요?"

나지막이 묻는 김훈의 말에 강서준은 고개를 가로저었다.

"아뇨. 그건 아닌 듯해요."

류안으로 보면 알 수 있었다.

캡슐 내부로 가득 들어찬 일종의 물질은 저들의 신체로 유입되질 않고 있었으니까.

그저 신체를 사방에서 꾹 눌러 압박하는 느낌이 강했다.

그 탓인지는 몰라도 두 사람의 심장은 살아 있는 심장이라고 하기엔 너무 느리게 뛰고 있었다.

'……냉동인간 같군.'

대관절 이들은 왜 이런 곳에서 죽지도 못하고 냉동인간처럼 잠만 자고 있게 된 걸까.

강서준은 미간을 찌푸리며 말했다.

"데려가죠."

"네?"

"리오 리카온이라면 무슨 상황인지 알려 줄 수 있겠죠."

사실 강서준도 얼추 이들의 정체를 알 수 있었다. 아무래도 리카온 제국인들이 부산 사람들에게 하던 짓을 보면, 이곳을 점령한 놈들이 어느 쪽 세력인지 알 법했으니까.

그리고 그런 이들에게 고문을 당하고 묶여 있는 자들이 누군지는 뻔한 일이다.

'이들은 온건파 쪽 인물이다.'

김훈은 캡슐을 스윽 만져 보더니 말했다.

"어쩌죠? 이 안에 들어찬 액체가 공간 이동을 방해해요. 이대로면 치료를 할 수 없어요."

운이 나쁘게도 마력을 방해하는 물질이 가득 담겨 있나 보다. 대관절 이들이 누구이기에 이리 철저하게도 봉인을 해둔 걸까.

"통째로 옮기는 것도 무리예요. 이 안에 있는 물질들이 보기보다 대단히 무거워요."

"일단 꺼내야겠군요."

“네. 근데 꺼내는 즉시…… 위험할 겁니다. 상처만 봐서는 당장 죽어도 이상하지 않으니까요.”

그나마 다행인 건 ‘소생의 포션’을 써야 할 정도로 심각한 상태가 아니라는 것이다.

“문제는 시간이 턱없이 부족하다는 거죠.”

김훈은 공간지각 능력으로 리카온 제국인들이 이 근방에 도달했다는 걸 알 수 있었다.

혹시나 이곳에 이동한 걸 눈치채지 못하길 바랐는데…… 녀석들은 아무래도 바로 알아차린 듯했다.

여기에 CCTV라도 달아 놨나?

놈들은 억지로 막아 놨던 입구를 뚫기 위해서 각종 스킬을 쏟아붓고 있었다.

강서준은 연희연을 보면서 말했다.

“연희연 씨도 힐러라고 하셨죠?”

“네? 그렇긴 하지만 제 레벨도 낮고 등급도 낮아서 이 정도의 상처는…….”

“그건 제가 보정해 드릴게요.”

강서준은 김훈에게서 ‘알리의 펜던트’를 받아 다시 그녀에게 건넸다. 또한 지상수를 닦달해서 자잘한 아이템들도 보태 줬다.

마력을 증가시켜 주는 옵션과 스킬의 등급을 올려 주는 옵션이 한데 어우러져, 한순간에 연희연의 수준이 올라갈 것이다.

이른바 '템빨'이다.

"이거라면……."

그렇게 연희연에게 아이템을 주기 위해 잠시 손끝이 마주
쳤을 때였다.

[!]

['도깨비 왕의 감투'를 소유한 것이 확인되었습니다.]

['도깨비 왕의 반지'를 소유한 것이 확인되었습니다.]

['진실의 성물 : 이루리'를 소유한 것이 확인되었습니다.]

연희연의 목걸이가 찬란하게 빛나기 시작했다.

도깨비의 비사

강서준은 말없이 찬란한 빛을 토해 내는 '연희연의 목걸이'
를 주시했다.

갑작스러운 일이었지만, 무슨 상황인지 대략 알 법했다.

'도깨비 장비에 반응한다고?'

헛웃음이 나왔다.

언젠가 관련된 장비를 또 찾을 줄 알았지만 느닷없이 여기
서 찾게 될 줄이야.

"어…… 어? 갑자기 이게 왜 이러지?"

영문을 모르는 연희연은 그저 당황한 목소리를 냈고, 강서
준이 손을 떼자 빛은 거짓말처럼 사라졌다.

쿠우우우웅! 쿠우웅!

당장 중요한 게 아니었다.

금방이라도 무너질 것처럼 떨리는 진동은 더욱 커져 갔다. 녀석들이 일부러 막았던 통로도 머지않아 뚫릴 것이다.

강서준은 연희연에게 마저 장비를 건네며 말했다.

"자세한 건 나중에 얘기하죠. 일단 여길 벗어나는 게 우선입니다."

"아, 알겠습니다."

다시 손끝이 스치면서 목걸이가 빛났지만, 이번엔 아무도 신경 쓰지 않았다.

연희연은 호흡을 가다듬더니 말했다.

"그럼 시작하겠습니다."

곧 김훈과 연희연은 양쪽의 캡슐에 달라붙었다. 강서준이 재앙의 유성검에 마력을 집중시켜 캡슐의 단면을 잘라 낸 건 그때.

안쪽에서 금방 물이 터져 나왔다.

"커허억…… 커헉!"

깨진 캡슐 속에서 두 사람은 예상대로 바로 숨을 헐떡이며 죽을 듯이 괴로워하기 시작했다.

캡슐 내부에 가득 들어찬 물은 이들의 상처를 회복시키지 않을지언정, 더는 악화되지 않도록 막아 주는 역할도 했으니까.

그런데 돌연 그곳에서 벗어났으니, 남은 건 지독한 상처가 심화되는 것이다.

"힐!"

하지만 템빨로 폼을 올린 연희연과 김훈의 특수 포션 치료가 금세 두 사람의 몸을 감쌀 수 있었다.

다행히 효과는 있었다. 김훈은 두 사람을 내려다보며 호흡을 길게 내뱉더니 말했다.

"……일단 급한 불은 껐습니다."

두 사람을 완치시킬 필요는 없었다. 그저 공간 이동이 가능한 수준으로만 회복시키면 된다.

고개를 주억거린 강서준이 답했다.

"그럼 바로 이동하죠."

머리맡으로 떨어지는 무수한 돌가루와 사방에서 들리던 진동이 곧 폭음으로 바뀌는 순간.

그들은 공장을 탈출할 수 있었다.

❀

송도 캠프.

던전을 피해 겨우 살아남은 생존자들이 뭉쳐 만든 '진정산'에 마련한 그들만의 안전 거점.

이곳은 몬스터들의 침입이 그나마 적은 천혜의 요새로, 지금은 공장을 탈출한 일행이 잠시 몸을 의탁하기로 결정한 장소이기도 했다.

강서준은 사방이 무너지고 부서진 캠프를 둘러보며 말했다.

"비록 리카온 제국인들한테 뚫린 곳이긴 한데…… 확실히 위치는 좋네요. 근처에 던전도 보이지 않고요."

이곳에서 가장 가까운 던전이 걸어서 30분 거리였다.

부산에서도 송도 캠프가 유난히 일반인의 생존자가 많았던 데에는 그런 이유가 있었다.

강서준은 공장에서 탈출한 사람들이 힘겨운 숨을 토해 내며 겨우 자리를 잡고 주저앉는 걸 확인했다.

이곳에서 살았던 몇몇은 그나마 멀쩡한 물건을 모아서 임시 거처를 만들기도 했다.

"잠시 쉬어 가기엔 최적이겠어요."

하지만 연희연은 여전히 불안한 안색을 감출 수 없었다. 그녀의 시선은 무너진 망루와 산산조각이 난 목책으로 향했다.

"높은 확률로 놈들의 습격을 받지 않을까요? 도망친 걸 알았다면…… 여기부터 들를 것 같은데요."

"아마 그렇겠죠?"

"이곳이 안전 거점이란 말은 옛말입니다. 한 번 뚫린 곳은 두 번 뚫리지 말라는 보장도 못 해요."

1년을 두고 만들었던 그들의 방어 시설이나 계획은 단 한

번에 불타 버렸다.

연희연의 말마따나 이곳이 '천혜의 요새'라 불리는 건 '과거'에 불과했다.

게다가 머지않은 미래에 영역을 확장하는 몬스터를 마주하게 될 것도 자명한 사실.

하지만 강서준은 꽤나 여유로운 태도로 답했다.

"그래서 말했잖아요? 잠시 쉬어 갈 곳이라고."

"……다른 방법이 있는 겁니까?"

"구체적으로 정리되면 바로 알려 드리죠. 그보다 밥이라도 좀 먹는 건 어떨까요?"

"네? 이 상황에 밥이라뇨."

근데 '밥'이라는 단어가 버튼이라도 된 걸까. 참으로 작위적이게도 연희연의 배에서 노골적인 꼬르륵 소리가 들려왔다.

화끈하게 얼굴이 달궈진 그녀가 입술을 잘근 깨물었다. 강서준은 인벤토리에서 보리빵을 하나 꺼내어 그녀에게 건넸다.

드림 사이드 1에서 단순히 포만감을 채우는 용도로 사용하던, 상점용 아이템이다.

맛은 보장하지 못한다.

"금강산도 식후경이라잖아요. 뭐든 일단 배부터 채우고 얘기하죠."

"……알겠습니다."

이참에 강서준은 사람들에게 음식을 나눠 주기로 했다. 생존자들이 기운을 차려야 앞으로의 일정도 무리 없이 해낼 수 있는 법.

무엇보다 이 보리빵은 대량으로 구매해서 차원 서고의 1층에 넣어 놨던 아이템이다.

그가 손해 볼 일은 없었다.

"감사합니다! 정말 감사합니다!"

"이 은혜는 잊지 않겠습니다!"

"감사합니다아……."

사람들은 강서준이 나눠 준 보리빵을 허겁지겁 먹어 댔다. 딱딱하고 맛도 없을 텐데 다들 걸신이라도 들린 것처럼 먹는 걸 보면 많은 생각을 들게 한다.

다람쥐처럼 한껏 입안에 보리빵을 집어넣은 연희연도, 무슨 고급 케이크라도 먹는 듯 황홀해 보였다.

하기야 '공복'이 최고의 반찬이다.

츠츳!

그때 허공에서 빛이 번쩍이더니 잠시 자리를 비웠던 김훈이 돌아왔다. 강서준은 그에게도 보리빵을 건네며 물었다.

"링링이 뭐라 합니까?"

잠시 서울과 연락하기 위해서 안테나가 있는 곳까지 직접 다녀온 그였다.

김훈은 씨익 웃으며 답했다.

"네. 시간은 조금 걸리겠지만, 머지않아 지원군을 보내 주신다고 하셨어요."

"그럼…… 일단 하나는 해결된 셈이군요."

"네. 그때까지 앞으로 어떻게 시간을 끄느냐가 관건이 될 겁니다."

강서준은 고개를 주억거리며 지금도 부산의 곳곳을 헤매는 백귀들을 살펴봤다.

그들은 리카온 제국인들의 눈을 속이기 위해 영혼 부대를 이끌고 사방에서 소동을 일으키고 있었다.

"그건 걱정하지 않아도 됩니다. 어떻게든 시간은 끌어 볼 테니."

한편 강서준은 송도 캠프의 한쪽에 완성된 부상자 전용 임시 천막을 바라봤다.

"그 사람들은 어떤 것 같아요?"

"……괜찮을 겁니다. 상처는 가장 심했지만 회복력이 일반인과 비교할 게 못 되니까요."

"그렇군요."

다행히 캡슐에 갇혀 죽지도 못한 채 가만히 있던 리카온 제국인들의 몸 상태는 꽤 순조롭게 회복된 모양이었다.

강서준은 다크서클이 짙게 깔린 김훈을 보면서 말했다.

"정말 고생 많으셨어요."

"……네."

김훈은 보리빵을 질겅질겅 씹으며 살짝 햇살이 가려지는 그늘 아래로 들어갔다. 부서진 벽에 등을 기대더니 그는 바로 고운 숨소리를 내며 잠들었다.

수많은 사람을 공간 이동 시켰고, 사람들의 치료부터 서울로의 연락까지. 잠시도 쉴 틈이 없었을 것이다.

"최하나 씨도 조금 쉬어 두세요. 맛있는 것도 좀 먹고요."

"……괜찮아요."

"제가 안 괜찮아서 그래요. 아까 조금 무리하셨죠?"

공장 내에서의 전투가 마냥 쉬운 편은 아니었다.

터무니없지만 리카온 제국인들 몇몇은 상급 악마보다 강한 이도 있었으니까.

문득 최하나가 강서준을 향해 물었다.

"강서준 씨는요?"

"네?"

"서준 씨도 좀 쉬세요. 너무 무리하는 건 좋지 않아요."

잠시 최하나와 시선을 마주했지만 강서준은 고개를 가로저으며 정중하게 거절했다.

"전 아직 연희연 씨와 할 말이 남아서요."

"……."

"이것만 마무리하고 쉴 생각입니다."

"……알겠어요."

근데 최하나의 얼굴이 약간 화난 것처럼 보이는 건 착각일까.

강서준은 고개를 갸웃하다가도, 혹시나 유명인인 그녀에게 접근하여 잠시라도 휴식을 방해할까 싶어 이루리에게 작은 부탁을 하기로 했다.

주변에서 그녀에게 접근하는 사람들을 좀 막아 달라는 것이다.

이루리는 쓰게 웃으며 말했다.

"적합자는 쓸데없는 배려만 참 잘해."

"응?"

"그냥 그렇다고."

어쨌든 이루리까지 일별한 강서준은 송도 캠프의 임시 치료소로 들어설 수 있었다.

그곳엔 이미 보리빵을 거하게 먹어 조금은 말짱해진 연희연이 환자를 돌보고 있었다.

강서준은 그녀에게 다가가 말을 걸었다.

"그 장비 말인데요."

"아, 죄송해요. 금방 돌려드릴게요."

연희연은 공장에서 빌려준 장비를 아직까지 착용하고 있었다.

이른바 '엘프들의 유산'이라 불리는 '숲속 정기의 장비 세트'.

꽤 희귀도도 높고 비싼 가격대에 팔리는 물건으로, 지상수
가 아끼는 아이템 중 하나였다.

　　강서준은 고개를 가로저었다.

　　"아뇨. 그거 드릴 수 있어요."

　　"네?"

　　"정확히는 물물교환하는 게 어때요?"

　　강서준의 시선은 연희연의 목걸이에 닿았다. 연희연도 그
걸 눈치챘는지 자기 목걸이를 매만지더니 중얼거렸다.

　　"역시 이 목걸이는 사연이 있는 아이템이었군요."

　　"네. 혹시 교환해 주실 수 있어요?"

　　연희연은 다행히 고개를 끄덕였다.

　　"물론이죠. 어차피 제 물건도 아니었는걸요."

　　"네?"

　　"김정수 할아버지의 유품이에요. 그분이 예전에 자신은
쓸 일이 없을 거라며 저에게 주신 거거든요."

　　"아아……."

　　연희연은 목걸이를 바로 해제하며 말했다.

　　"오히려 제가 너무 많이 받는 것 같아 미안해요. 목숨도
구해 주셨는데 이렇게 고가의 장비도 챙겨 주시고……."

　　"아뇨. 사실 이 목걸이가 아니더라도 그 장비는 드릴 생각
이었습니다."

　　"네?"

"연희연 씨가 앞으로 할 일이 많을 것 같거든요."

연희연은 현시점에서 송도 캠프를 책임지는 자리에 있다고 해도 과언이 아니었다. 또한 그뿐만이 아니더라도 그녀가 가진 스킬은 앞으로 꽤 유용하게 쓰일 것들이 많았다.

'힐러면서 탐색 계열 스킬이라.'

여태 생존에 급급해서 전혀 발아(發芽)하진 못했지만, 강서준은 그 특징을 가진 존재를 누구보다 잘 알았다.

거두절미하고 연희연은 재능이 있다.

'성녀가 될 자질이 있어.'

마일리가 성녀가 된 비결이 뭐겠는가.

김훈이 치료술에 특화된 이유는 또 무엇일까.

'모두 탐색 스킬을 가졌기 때문이야. 힐러에게 탐색 스킬은 귀하디귀한 보물이니까.'

인체의 곳곳을 직접 볼 수 있다는 건 치료할 때 대단한 이점이 된다.

배가 아픈데 가슴을 치료하는 것만큼 비효율적인 것도 없으니까.

'재능이 있다면 투자는 아끼지 말아야지. 만약 성녀와 비슷한 스킬만 얻어 낸다면……'

향후 한국에서의 던전 공략은 훨씬 쉬워질 것이다. 강서준은 그런 속내를 숨기고 일단 연희연이 건넨 목걸이를 손에 쥐었다.

[장비, '도깨비 목걸이'를 습득했습니다.]

　예상대로 이 목걸이는 '도깨비의 장비'였다. 괜히 그의 감투나 반지가 예민하게 반응한 게 아니었다.

　'그나저나 여기서 이걸 구하게 될 줄이야.'

　강서준은 빛을 토해 내는 목걸이를 빠르게 인벤토리에 수거하고, 연희연을 뒤로한 채 잠시 송도 캠프를 벗어났다.

　근처에서도 인적이 약간 드문 곳. 주변을 살펴 인기척이 없는 걸 확인한 그는 다시 목걸이를 밖으로 꺼내 보였다.

　찬란한 빛이 더더욱 강해져 있었다.

　"여태 이런 적은 없긴 한데."

　이렇게 빛을 내며 자기주장을 하고 있다라······.

　강서준은 미간을 좁히며 아이템을 내려다봤다.

　어쨌든 도깨비의 장비가 손에 들어왔다면 가장 먼저 해야 할 일이 있었다.

　[칭호, '도깨비의 왕'을 확인했습니다.]

　['왕의 각인'을 시작합니다. |]

　[3, 2, 1······ 0.]

　['도깨비 목걸이'의 각인이 완료되었습니다.]

　['왕의 각인'으로 인하여, '도깨비 목걸이'는 진정한 모습을 되찾았습니다.]

피를 머금고 새로 태어난 놈은 의외의 형태를 하고 있었
다.

'바늘?'

[장비, '도깨비 왕의 수선 도구'를 획득했습니다.]

목걸이엔 구슬이 하나 있었고, 그 속엔 뾰족하게 장식되어
있던 바늘이 담겨 있었다.

그 바늘이 외부로 빠져나온 것.

그리고 의외의 상황은 거기서 끝나지 않았다.

[!]
[당신은 '도깨비 왕의 장비'를 3개 이상 각인시켰습니다.]
['진실의 성물 : 이루리'의 존재를 확인했습니다.]
['도깨비의 비사'를 재생합니다.]

강서준의 눈앞으로 돌연 영상이 재생되기 시작했다.

강서준은 미간을 좁히며 영상을 바라봤다. 거두절미하고
나타난 장면은 어두운 방이었다.

벽면에 자리한 건 수많은 모니터와 정리되지 못한 책상.

가까운 책장엔 정체를 알 수 없는 책이 가득했고, 난생 처
음 들어 보는 음악이 흐르는 곳이었다.

그곳엔 한 남자가 한숨을 푹 내쉬며 앉아 있었다.

—아아…… 이걸 어찌해야 하나.

뭔가 골치 아픈 일을 눈앞에 둔 듯 잔뜩 관자놀이를 꾹 누르던 남자는 자리에서 벌떡 일어났다.

그가 향한 곳인 기다란 테이블 위에는 한 여자가 곱게 잠들어 있었다.

강서준은 저도 모르게 침음을 삼켰다.

—진짜 터무니없는 여자라니까.

그의 말마따나 정말 터무니없는 장면이 아닐 수 없었다.

어깨까지 오는 중단발, 애쉬그레이로 염색한 머리. 겉보기엔 아이돌이라 해도 어색하지 않을 정도로 귀여운 외모.

비록 지금보다 10살은 더 나이 들어 보이지만, 강서준은 이 여자를 알고 있다.

아니, 어찌 모르겠는가.

영상 속 남자는 홀로그램을 주목하며 혼자 중얼거렸다.

—이루리. 24세. 한국인…… 흐음.

재앙의 유성에서 만나, 이젠 강서준에게 떼어 놓으려야 떼어 놓을 수가 없는 '진실의 성물, 이루리'였으니까.

한데 그녀가 느닷없이 이 영상에 나오는 이유가 뭘까. 곰곰이 고민하던 강서준은 금방 납득했다.

'나올 법해. 이루리도 도깨비의 장비니까.'

사실 그녀의 출신이나 여러 가지 모호한 건 많았다. 분명

'한국인'이라 했지만 그녀는 '아이템'이자 'NPC'였던 존재.

'도깨비의 장비'였으며, 꽤 긴 세월을 살아온 듯한 분위기도 풍겼다.

'그녀가 기억하는 해리포터와 내가 기억하는 해리포터가 다르기도 했지.'

일전에 드림 사이드 1의 낙원에서 이루리는 '9와 4분의 3번 승강장'을, '9와 4분의 3번 선착장'이라 했다.

그걸로 막연하게나마 추측할 수 있는 게 있다.

'이루리는 어쩌면 나와 다른 세계에 살았던 걸지도.'

평행 세계처럼 비슷하지만 확연히 다른 '한국'에.

'일단…… 더 봐 보자.'

강서준은 더욱 신중을 기하며 영상에 집중하기로 했다. 아무래도 오랫동안 품었던 의문 한 가지를 풀어낼 수 있을 듯했다.

마침 슬슬 의식이 드는지 영상 속, '이루리'는 신음을 내며 서서히 몸을 일으켰다.

남자가 물었다.

-정신이 좀 듭니까?

-……여긴?

-제 방입니다. 누추하지만 편히 있어요.

이루리는 몇 번 눈을 껌뻑이더니 주변을 둘러봤다. 통증도 있는지 미간을 곱게 찌푸리던 그녀는 나지막이 중얼거렸다.

-진짜 누추하네요.

-…….

-그나저나 제가 어떻게 된 거죠? 기억이 희미한데.

남자는 어깨를 으쓱이며 이루리에게 물을 건넸다. 약간 의심하는 눈초리였지만 그녀는 호의를 거절하진 않았다.

-별거 아닙니다. 기억을 제가 조금 봉인했어요.

-푸흡! 뭐라고요?

-아무리 누추한 곳이라지만 너무하시네. 기계한테 물은 젬병인 거 몰라요?

툴툴대면서 남자는 수건을 가져와 이루리가 뿜어낸 물을 닦아 냈다. 그리고 이루리에게도 손수건을 건네며 물었다.

-어디까지 기억해요?

-……콘솔을 발견한 것까지는 얼추.

-와, 당신 진짜 미쳤군요.

남자는 쓰게 웃으며 말했다.

-봉인도 완전히 되질 않잖아? 이래서 천재는 귀찮다니까.

이루리는 한껏 경계하는 눈빛으로 남자를 바라봤다. 하지만 남자는 툴툴대기만 할 뿐 크게 무언가를 하려는 눈치는 아니었다.

-당신이 뭘 하려 했는지는 기억해요?

-물론이죠. 이 빌어먹을 세계를 멈추려고…….

-그만. 그게 당신이 기억을 잃은 이유입니다.

-네?

남자는 벽면에 가득한 모니터로 시선을 돌렸다. 그곳에선 수많은 사람이 몬스터를 상대로 전투를 벌이고 한창 사선을 넘나들고 있었다.

-당신은 넘어선 안 될 선을 넘었거든요.

-……제가 성공한 거군요.

-네. 저도 당신이 여기까지 도달할 줄은 상상도 못 했습니다.

남자는 크게 한숨을 내뱉더니 이루리를 돌아보며 말을 이었다.

-저도 나름 괴짜라 불리지만, 당신처럼 규격을 벗어난 사람은 처음입니다. 정말 대단해요.

-비꼬는 겁니까?

-아뇨. 칭찬이죠.

순수하게 박수까지 치면서 이루리를 칭찬하던 남자는 돌연 표정을 싹 지우더니 말했다.

-하지만 당신의 노력은 헛되게 될 겁니다.

-네?

-제 힘으로 어찌 막고는 있지만, 머지않아 당신은 시스템에 의해 '버그'로 분류될 테니까요.

남자의 말은 아직 끝나지 않았다.

-결국 당신이 저지른 일은 지워지지 않아요. 시스템도 당

신이란 존재를 용납하지 않을 겁니다.

－……전 삭제당하겠군요.

－네. 당신이 곧 마주할 미래입니다.

그리고 남자의 말에도 이루리의 안색은 어두워지지 않았다. 되레 눈을 빛내며 그녀가 물었다.

－절 이곳에 데려온 데에는 이유가 있겠죠. 관리자 씨?

－……진짜 너무 똑똑하다니까.

남자는 대뜸 손을 내밀었다.

－이루리 씨. 그래서 제안하고자 합니다. 어때요, 한번 들어 보시겠어요?

남자는 무어라 더 중얼거렸지만 더는 강서준에게 들리진 않았다. 아무래도 영상은 일부러 음소거가 된 듯했다.

그리고 남자의 말이 길어질수록 이루리의 표정은 썩은 것처럼 구겨졌다. 이내 고개를 절레절레 저으며 약간의 짜증도 뱉어 냈다.

다시 영상의 소리가 돌아왔다.

－고생을 좀 하겠지만 이것 말고는 방법이 없죠. 제 말 이해하시겠죠?

이루리는 결국 고개를 끄덕이며 남자의 제안을 받아들였다. 남자는 한껏 미안한 얼굴로 이루리에게 몇 마디 말을 더 건넸다.

그리고 그녀의 방의 한쪽에 자리한 한 상자로 들어가도록

했다.

'저건······.'

강서준은 상자를 보고 저도 모르게 그 정체가 무언지 바로 깨닫고 있었다.

만약 이루리가 저 남자에 의해, 그러니까 '관리자'에 의해 지금의 상태가 되었다면.

저 상자의 역할은 하나였다.

'아이템화 시키는 상자.'

리오 리카온을 '신뢰의 성물'로 만들었던 물건과 비슷한 것이다.

─자, 그럼······.

한편 상자를 바라보던 남자는 고개를 들더니 돌연 강서준을 바라봤다. 그럴 리는 없겠지만 분명 시선이 마주친 것 같은 기분이 들었다.

그는 씨익 웃으며 말했다.

─그녀를 잘 부탁합니다.

['도깨비의 비사'가 종료됩니다.]

그렇게 끝나 버린 영상.

강서준은 잠시 허공을 응시하다 헛웃음을 터뜨리고 말았다.

'이게 도깨비의 비사라고?'

대관절 도깨비의 비사에 이루리는 물론, 관리자가 등장한 이유를 뭐라 설명해야 할까.

불현듯 라이칸이 해 줬던 도깨비의 과거가 떠올랐다.

'도깨비는 몬스터가 아니라 이종족 계열의 NPC라 했지.'

방황하는 영혼을 위로하며 그들을 저승으로 돌려보내던 '반신'에 가까운 종족.

하지만 언젠가 타락하여 영혼을 멋대로 다루고, 강해지고자 영혼을 먹기까지 했단다.

그건 큰 '화'를 불렀고…….

영혼을 다루는 도깨비의 능력은 오직 '도깨비감투'에 봉인됐다고 알려져 있었다.

하지만 종전의 영상을 보고 나니 그 모든 것들이 새삼스럽게도 다르게 비춰진다.

'영혼은 기억의 덩어리고, 게임에서 기억은 고작 데이터 덩어리인 법이지.'

그렇다면 '영혼을 다스리는 존재'는 즉 '데이터를 다스리는 존재'라고 볼 수 있다.

그리고 드림 사이드에서 데이터를 다스리는 존재를 무어라 부를 수 있을까.

강서준은 미간을 좁혔다.

"도깨비는 채널의 관리자였었구나."

터무니없는 결론을 도출해 낼 수 있었다.

❁

이후 한동안 송도 캠프는 꽤 평화로운 하루를 보낼 수 있
었다.

부산 전역으로 흩어져 개별 부대로 움직이는 백귀들.

그쪽에 시선이 몰린 탓에 리카온 제국인이나 악마는 송도
캠프까지 찾아오지도 못한 것이다.

근방의 몬스터도 강서준의 영혼 부대가 수시로 순찰을 돌
아, 접근하기 전에 막아 낼 수 있었다.

물론 이 모든 게 가능해진 건 아무래도 단 하나의 아이템
덕이리라.

[장비, '도깨비 왕의 수선 도구'를 발동합니다.]

강서준은 내구도가 잔뜩 소모된 영혼을 눈앞에 두고 바늘
을 이리저리 휘저었다.

한 땀 한 땀, 영혼을 꿰매는 고생은 필요했지만 이기어검
술을 응용하니 대단히 어렵진 않았다.

"자, 전장으로 돌아가라."

수선을 마친 오우거의 영혼들이 빛과 함께 소멸했고, 멀리

오가닉의 근처로 도달했다는 신호를 보내왔다.

이 또한 수선 도구를 얻으면서 바뀐 점이다.

'백귀에게 영혼을 대여해 줄 수 있을 줄이야.'

도깨비 장비를 도합 '네 개'를 모으니 새로운 칭호 스킬이 생겨났다.

이름하야 '영혼 대여'.

강서준은 원하는 대상에게 소유한 영혼을 대여해 줄 수도 있게 됐다. 물론 이 능력은 백귀에게만 국한된 게 아니다.

다른 플레이어도 가능했다.

'단 하나. 나를 한 치의 의심도 없이 신뢰해야 한다는 괴랄한 조건만 통과한다면 말이지.'

영혼이 굴복한 백귀야 그 조건은 달성하고도 남았다. 나머지는 누군가가 그를 얼마나 믿느냐에 달렸겠지.

"어쨌든 이걸로 시간은 더 벌겠어."

한편 영혼 대여의 효능은 단순히 백귀들의 영혼을 멋대로 다룰 수 있는 정도가 아니었다.

사실 영혼을 다루도록 만드는 건 강서준의 명에 의하여, 이전에도 계속 가능하던 일.

특이점은 다른 쪽이었다.

'더는 내 마력을 빼 가질 않는다는 거야.'

영혼 대여는 말 그대로 영혼을 백귀에게 빌려주는 걸 의미한다. 즉, 영혼을 소환할 때나 움직일 때 필요한 마력도 백귀의 것을 사용하는 것이다.

'물론 최초의 마력은 내 걸 쓰겠지만⋯⋯ 유지할 때 드는 비용이 없는 게 어디야.'

결국 '도깨비 왕의 수선 도구' 하나 늘었다는 이유로 강서준의 부담은 훨씬 줄어들었다.

영혼을 활용하는 공격 자체가 대단히 가성비가 좋아진 것이다.

뚜르르–.

영혼 수선을 마치고 잠시 휴식을 취하는 사이, 벨소리가 울렸다.

스마트폰에 찍힌 번호는 익숙했다.

"언제 또 전화까지 연결했대?"

링링이었다.

–원래 처음이 어려운 법이야. 한 번 길을 열어 놓으면 확장은 쉬워.

"아무렴 그러시겠지."

–그보다 곧 1차 지원군이 도착할 거야. 도착 지점은 진정산 인근이고.

"꽤 빠르네? 이러다 포탈을 완전히 완성해 버리는 거 아니야?"

이에 링링은 혀를 차며 답했다.

–그건 아직 무리야. 아무리 나라도 '포탈 코어'를 직접 보질 않는 한 그걸 이용할 수 있는지는 모르는 일이라고.

약간 아쉬운 답이었지만, 강서준은 바로 긍정할 수밖에 없었다.

그녀가 아무리 똑똑하다고 해도 이계의 물건을, 곧바로 써먹을 수 있게끔 개발한다는 것 자체가 말이 안 되니까.

－뭐 시간문제겠지만.

그럴 것이다.

포탈 코어란 본래 차원 게이트의 핵심 부품이었고, 차원 게이트는 곧 포탈이었으니까.

링링이라면 언젠가 반드시 포탈 코어를 십분 활용한 방법을 찾아낼 것이다.

－일단 지원군이 가는 걸로 만족하라고.

제아무리 그녀의 포탈이 편도라고 해도, 수적 열세에 몰린 부산의 상황에선 누군가 오는 것만으로도 이득이다.

부산 사람들을 서울로 대피시킬 수는 없으니, 이곳을 요새처럼 더욱 강화하는 것이다.

－이렇게 많은 인원을 보낼 수 있게 된 건 다 안테나 덕이야.

"그걸 설치한 우리 덕이겠지."

－그거나 그거나.

링링이 말하길 이번 1차 지원군은 아크 3대 길드에서도 정예군을 뽑아서 보냈다고 한다.

아마 몇몇은 안면이 있을 것이다.

－그나저나 연락을 한 건 그 때문이 아니야.

"응?"

—이번 지원군엔 리오 리카온도 함께할 거야.

리오 리카온

0116 채널, 리카온 제국의 5황자.

강서준은 링링에게서 그 말을 듣자마자 진정산 인근에서 마력이 기묘한 뒤틀림을 생성한다는 걸 깨달았다.

모르긴 몰라도 아크의 지원군이 이제 막 도착하고 있었다.

강서준을 그곳을 보며 말했다.

"리오 리카온이 온다고?"

—응. 이번에 온건파 인원을 포로로 잡았다며.

"그랬지. 아마……."

강서준은 약간 떨떠름한 목소리를 냈다. 이를 눈치챘을까. 링링이 바로 지적해 왔다.

—아마?

강서준은 고개를 주억거리며 허공에서 수많은 사람이 나타나는 걸 확인했다.

아크에서 파견 온 1차 지원군.

송도 캠프의 사람들은 갑작스러운 상황에 당황하며 비명을 질렀고, 몇몇은 되도 않는 무기를 꼬나 쥐고 경계하기도 했다.

강서준은 1차 지원군 중에서도 나한석과 함께 넘어온 한 사람을 가만히 바라봤다.

그리고 나지막이 말했다.

"죽었어."

-응?

"그 포로들. 갑자기 죽어 버렸다고."

원인불명의 죽음

링링의 포탈을 넘어온 이들은 대개 낯익은 사람들이었다.

아리수 길드, 수호 길드, 진리의 추구자…… 그리고 아크의 경비를 담당하는 PP까지.

특히 강서준이 눈여겨본 사람은 실로 오랜만에 마주한 '김강렬 대위'였다.

"자, 잠시만요…… 우욱!"

다만 재회의 기쁨을 누릴 새도 없이 김강렬은 헛구역질을 하며 입을 틀어막았다.

1차 지원군 중 대다수는 그렇게 바닥에 오색빛깔 전을 부치고 있었다.

"이해해요. 처음엔 다들 그렇지."

최상위 랭커라 분류되는 '나도석'이나 '지상수'조차 멀미로 잠시 휴식을 가져야만 했다.

오죽했으면 차원 이동할 때나 나타나는 메시지를 띄웠던가.

그나마 상태가 괜찮은 건, 이미 차원을 넘어 본 적이 있는 '나한석'이나 '리오 리카온' 정도였다.

"후우…… 이제 괜찮습니다."

김강렬은 핼쑥한 안색으로 다가왔다. 또한 그의 곁엔 더더욱 친근한 얼굴들이 많이 보였다.

로테월드에서 함께 고립됐던 부대원들이나, 리자드맨의 우물에서 함께 싸웠던 전우들.

그리고 드림 사이드 1에서부터 함께했던 '김시후'도 있었다.

"김강렬 대위님의 팀에 들어간 줄은 몰랐는데."

"그렇게 됐어요. 워낙 제가 뛰어나니까."

불현듯 서울을 탈환하는 과정에서 확인했던 김시후의 고향이던 '도봉동'을 떠올렸다.

그곳은 거의 흔적조차 남질 않고 파괴되어 있었다. 과연 김시후는 이 사실을 알까? 아직도 부모님의 안부를 궁금해하던 녀석의 얼굴이 아직도 눈에 선했다.

다행히 지금 김시후의 얼굴은 괜찮아 보였다.

'……하지만 알고 있겠지.'

슬픔을 느낄 여유가 없을 뿐이다.

세상은 바쁘고 미쳐 돌아가고 있으니까.

1년을 고생해도 아크는 아직 경기권을 전부 탈환하지 못했다.

거기다 이번엔 정규 업데이트로 이 세계의 난이도는 한층 더 올라가고 말았다.

누군가를 잃은 걸 슬퍼할 시간?

그런 걸 충분히 주면서 플레이할 수 있다면, 이 게임은 더 이상 '드림 사이드'라 부를 수 없을 것이다.

드림 사이드는 친절하지 못하다.

결국 김시후도 일에 치여 '상실의 고통'쯤은 잊고 지낼 수밖에 없다.

'그런 세상이니까.'

부모님을 잃거나, 형제, 자매, 친구나 애인을 잃는 건 너무나도 흔해 빠진 사연이 된 세계다.

비록 오픈 초기부터 드림 사이드 1으로 난입된 그였지만, 설마 이런 미래를 상상해 보지 못한 건 아닐 터.

강서준은 멀미를 덜어 내고 의젓한 모습으로 부산 사람들에게 다가가는 김시후를 바라봤다.

원래라면 공부나 하고 있어야 할 학생이 최전방에 나서 사람들을 위로하고 있었다.

"강서준 님. 안내를 부탁드려도 될까요?"

"네. 이쪽으로 오세요."

강서준은 김강렬을 데리고 일단 연희연에게 향했다.

현재 송도 캠프의 리더는 그녀였다.

훈련소에서도 많은 플레이어를 구출해 냈지만, 거의 만장 일치로 연희연을 대표로 선출했기 때문이다.

생각보다 연희연을 지지하는 사람이 많았다.

'얼마 보진 않았지만 확실히 연희연 씨는 사람을 잡아끄는 뭔가가 있으니까.'

그녀는 아직 세공되지 못한 원석이다.

성녀의 자질은 물론, 사람들을 이끄는 리더의 자질마저 보이고 있었다.

강서준은 임시 치료소로 가는 길목에도 벌써 정비된 풍경을 확인할 수 있었다.

연희연이 이곳으로 복귀하자마자, 사람들을 곳곳에 배치하여 필요한 일을 하게 만든 결과였다.

'적재적소에 필요한 능력을 배분하는 일이야말로 리더의 자질이지. 어지간한 사람이 할 수 있는 게 아니야.'

해서 강서준은 다른 사람들이 그러했듯, 그녀를 벌써 부산의 대표로 인식하고 있었다.

앞으로 부산에서의 작전을 수행하려면 이쪽 토박이인 그녀의 도움은 필수가 될 것이다.

"안쪽에 연희연 씨가 계실 겁니다. 나머지는 그분과 얘기를 나누시면 돼요."

"고맙습니다. 그리고 다시 만나…… 정말 다행입니다."

강서준은 쓰게 웃으며 천막으로 들어서는 김강렬을 일별했다.

부산에서 펼쳐질 작전 회의에 강서준도 함께하면 좋겠지만, 당장 중요한 일이 있어서 나중에 서면으로 듣기로 한 것이다.

무엇보다 굳이 그가 나설 일도 아니었다. 이미 충분히 뛰어난 인재들이 참여하고 있었으니까.

"그럼 우리도 할 일을 하러 갈까요."

"기다리고 있었습니다."

강서준은 여태 옆을 졸졸 따라다니며 눈을 빛내는 리오 리카온을 마주했다. 하지만 기대에 가득 찬 그 눈빛에, 뭐라 위로를 건네야 할지 모르겠다는 생각만이 들었다.

"일단…… 보고 마저 얘기를 하죠."

거두절미하고 강서준은 송도 캠프의 한쪽에 마련해 둔 특수한 천막으로 향했다.

안쪽에선 최하나와 나도석이 기다리고 있었고, 더 안쪽엔 핏기 없이 싸늘한 주검이 된 두 사람이 누워 있었다.

리오 리카온도 당황한 얼굴로 그들에게 다가갔다.

"칼? 니나……?"

역시 아는 사이였나 보다.

두 사람을 둘러보며 어린 황자는 닭똥 같은 눈물을 몽글몽글 떨어트렸다.

그 애처로운 모습에 미간이 구겨졌다.

"치료한다고 했지만 결국 원인불명의 이유로 사망했습니다. 지키지 못해 미안합니다."

만약 이들을 캡슐에서 꺼내질 않았다면 아직도 살았을까.

저토록 슬피 우는 걸 보면 괜한 짓을 한 것 같아 미안해진다.

그리고 한편으로는 의문이 떠오른다.

강서준은 아직 애도하는 리오 리카온을 뒤로하고 나한석에게 다가갔다.

"사실 이상한 게 있어요."

"네?"

"저 사람들…… 보통 죽으면 시체가 사라지거든요."

나한석은 똑똑한 사람이었다. 강서준이 하는 말의 저의를 바로 알아차리고 되물었다.

"마치 우리가 게임을 하던 때와 같군요."

"네. 근데 이들은……."

"……사라지지 않았군요."

아마 '원인불명의 죽음'은 억지로라도 납득할 수 있을 것이다.

저들은 지구인이 아니니까.

옛날 영화 중에 〈우주전쟁〉을 보면, 지구를 침략한 외계인은 고작 '미생물'에 의해 사망했다는 설정이 있었다.

즉 갖다 붙이면, 리카온 제국인은 지구에 적응하지 못하여 '미생물과 같은 원인불명의 이유'로 죽었다고 볼 수도 있었다.

진짜 문제는 그 이후였다.

'죽음은 그렇다 쳐. 왜 이들의 시체가 사라지지 않는 거지? 어째서 죽은 뒤의 상태가 달라진 걸까.'

그리고 이것이야말로 리카온 제국인에게 있어 '아킬레스건'과 같다는 사실을 알 수 있었다.

모르긴 몰라도 '시체'가 남았다는 건, 저들이 '로그아웃'된 게 아니라 진짜 죽었다는 걸 의미하니까.

'리오 리카온이 저토록 우는 걸 보면 더욱 확실해져. 저들은 진짜 죽은 거야.'

한껏 애도를 표하며 울음을 흘리던 리오 리카온이 겨우 진정하며 다시 입을 연 건 조금 뒤의 일이었다.

"저쪽에서 죽은 겁니다."

"네?"

"칼과 니나는 제국에서 살해당한 거라고요."

그 말에 강서준은 망치로 머리를 두드려 맞은 듯한 충격을 느낄 수 있었다.

생각해 보면 간단한 문제였다.

'캐릭터가 아니라 플레이어가 사망한 경우.'

드림 사이드 1에서 캐릭터의 죽음은 진짜 죽음을 의미하지 않는다. 하지만 이를 플레이하는 플레이어의 죽음은 캐릭터의 영원한 죽음과도 같다.

로그인 자체가 안 되니까.

리오 리카온은 눈물을 슥 닦고는 이젠 눈에 분노를 담아 말했다.

"다만 납득하진 못하겠어요. 감히 어떤 놈이 칼과 니나를 살해한 건지……."

"이 두 사람은 조금 특별한 위치에 있었습니까?"

"일반적이진 않아요. 황실 친위 기사단 소속이니."

칼 이보와 니나 브리츠는 5황자의 친위 기사단에 속했다. 그래서 어렸을 때부터 친하게 지낸 사이였고, 그만큼 슬퍼했던 것이다.

"감히 내 기사들에게 손을 대다니!"

작디작은 꼬마 황자로부터 무시무시한 살기가 느껴졌다. 이 녀석도 얕볼 수 없는 레벨을 가진 강자라는 걸 실감하게 된다.

분노를 마음껏 표출하던 리오 리카온이 이를 바스라질 듯 깨물더니 말했다.

"본국에 변고가 생긴 듯합니다. 아마 계획에도 차질이 생겨나겠죠."

그러더니 리오 리카온이 중얼거린다.

"어쩐지 이상하다 했어요. 제아무리 강경파의 의지가 강하다고 해도, 이쪽으로 넘어온 이들은 죄다 침략질만 일삼고 있었어요. 그건 말이 안 되는 얘기죠."

리카온 제국의 정세는 크게 둘로 나뉜다.

한데 현시점에서 연결이 닿은 도시마다 말하는 건, 리카온 제국인들이 지구인들을 공격한다는 사실이었다.

모두 '강경파' 쪽 인원들인 것이다.

"뭐든 일이 이상하게 돌아가는 건 분명해요. 젠장……!"

욕지거리를 내뱉던 리오 리카온은 심호흡을 하더니 말했다.

"아무래도 계획을 바꿔야겠어요."

본래의 계획대로라면 초기 포탈을 타고 넘어온 온건파들을 규합하여, 협상을 진행하고 상황을 다르게 전개시키려 했을 것이다.

싸우는 것보다 평화롭게 일을 처리할 수 있다면 그보다 좋은 것 없을 테니까.

하지만 상황은 협상이고 나발이고 모든 게 엎어질 위기였다.

계획은 이미 망가지고 말았다.

'이대로면 전면전이겠지.'

부산으로 넘어올 '차원 게이트'는 막아도, 놈들의 군세를 막을 수 있는 건 아니다.

전 세계에 흩어진 '마족의 알'.

그리고 그곳을 위주로 등장하는 리카온 제국인들.

그 모두를 동시에 막을 수는 없다.

"돌아가야겠어요. 본국의 상태를 확인해 보는 게 우선입니다."

강서준은 고개를 주억거리며 그 의견에 긍정했다.

"하지만 돌아갈 방법은 있습니까?"

"네?"

"지구에서 리카온 제국으로 넘어가는 길은 이미 막힌 걸로 압니다."

포탈 던전에서 그러했듯, 리카온 제국에서 지구로 넘어오는 건 가능해도…… 여기서 그쪽으로 넘어가는 건 불가능한 일이다.

드림 사이드 1의 NPC가 아무리 날고 기어도 지구로 건너 갈 수 없었던 과거와도 같은 문제다.

한데 리오 리카온이 의외의 답을 내놨다.

"방법은 있습니다. 당신들 세계의 대리자를 만났으니까요."

"……대리자라고요?"

"아마 당신들의 말로는 '관리자'라 하겠죠."

말하자면 0115 채널의 관리자를 만났다는 것이다.

"그는 저희 제국의 대리자를 몹시 불쾌하게 여기고 있었습니다. 권력 남용이라며 몹시 화를 냈죠."

그럴 만도 했다.

만약 '마족'의 일이나, '리카온 제국의 침공'이 전부 0116 채널의 관리자가 개입한 결과라면……

0115 채널의 관리자 입장에선 화가 날 법한 일이다. 이 모든 건 채널 운영에 방해가 되는 요소니까.

"대리자로부터 받은 게 있습니다. 그걸 사용하면 돌아갈 수 있어요."

강서준은 잠시 리오 리카온을 바라보며 생각을 정리했다.

급변한 상황에 맞게 그의 머리가 팽팽하게 돌아가고 있었다.

'잠깐…… 이거 잘하면.'

그는 스스로 생각하기에도 터무니없는 작전을 떠올리고야 말았다. 처음엔 말도 안 된다고 생각했지만 갈수록 이것 말고 다른 방법은 떠오르지 않았다.

강서준은 고민 끝에 나지막이 입을 열었다.

"리오 리카온. 당신에게 제안하고 싶은 게 있습니다."

❧

잠시 후, 강서준은 리오 리카온을 제외하고 나머지 일행과

회의를 주최하고 있었다.

부산의 연희연부터 김강렬 대위, 늘 그랬듯 강서준과 함께하는 최하나와 다른 일행들.

그들을 향해 강서준이 입을 열었다.

"다소 터무니없는 얘기처럼 들리겠지만…… 제게 작전이 하나 있습니다."

강서준은 그 내용에 대해서 차분하게 설명을 이어 나갔다. 일행은 고개를 주억거리며 일단 경청하는 눈치였다.

그리고 곧 김강렬이 반대 의사를 표했다.

"너무 위험하지 않겠습니까?"

"물론 위험하겠죠. 하지만 성공한다면 그만한 성과가 따라올 겁니다."

"그건 그렇지만……."

강서준은 일행을 돌아보며 말했다.

"아마 이대로면 협상이고 뭐고 없습니다."

알 수 없는 모종의 일이 리카온 제국에서 벌어지고 있었다.

여기서 추측할 수 있는 건 '온건파'에게 좋은 소식은 아니라는 거다.

'어쩌면 세력 자체가 무너졌을지도 몰라.'

강경파만이 지구로 넘어온다는 사실이 그런 추측도 가능하게 만든다.

"또한 이대로 리오 리카온만 보낸다면 그를 잃을 수도 있어요. 최악의 상황이 될 겁니다."

적어도 그의 친위대가 살해당했다는 건, 리오 리카온 역시 살해당해도 이상하지 않다는 걸 말한다.

아이템으로 변하여 본체로 넘어온 게 아니었다면…… 그는 진즉에 살해당했을지도 모른다.

"그래서 전 리오 리카온을 따라 차원을 넘을 생각입니다. 다소 위험할 수도 있겠지만 이보다 좋은 방법은 없어요."

여전히 걱정이 많은 얼굴로 김강렬이 말했다.

"……강서준 님. 이건 단순히 던전을 공략하거나 달로 올라가는 수준이 아닙니다."

"압니다."

"무려 다른 차원으로 넘어가는 일입니다."

강서준은 고개를 끄덕여 긍정했다.

이번 일의 핵심은 리카온 제국으로 넘어가 직접적으로 온건파 인사를 만나 새로 일을 도모하는 거니까.

하지만.

"다르지 않습니다."

"네?"

"리카온 제국도 사실 큰 던전에 불과하니까요."

강서준은 눈을 빛내며 말했다.

"이건 그저 '드림 사이드 3'를 공략할 뿐인 일입니다."

화성

진정산에서 가장 높은 정상.

멀리 망가진 부산의 풍경이 보이고, 실시간으로 악마 몇이 상공을 비행하는 게 보이는 자리.

강서준은 이곳까지 따라온 김강렬 대위를 돌아보며 말했다.

"뒷일은 잘 부탁합니다."

"……여긴 걱정하지 마세요. 곧 링링 님이 2차 지원군도 보내 준다고 하셨으니까."

이미 잔뜩 넘어온 리카온 제국인이나 소환된 악마들……
도처에 깔린 몬스터까지.

부산은 마계라 불리는 위험한 도시였다.

하지만 이젠 걱정하지 않았다.

무력하게 당할 만큼 아크의 플레이어들은 약하지 않으니까.

"게다가 나도석 님도 함께이지 않습니까?"

강서준은 한쪽에서 잔뜩 서운한 얼굴로 그를 노려보는 나도석을 마주할 수 있었다.

부득이한 일이었다. 부산 도처에 깔린 위험을 알고서도 천외천의 랭커가 전부 쏘옥 빠질 수는 없는 노릇이다.

나도석은 약간 뾰루퉁한 얼굴로 말했다.

"딱히 따라갈 생각도 없었다."

"그렇다고 해 두죠."

"……진심이야."

강서준은 나도석의 말이 의외로 거짓이 아니라는 걸 깨달았다. 그는 진심으로 강서준을 따라갈 생각이 없었다.

"한동안 같이 지내면서 깨달았다. 너의 뒤만 쫓아서는 널 뛰어넘는 건 불가능하겠더라고."

"……"

"강서준. 난 강해질 거다. 감히 누구도 내 위에 올려 둘 생각은 없어."

나도석의 눈에 담긴 강렬한 의지가 느껴졌다.

그리고 새삼스럽지만 깨닫는다.

그는 부산의 상황이고, 정규 업데이트로 벌어진 일이나,

또는 리카온 제국의 침공 따위는 안중에도 없었다는 걸.

그에게 중요한 건 오직 하나다.

'강해지는 것.'

그래서 운동을 했고, 싸웠으며, 지금 이 순간도 아령을 위아래로 흔들며 수련을 멈추지 않는다.

그런 나도석이라면 더욱 강해지기 위해 무엇이든 할 것이다. 그 과정 속에서 부산의 탈환은 그저 부수적인 보상일 뿐이다.

강서준은 씨익 웃으면서 답했다.

"누가 쉽게 져 준답니까?"

두 사람 사이에서 때아닌 열기가 불타오르고, 겨우 준비를 마친 일행은 강서준의 옆에 섰다.

이번 리카온 제국 원정에 나설 사람은 네 명이다.

"전 준비됐습니다."

만반의 태세로 호흡을 가다듬는 김훈은 공간 이동부터 회복까지 해내는 전천후 플레이어.

미지의 세계에서 특히 도움이 된다.

또한 공간 이동 스킬을 가진 플레이어로서, 차원을 넘는다는 건 그만한 숙련치를 챙긴다는 이점도 있다.

"강서준 씨."

두말할 것도 없이, 언제 어디서나 의지가 되는 최하나도 멤버에 포함되어 있었다.

차원 서고에서 같이 수련을 한 덕에 그 수준이 현격히 올라간 그녀였다.

모르긴 몰라도 '켈'과 재대결을 펼친다면 그 결과부터 달라질 것이다.

최하나는 정말 강해졌으니까.

마지막으로 강서준은 감투 속에서 기다리는 충성스러운 백귀들을 둘러봤다.

'이 정도면 전력은 충분해.'

진화한 라이칸부터 오가닉, 로켓…… 그리고 부화를 앞둔 '알리'까지.

부산에서 긁어모은 영혼 부대만 해도 상당했다.

이젠 거의 일개 군단이라 해도 되지 않을까.

강서준은 리오 리카온에게 시선을 돌렸다.

"그럼 가죠."

츠츠츳……!

어느덧 허공에 나타난 건 '문'이었다.

저들의 말로는 '임시 게이트'가 될 거라고 했다. 또한 이쪽의 말로는 '차원 포탈'이라 부를 만한 것이다.

한마디로 이건.

'채널을 변경하는 유일한 방법.'

드림 사이드 3로 넘어가는 길이다.

[칭호, '세계를 넘은 자'를 발동합니다.]
[세계를 넘을 때의 충격을 100% 상쇄합니다.]

거두절미하고 나타난 메시지는 강서준이 제대로 된 길로 들어섰다는 걸 말해 줬다.

붕 떴던 감각이 사라지고 차츰 현실감각이 밀려왔고, 일단 호흡을 내뱉던 강서준은 저도 모르게 고개를 갸웃할 수밖에 없었다.

'메시지가 이게 끝이야?'

분명 드림 사이드 1으로의 이동에선 '로그인' 로그 기록이 생겼다. 지구로 돌아갔을 때도 마찬가지였다.

한데 여기엔 그런 게 보이질 않았다.

강서준은 미간을 좁히며 그 이유를 추측해 볼 수 있었다. 아무래도 떠올릴 수 있는 이유는 하나다.

'아직 시스템이 개입하지 않은 세계.'

정식 오픈을 한 곳과 그렇지 않은 세계는 다르다.

어쩌면 여긴 아직 드림 사이드가 오픈되지 않았던 지구와도 같은 세계다.

'잠깐…… 그러면?'

강서준은 조심스레 인벤토리를 활성화시켰다. 행여나 로

테월드 때처럼 시스템이 제 기능을 발휘하지 못할 거란 걱정이 들었기 때문이다.

파앗!

다행히 인벤토리는 정상적으로 열렸고, 내부의 아이템을 꺼내거나 넣는 것도 무리가 없었다.

시스템은 제 기능을 하고 있었다.

'그저 직접적인 개입만이 없을 뿐인가?'

그나저나 강서준은 어쩐 몸이 조금 무겁다는 생각이 들었다. 아닌 게 아니라, 중력이 두 배는 늘어난 기분이다.

최하나나 나한석, 김훈도 약간 당황한 눈치로 몸을 이리저리 움직여 보고 있었다.

[스킬, '천무지체(S)'를 발동합니다.]

[신체를 전투에 최적화합니다.]

[외부 조건을 수용합니다.]

['화성의 중력'에 적응합니다.]

[3, 2, 1…… 완료되었습니다.]

실제로 지구와 중력이 다른 곳이었던 모양이다. 순식간에 몸동작이 편해진 강서준은 로그 기록을 둘러보다 헛웃음을 짓고 말았다.

'……화성이라고?'

지구가 소속된 은하수는 '수금지화목토천해명'······이라는, 어릴 적 과학 시간에 배운 행성 나열이 떠올랐다.

그중 화성은 제2의 지구라 불릴 정도로, 가장 지구를 닮은 행성으로 알려져 있었다.

하지만 다른 차원으로 넘어왔을 터인 이곳에서 어째서 '화성'이 존재하는 걸까.

'역시 평행 세계구나.'

말하자면 이곳은 '화성'이라 해도 0115 채널의 '화성'과는 다르다.

이루리가 살았던 한국이, 강서준이 살았던 한국과 달랐던 것처럼.

이곳도 비슷하지만 다른 세계다.

'무엇보다 실제 화성의 중력은 지구보다 약해. 몸이 더 무거워질 이유는 없지.'

그리고 우주복 같은 게 없어도 충분히 숨을 쉴 수 있는 것부터 다르다.

산소가 있는 걸까.

중력이 두 배가 된 것과 별개로 대기 중의 물질은 변함이 없는 듯하여 다행이었다.

[스킬, '류안(S)'을 발동합니다.]

강서준은 대기 중에 섞인 공기가 전부 묵직한 마력을 품고 있다는 사실도 알 수 있었다.

어쩐지 숨을 들이마실 때마다 코끝이 간질거리더니…….

'잠깐. 중력이 무거운 이유가 혹시 마력 때문인 건가?'

강서준은 그렇게 대충 생각을 정리하며 일행을 돌아봤다. 최하나 김훈은 달까지 올랐던 멤버답게 벌써 중력에 적응하고 있었다.

"흐음……."

한편 리오 리카온은 한창 주변을 둘러보며 침음을 삼켰다. 구겨진 미간의 주름만큼이나 깊은 고민이 있는 듯했다.

그는 고개를 갸웃하며 입을 열었다.

"……좌표가 잘못됐나?"

"무슨 문제라도 있습니까?"

"이상해서요. 제가 아는 좌표라면 이런 곳은 아니어야 하는데…….."

강서준은 리오 리카온의 시선을 따라 화성을 쭉 둘러봤다.

과학책이나 텔레비전에서 봤던 모습과 똑같이 황무지가 펼쳐져 있었다. 멀리 언덕이 있고, 종종 모래 폭풍이 휘몰아치는 것도 보였다.

아무렴 마력이 이렇게 진동을 하는 곳이다. 재해 정도야 쉽게 일어나도 이상하지 않다.

'블랙 그라운드보다 더한 것 같은데? 거긴 이 정도로 농밀

하진 않으니까.'

근데 리오 리카온이 의외의 말을 꺼냈다.

"몸이 더 무거워진 것도 이상해요. 여기 중력은 이 정도로 세진 않았는데?"

"……원래 이런 곳이 아니었나요?"

"이곳은 좀 더 녹음이 우거진 행성이었습니다. 지구만큼은 아니지만 꽤 발달된 도시도 있었다고요."

녹음이 우거지고 발달된 도시가 있는 행성.

하지만 눈을 씻고 찾아봐도 화성엔 그런 분위기가 단 1도 풍겨나질 않았다.

강서준은 낮게 혀를 차며 리오 리카온에게 입을 열었다.

"좌표가 틀리진 않을 겁니다. 지구의 대리자로부터 받은 물건이라면서요?"

지구의 대리자. 즉 0115 채널의 관리자가 준 물건이 잘못됐을 리는 없다.

만약 잘못된 게 있다면…….

"……설마?"

리오 리카온은 아연실색한 얼굴로 달려 나가기 시작했다.

그가 향한 곳은 가까운 언덕.

그 뒤를 따라 달려 이동한 일행은 황무지 위로 봉긋하게 선 언덕 위에 설 수 있었다.

그곳에서 본 풍경은 더욱 황량했다.

"모든 게 모래에 뒤덮이고…… 마력으로 짓눌렸어요."

리오 리카온은 울 것 같은 얼굴이었다. 그 표정만 보더라도 뭔가 일이 잘못돼도 단단히 잘못됐다는 걸 알 수 있었다.

리오 리카온은 입술을 짓씹더니 말했다.

"데칼 형님. 결국 저지른 거군요."

"……대체 무슨 일인 겁니까?"

데칼의 이름까지 거론되니 궁금증을 참을 수 없었다. 리오 리카온은 피가 날 정도로 입술을 꽉 깨물더니 말했다.

"데칼…… 그 새끼가 이곳으로 '천벌'을 내린 겁니다."

"천벌요?"

"당신들 세계의 말로는……."

그의 시선이 황량한 화성의 풍경으로 향했다.

모든 게 지워져 버린 이 행성의 이유.

"핵을 떨어트린 겁니다."

천벌(天罰).

하늘에서 주는 벌.

우라늄 같은 핵 원료로 만들어지는 핵미사일이 아니라, 마력을 원력으로 구동되는 리카온 제국 특유의 핵미사일이란다.

"빌어먹을, 살인광 새끼들. 이곳엔 싸움을 하지 못하는 평민들도 잔뜩 살고 있었는데!"

나중에 그에게 들은 내용으로는 화성엔 지난 '행성 전쟁'에서 피난 온 수많은 난민이 살고 있었다고 한다.

리오 리카온은 황자 중에서도 특히 평화를 지지하는 5황자였고, 이곳을 거점으로 삼아 그들을 돌봐 왔다.

근데 5황자의 영역이라며 이렇듯 천벌이란 핵미사일이 떨어진 것이다.

어찌 그럴 수 있었을까.

강서준은 이 일이 그의 친위 기사들이 구금되고, 결국 죽음에 이르게 된 일과 연계됐다는 걸 알 수 있었다.

답은 간단했다.

"……내전이군요."

강경파와 온건파의 정치 파벌 싸움은, 결국 서로에게 칼을 겨누는 내전으로 번지고 만 것이다.

아마 결론은 강경파의 승리였겠지.

지구로 넘어온 이들이 죄다 강경파인 이유가 바로 그 때문이다.

"죽일 놈들. 씹어 먹어도 시원찮을 놈들…… 젠장! 젠장! 내가 이곳에 남아 있었더라면…… 으읍!"

그렇게 살기가 가득한 얼굴로 욕지거리를 내뱉던 리오 리카온은 돌연 강서준의 우악스러운 손길에 말문이 막히고 말았다.

그가 의문의 눈빛을 보내왔지만, 강서준은 두 눈을 금빛으로 물들이며 주변을 둘러봤다.

그리고 작은 목소리로 말했다.

"누군가 있어요."

수많은 마력의 흐름 속에서 느껴지는 이질적인 단 하나의 흐름.

강서준은 최하나에게 그곳을 확인해 달라고 부탁했다.

매의 눈으로 그곳을 둘러본 최하나는 고개를 끄덕이며 말했다.

"사람입니다."

그러자 리오 리카온은 말릴 틈도 없이 강서준의 손을 밀어내고, 빠르게 그곳을 향해 달려갔다.

한쪽에서 몰래 서성이던 누군가는 이쪽의 인기척을 알아차리고 빠르게 도망치기 시작했다.

[스킬, '초상비(A)'를 발동합니다.]

물론 스킬 등급을 A급까지 올린 강서준보다 빠를 순 없다. 앞서 달려 나간 리오 리카온을 진즉에 제친 그는 벌써 도망치던 남자의 뒤를 잡았다.

도망치던 남자가 빠르게 몸을 돌려 총구를 겨눈 건 그때였다.

피슈우웅!

창졸간에 발사된 에너지 광선이 강서준의 옆을 스쳤다.

기계성의 로봇이나 쓸 법한 광선총.

"으아아앗! 오지 마아앗!"

한데 도망치는 사람의 상태가 조금 이상했다.

여기저기 찢긴 옷자락.

성한 곳이 없는 몸…….

무엇보다 느껴지는 힘이 미약하다 못해 나약하여, 부산에서 공장에 갇혀 있던 생존자들이 떠오를 정도였다.

제국의 플레이어는 아니었다.

"잠깐…… 잠깐만요!"

뒤늦게 달려온 리오 리카온은 바들바들 떨고 있는 사람을 찬찬히 바라보더니 물었다.

"반 아저씨 아니에요?"

"……네, 네?"

"접니다! 리오요!"

두려움에 바들바들 떨던 남자는 믿기지 않는다는 얼굴로 리오 리카온을 보며 입을 열었다.

"화, 황자님……?"

오직 모래폭풍과 간간이 벌어지는 재난만 남은 땅.

'천벌'이라는 핵미사일이 떨어진 화성은 생(生)의 기운은 눈을 씻고 찾아봐도 찾을 수 없는 곳이었다.

지옥이 있다면 어쩌면 이런 곳이지 않을까.

강서준은 황량할 뿐인 황무지를 걸어 서쪽으로 이동했다.

가는 와중엔 화성의 유일한 생존자인 '반 마코스'의 이야기를 들을 수 있었다.

"저희는 운이 좋았습니다. 천벌이 떨어질 당시엔 게이트 터미널에 있었으니까요."

리카온 제국의 행성 간 이동을 담당하는 '게이트 터미널'.

그곳의 직원인 '반 마코스'는 보통 대기권 밖의 우주에서 일을 한다. 그 덕에 '화성 게이트 터미널'은 참변에서 무사할 수 있었다.

"우린 만에 하나라도 생존자가 있을지 몰라 일단 화성을 둘러보고 있었습니다."

"……그렇군요."

이후 얼마나 더 걸었을까.

언덕을 수 개 더 넘다 보니 멀리 황무지 한쪽에 덩그러니 놓인 우주선을 발견할 수 있었다.

화성 게이트 터미널의 탐사선이었다.

그리고 가까이 접근하자 누군가가 빠르게 달려 나와 무기를 겨누고 경계를 해 왔다.

도합 다섯 명의 군인이었다.

그중 선두에 선 한 사람이 이쪽을 보다 화들짝 놀라며 크게 외쳤다.

"화, 황자님!"

그들은 화성 게이트 터미널의 보안을 담당하던 군인들.

부랴부랴 달려온 남자는 바로 리오 리카온에게 부복하며 물었다.

"괜찮으신 겁니까? 어디 다치신 곳은요? 설마 화성에 계셨던 겁니까! 크윽…… 저의 불충을 용서하십시오!"

속사포처럼 쏟아 내더니 대뜸 울음을 터뜨리기 시작했다. 단숨에 대체 어디까지 생각하고 말을 하는 걸까.

리오는 쓰게 웃으며 남자에 대해서 설명해줬다.

"제 보모이자 검술 스승인 '킨 멜리'입니다. 킨은 과보호가 심한 편이죠."

"황자님! 얼른 안으로 드시죠! 진단부터 제대로 받으시는 게……."

"킨. 호들갑 떨지 마."

리오 리카온은 딱 잘라서 거절하며 킨의 어깨를 두드렸다. 그는 여전히 걱정이 많은 얼굴이었지만 더는 입을 열 수 없었다.

다만 물가에 내놓은 아이를 보는 듯한 절박한 시선은 사라지질 않았다.

"그보다 상황을 브리핑해 봐."

"……네, 알겠습니다."

고개를 주억거린 킨은 황자를 호위하며 바로 우주선으로 진입했다.

자세한 브리핑은 조종실에서 이어 갈 것이다.

'그나저나…… 대단하군.'

강서준은 탐사선을 쭉 둘러보며 나지막이 침음을 삼켰다.

대단히 큰 크기는 아니었지만, 이런 고차원의 우주선에 탑승하게 될 줄은 상상도 못 했기 때문이다.

이건 아직 지구의 기술력으로는 상상도 못 할 물건이다. 일전에 달에 올라가려고 탔던 광로호가 원시적으로 보일 정도다.

'뭐 당연하다면 당연한 일이야. 여긴 행성 전쟁까지 벌인 세계관이니…….'

물론 그렇다고 지구가 리카온 제국에 부족하다는 얘기가 아니었다.

성장의 방향이 달랐다.

리카온 제국은 오직 행성을 점령하기 위해서 과학과 마법을 극한까지 끌어올린 세계관.

대신 그들은 '문화'를 잃었다.

실제로 리카온 제국에는 '게임'이나 '음악', '미술' 같은 개념이 상당히 모호했고, 정치적으로도 애매한 지점에 있었다.

여태 '봉건제'를 줄곧 유지한 건 둘째로 치더라도, 단 한 번도 '민주주의'나 다른 이념이 성립된 적이 없다고 한다.

그들은 그저 빼앗기 위해 싸웠고, 지키기 위해 싸웠다. 이번에 새로 대두된 '온건파'조차 리카온 제국에선 돌연변이 같은 존재였던 것이다.

"이쪽입니다."

한편 그들을 탐사선의 조종실로 안내한 킨 멜리는 바로 홀로그램부터 허공에 띄웠다.

"저흰 천벌이 떨어진 이후로 지속해서 화성을 탐사해 왔습니다. 마력 폭풍이 잠잠해지길 기다렸고, 어느 정도 가라앉았을 때 가장 먼저 벙커부터 확인했죠."

그 말을 증명하듯, 홀로그램엔 여태 터미널 직원들이 발로 뛰어 촬영한 영상들이 재생되고 있었다.

화성에 즐비한 수 개의 벙커들.

확실히 전쟁을 대비한 건물답게 외관에 부서지고 망가진 흔적은 많지 않았다. 천벌 정도는 버티는 기관이었다.

또한 협곡이나 어느 깊숙한 절벽 아래에 숨겨져 있었으니, 외부 공격엔 방비가 되어 있다고 볼 수도 있다.

치칙…… 치지직!

문제는 영상 속에 드러난 벙커 내부는 마치 폭탄이라도 터진 듯, 잔뜩 망가지고 부서져 있었다는 거다.

강서준은 짧게 혀를 차며 상황을 이해했다.

"안쪽에서 당한 거군요."

"……네."

강서준은 벙커에서 유일하게 외관으로 구멍이 난 몇 개의 부위를 주목할 수 있었다.

"철골이나 구조물이 바깥으로 튀어나와 있어요. 이건 안쪽에서 뭔가가 터진 흔적입니다."

제아무리 단단한 성벽이라 해도, 내부에서부터 공략된다면 쉽게 무너질 수밖에 없다.

누구나 바깥에 대한 방비는 해도, 뒤통수는 무심코 대비하질 않기 마련이니까.

'화살이 밖에서 날아오지. 안에서 날아올 줄 누가 알겠어.'

강서준의 말에 킨 멜리는 홀로그램을 조작하더니, 벙커 내부의 영상을 송출했다. 이번엔 벙커의 관리실이었다.

"이 남자의 말이 맞습니다. 벙커는 천벌에 당한 게 아닙니다."

벙커의 관리실엔 싸늘한 주검이 여럿 널브러져 있었다.

모두 리오 리카온이 아는 사람들이었다.

"라피스 아저씨……."

또한 문제는 이들의 사인이 총상이라는 점에 있다. 리오 리카온은 한숨을 내쉬며 말했다.

"……내부자의 소행인 겁니까."

"아무래도요. 벙커는 몰라도 관리실은 아무나 들어갈 수 있는 곳이 아니니까요."

벙커는 전쟁을 대비한 장소이니만큼 보안이 탁월했다. 그중 관리실은 외부의 공격으로부터 반드시 안전해야 할 위치.

만약 벙커 안에서 공격을 당했다고 해도 수많은 보안장치를 뚫어야만 겨우 관리실에 도달할 수 있다.

즉 관리실의 사람들이 당했다는 건, 그곳에 진입할 수 있는 '내부자'의 배신이 아니고서야 설명이 되질 않는다.

"한 곳도 아니고 여러 벙커가 전부 같은 방식으로 당했어요. 결코 우연이 아닐 겁니다."

"다른 곳도……."

킨 멜리는 차마 하기 싫은 말을 꺼내려는 듯 미간을 잔뜩 찌푸리며 입을 열었다.

"간부 중에 배신자가 있다고 생각하는 게 가장 합리적인 추론입니다."

인정하고 싶진 않지만 리오 리카온도 납득할 수밖에 없었다.

누군가가 배신을 했고, 그 때문에 벙커의 문이 제대로 닫히지 않거나…… 안쪽에서부터 당한 공격에 속수무책으로 사람들이 죽은 것이다.

'밖에는 천벌, 안에서는 습격.'

안팎에서 벌어진 공격은 결국 화성의 생존자들을 멸살했다고 해도 과언이 아니었다.

마지막으로 킨 멜리가 참담한 얼굴로 입을 열었다.

"그리고 오늘 마지막 벙커를 확인한 참입니다."

뒷말을 잇질 않아도 이미 그 말을 들은 기분이었다. 저 표정만 봐도 알았다. 아마 다른 벙커와 똑같은 상태라는 거겠지.

결국 생존자는 없다.

"정말 죄송합니다."

"아뇨, 당신이 죄송할 일이……."

"황자님이 아끼신 곳인데 지키지 못한 제 불찰입니다. 저를 필히 벌하여 주십시오. 제 목을 베어 주십시오!"

과할 정도로 충성심이 강한 남자였다.

킨 멜리는 리오 리카온이 말리지 않는다면 정말 할복이라도 할 기세였다.

그때 도깨비감투가 자잘하게 흔들렸다.

꽤 감정이 요동치는 걸 보면, 한 녀석이 큰 감명이라도 받은 모양이다.

강서준은 미간을 찌푸리며 속으로 말을 걸었다.

'걱정돼서 말하는 건데, 넌 저런 거 따라 하지 마라.'

—와, 왕이시여…… 제 충정은 저자보다 드높습니다. 감히 충언합니다만, 비교하시면 서운합니다.

'말했어. 절대 따라 하지 마.'

그럼에도 요동치는 라이칸의 감정이 거슬렸지만, 강서준은 일단 그러려니 넘기기로 했다.

그간 옷을 갈아입었는지 꽤 말끔한 형태로 반 마코스가 돌아왔기 때문이다.

"그래도 오늘은 두 가지 성과가 있었어요."

"……성과요?"

"생체 신호가 발생해서 확인차 나갔더니 '황자님'이 계셨던 것부터……."

반 마코스는 홀로그램을 조작해서 영상 대신 지도를 보여 줬다.

여러 개의 행성이 나열된 '우주전도' 같았다.

"새로운 구조 신호를 발견한 겁니다."

거두절미하고 홀로그램을 확인한 리오 리카온은 반색한 얼굴로 되물었다.

"이 구조 신호는 설마……."

"네. 화성에서 쓰던 그 신호가 맞습니다."

"역시!"

한데 우주전도에 표기된 구조 신호는 공교롭게도 '화성'에서 쏘아진 게 아니었다. 신호는 아예 다른 행성에서 발신되고 있었다.

"추측하지만 늦지 않게 빠져나간 사람이 있는 것 같아요. 천벌이 떠나기 전에 아예 이곳에서 도망친 사람들요."

리오 리카온은 잠시 지도를 올려 보다 금세 얼굴을 침울하게 물들이더니 말했다.

"……아뇨. 부질없는 희망은 가지지 말죠. 높은 확률로 오작동이겠죠."

현시대에서 행성 간 이동을 해내려면 필연적으로 '게이트 터미널'을 거쳐야 한다.

그런데 터미널조차 거치질 않고 다른 행성으로 도망쳤다고? 있을 수 없는 일이라 보는 게 맞다.

"저도 처음엔 그리 생각했습니다."

반 마코스는 눈을 빛내며 말했다.

"혹시 황자님은 신형 게이트에 대해서 들어 보신 적이 있으십니까?"

"……흐음."

"네. 안정성은 훨씬 떨어지고 중간에 죽을 확률도 높으며, 아무래도 위험해서 아직 상용화되질 못한 물건이었죠."

리오 리카온은 고개를 가로저었다.

"처음 듣는 얘기입니다."

하지만 맥락상 강서준은 반 마코스가 무슨 생각으로 그 말을 꺼냈는지 알 수 있었다.

"신형 게이트는 개발된 지 얼마 안 된 따끈따끈한 물건입니다. 그리고 녀석은 단점이 큰 만큼 장점도 대단합니다."

반 마코스는 예상대로 입을 열었다.

"터미널을 거치질 않아도 되는 '이동형 게이트'의 생성. 굳이 우주로 올라오질 않아도 행성 간 이동이 가능합니다."

"……!"

"전 화성 사람들이 신형 게이트를 통해 늦지 않게 천벌을 피하지 않았을까, 조심스럽게 추측하고 있습니다."

※

이후 탐사선은 화성의 대기권을 넘어, 궤도를 따라 운행 중이던 '화성 게이트 터미널'에 진입할 수 있었다.

기본적으로 '함선'의 형태로 되어 있는 '게이트 터미널'은 원하는 지점으로 워프도 가능한 거대한 우주선이었다.

특이점이라고는 워프를 하려면 오직 '황실의 피'가 필요하다는 것 정도일까.

"이렇게 황자님을 다시 뵐 수 있어 천만다행입니다. 정말……"

어쩌면 이들은 구조 신호를 쫓아서 오랫동안 우주를 항해했어야 했는지도 모른다. 워프가 안 되면 직접 날아서 가는 수밖에 없었을 테니까.

"일단 워프를 준비하러 가겠습니다. 강서준 님, 최하나 님, 김훈 님이 쉬실 곳은 금방 마련해 드릴게요."

그렇게 리오 리카온이 부하들과 함께 떠나고, 화성 게이트 터미널은 새로운 목적지를 향해 운행을 준비할 즈음이었다.

김훈은 투명한 유리창 너머에서 별들이 촘촘히 박힌 어둠을 둘러보며 입을 열었다.

"스케일이 갑자기 엄청 커졌는데요. 장르가 바뀐 기분입니다."

마력으로 구성된 '핵미사일'이나, 우주를 넘나드는 게이트…… 우주선.

모든 것들이 지구의 상식을 벗어났다.

강서준은 쓰게 웃으며 답했다.

"운이 좋은 겁니다. 우린 이런 자들을 상대로 전면전을 벌일 뻔한 겁니다."

물론 저들이 지구로 넘어온들 이곳의 무기나 기술력을 바로 활용할 수는 없을 것이다.

아무래도 지구엔 시스템이 있다.

불가항력에 가까운 기술력은 지구에선 제재를 받기 마련이다. 함선을 이끌고 지구를 침공한다니…… 그건 지나친 비약이었다.

"그럼에도 위협적인 세계라는 건 맞아요. 가능한 한 싸우지 않는 쪽으로 가닥을 잡아야 해요."

안 그래도 도처에 지독하게 위험한 것들이 가득 깔린 곳이 바로 지구였다.

향후 나타날 던전만 해도 머리가 빠개질 정도로 아플 예정인데, 이만한 규모의 세계가 지구를 노리고 있다고?

강서준은 용납할 수 없었다.

"반드시 리오 리카온을 도와 온건파의 세력을 재건해야 해요."

아마 어려울 것이다.

대충 듣기만 해도 '리오 리카온'의 세력은 궤멸 직전에 이
르렀고, 상황은 S급 퀘스트의 뺨을 후려칠 정도로 곤란했다.

하지만 해내질 못한다면 그 위협은 지구로 넘어갈 뿐이지
않은가.

슬쩍 리오 리카온 쪽을 확인한 강서준은 약간 스산한 눈을
했다.

만약 모든 일이 글러 먹게 된다면.

만에 하나라도 상황이 여의치 않게 된다면.

'리오 리카온의 계획이 전부 실패한다면…….'

그는 최후의 수단을 쓰는 수밖에 없을 것이다.

다음 권으로 이어집니다

꿈의 도약, 로크에서 하십시오
(주)로크미디어에서 신인 작가를 모십니다

즐거운 세상, 로크미디어는 꿈을 사랑하고 도전을 두려워하지 않는 작가 분들의 참신한 작품을 기다리고 있습니다. 21세기 장르 문학계를 이끌어 갈 차세대 선두 주자 (주)로크미디어에서 여러분의 나래를 활짝 펴 보시길 바랍니다.

모집 분야 판타지와 무협을 포함한 장르 문학
모집 대상 아마추어 작가, 인터넷 작가
모집 기한 수시 모집
   작품 접수 시 유의 사항
   1. 파일명은 작가명_작품명.hwp형식을 갖춰 주십시오.
   1. 파일에 들어갈 내용은 다음과 같습니다.
      — 성명(필명인 경우 실명을 밝혀 주세요), 연락처, 이메일 주소
      — 제목, 기획 의도
      — A4용지 1장 분량의 등장인물 소개
      — A4용지 2장 분량의 전체 줄거리
      — 본문
   1. 작품이 인터넷에 연재되고 있다면, 게시판명과 사이트의 구체적이고 정확한 주소를 기재해 주십시오.

선택된 작품은 정식 계약 후 출판물로 간행되어 전국 서점에 유통됩니다.
작가 분은 (주)로크미디어의 전폭적인 지원하에 전속 작가로 활동하시게 됩니다.
※ 자세한 내용은 로크미디어 홈페이지(rokmedia.com)를 참조하세요.

(04167)서울시 마포구 마포대로 45 일진빌딩 6층
(주)로크미디어 편집부 신간 기획 담당자 앞
전화 : 02) 3273-5135
www.rokmedia.com   이메일 : rokmedia@empas.com